FRANCESCO AMATO

COMPARTIMENTO 11

tullio pironti editore

Published by arrangement with DELIA AGENZIA LETTERARIA

ISBN 978-88-7937-617-4

Palazzo Bagnara, Piazza Dante, 89
80135 Napoli

Sito web: www.tulliopironti.it
E-mail: editore@tulliopironti.it

Prima edizione: settembre 2013

Di te ha detto il mio cuore:
"Cercate il suo volto";
il tuo volto, Signore, io cerco.

Salmi, 27,8

MARTEDÌ 25 NOVEMBRE 2008

IN TRENO
COMPARTIMENTO 11

1

Il treno viaggiava a velocità moderata. Fuori dal finestrino, Daniele avrebbe potuto contare gli alberi e fissare nella mente frammenti di quel paesaggio in corsa, come quando, da bambino, andava in gita religiosa con Padre Boris. Quel gioco, però, non lo divertiva più. Distolse lo sguardo e, alzatosi, tirò giù dal portabagagli la sua borsa di cuoio. Appoggiato sul sedile accanto al commissario, c'era il libro di Isabel. Avrebbe voluto portarlo con sé, lì dove andava, ma il timore di qualche complicazione lo dissuase. Come a chiedere passo libero, si scusò con i due agenti che lo attendevano sulla porta dello scompartimento e, con le dita della mano destra aggrappate al manico della borsa come gli artigli di un rapace intorno a un trespolo, imboccò il corridoio.

Sopra la porta scorrevole che introduceva alla carrozza, il segnale luminoso della *toilette* era verde. Daniele vi entrò, chiudendo la porta con uno schiocco secco. I due agenti che lo avevano seguito restarono fuori di guardia. Il bagno era angusto e maleodorante. Pezzi di carta igienica sudici erano incollati sul pavimento. Nel lavabo, a ostruire il buco, c'era un groviglio di capelli neri impastati con del sapone. Daniele avvertì un rigurgito di vomito salirgli in gola. Deglutì, contraendo lo stomaco, e aspettò un attimo che il conato passasse, con la schiena appoggiata alla porta e le gambe tese in avanti che tremavano leggermente.

Di fronte a lui, il coperchio del water era sollevato. Senza guardarci dentro, lo abbassò e ci appoggiò sopra la borsa, rimanendo a fissarla immobile per qualche secondo. Era sicuro di volerlo fare. Ci aveva riflettuto a lungo e gli sembrava che quella fosse l'unica possibilità. Ma prima voleva sincerarsi che la persona allo specchio fosse proprio lui. E nessun altro. Così alzò gli occhi. Come sempre, l'immagine riflessa lo deluse. La frustrazione nasceva dal fatto che ogni volta ci impiegava un po' a riconoscersi in quell'uomo dai capelli lunghi, di un cenere sbiadito, con la barba dello stesso colore che ricopriva disordinatamente il mento e l'aria severa, un po' assorta, da Gesù Cristo. Intorno agli occhi le rughe disegnavano un reticolo di solchi sottili. La sua immagine allo specchio denunciava un'età che non era certo quella che lui si sentiva: era come se il tempo fosse passato troppo velocemente sul suo corpo senza scalfirne minimamente la percezione interiore. Non era una questione estetica quel suo disappunto. Era che Daniele pensava ancora a se stesso come al bambino Danny, anche se, dell'infanzia, e in parte anche della giovinezza, conservava solo ricordi dolorosi che chiunque sano di mente avrebbe cercato di dimenticare.

Il suo passato era tutto lì, preciso e sepolto nella parte più vulnerabile della memoria, dove sarebbe bastato un profumo o un suono particolare per riportarlo di colpo a galla. A essersene andato via da qualche tempo, invece, era il dolore legato a quei ricordi. Addirittura, in certi momenti, Daniele pensava di non aver mai davvero vissuto quelle esperienze, ma di avervi soltanto preso parte come testimone. Per questo, quando capitava, riusciva a parlarne con disinvolto distacco, lasciando i suoi interlocutori interdetti.

C'era tuttavia un episodio che, se rievocato, gli causava ancora una fitta allo stomaco riempiendogli la gola di tanti piccoli aghi: fu quando partecipò al "Settimo Rito", così lo avevano definito i tre cavalieri, nel giorno della sua istituzione. Ma quel giorno compì anche sette anni e non sapeva ancora nulla di *trance*. A malapena riusciva a distinguere la realtà dalla fantasia e perciò non si era sorpreso né spaventato quando Isabel, Emma e Altro – vale a dire la "Banda degli Angeli" – e poi, dopo qualche anno, Morton, avevano fatto la loro apparizione nella sua vita. A impressionarlo di più erano state Isabel, la scrittrice, e la sua gemella Emma, la puttana. Ma anche il dottor Morton, sempre pronto a dare spiegazioni ai suoi incubi, avrebbe tormentato i suoi sogni per molto tempo. Quanto ad Altro, il fatto che dopo cinquant'anni Daniele non fosse ancora in grado di pronunciare il suo nome, era un segno evidente del turbamento che quell'uomo non aveva mai smesso di procurargli.

2

Con entrambi i pollici fece scattare l'apertura automatica della borsa, che si dischiuse con un fruscio leggero. Guardò dentro. Era lì, pronta, nel fodero di stoffa nera. Adesso mancava solo di compiere l'ultimo dei sette riti e bisognava eseguirlo alla perfezione. L'azione doveva essere precisa e puntuale come tutte le altre volte.

Si fermò a riflettere qualche secondo, ricordandosi a un tratto dei guanti. Sapeva che nella circostanza quella precauzione sarebbe stata inutile, ma una sorta di timore scaramantico lo indusse a credere che se non li avesse indossati anche stavolta, qualcosa sarebbe potuto andare storto compromettendo l'ultima, la più importante, delle missioni iniziate trentanove anni prima: il 25 novembre del 1969. Il giorno del suo diciottesimo compleanno.

Così, dalla tasca interna della borsa, prese il paio di guanti in lattice e se li infilò con cura religiosa, facendo infine schioccare l'elastico intorno ai polsi. Per calzarli alla perfezione, picchiettò gli incavi tra le dita, aprendo e chiudendo le mani a pugno un paio di volte. Quando si guardò di nuovo allo specchio, ebbe la sensazione che dall'altra parte ci fosse sua madre Maria a ricordargli che questo non si poteva fare, perché era peccato.

«Gesù si mette a piangere se lo fai, Danié», gli diceva quando era piccolo.

«Non ho mai offeso Gesù in vita mia».

«Sia fatta la sua volontà».

«Ora e per sempre».

Daniele sentì la propria voce incrinarsi. Per un attimo al suo volto si era sovrapposto quello di Padre Boris. Un'ondata rovente di sangue gli fluì alla testa. Tante minuscole gocce di sudore erano affiorate intorno all'attaccatura dei capelli procurandogli un fastidioso prurito. Le asciugò con il braccio e poi si guardò le mani. Tremavano. Non gli era mai successo prima dell'esecuzione. Se Emma fosse stata lì, lo avrebbe di certo deriso con quella sua risata lasciva. «Fammi un po' vedere se sei un uomo, Danny», l'avrebbe provocato, con la mano sulla patta e la rotondità procace dei seni che svettava dalla scollatura esagerata. Isabel, con il suo animo sensibile, sarebbe stata sicuramente più comprensiva, ma forse, alla fine, anche lei l'avrebbe condannato. Perché tutte e due si aspettavano, come se lo aspettava soprattutto Altro, che portasse a termine la missione. Questa volta da solo.

"La missione viene prima di tutto. Prima di tutto", ripeté una voce dentro di lui. E Daniele voleva disperatamente aiutare Danny. Con cautela, dischiuse il fodero di stoffa nera e, impugnando il manico, si portò lentamente la pistola alla tempia. Poi guardò di nuovo nello specchio e, questa volta, vide il Volto Santo. Mentre lo fissava, ebbe la conferma che ciò che stava per fare era giusto: stava solo adempiendo la missione. Danny avrebbe guadagnato la libertà che non aveva mai avuto. L'indice si posò sul grilletto. Inaspettatamente, fu come premere il *rewind* di tutta la sua vita.

MARTEDÌ 25 NOVEMBRE 1958

SANT'ANNA IN BARRA

3

Leggeri passi veloci si udivano nella penombra della stanza. Fruscii cui facevano eco gli scricchiolii delle panconcelle che flettevano sulle travi di legno.

Maria aveva da poco iniziato a lavarsi il viso con un fazzoletto di lino profumato. Lo intingeva nell'acqua del bacile di ferro che usava per la toletta mattutina. Ma il catino continuava a traballare sulla sedia impagliata. Così il pavimento sotto i suoi piedi.

Aveva cercato in tutti i modi di non fare rumore, ma non aveva potuto evitare il cigolio delle assicelle. A quell'ora, in casa, c'era gente che dormiva ancora. Ma non sua madre, a cui bastarono quei lievi rumori che venivano dal soffitto sopra il suo letto per farla sbraitare: «Maria... Maria, vieni! Non ce la faccio più! Maria... Maria, aiutami, in nome di Dio!».

La figlia, abituata a quel piagnisteo, non le badò. D'altra parte, nessuno in casa faceva più caso alle lamentele della donna, malata da troppo tempo. La sua era una lagna continua. Qualsiasi rumore si facesse, era seguito dalle sue imprecazioni. Era sempre sveglia, notte e giorno!

Maria, noncurante delle invocazioni della mamma, prese l'asciugamano di tela d'Olanda color écru e si asciugò il viso. Poi, con garbo, se l'appoggiò sulle spalle e le sue iniziali in seta rossa ricamate a pie' del telo, in bella mostra, le caddero sul petto. Sembrava che avesse indossato uno scialle.

Quell'asciugamano era uno dei pochi pezzi pregiati che aveva sottratto al suo povero corredo e aveva deciso di usarlo per la *toilette* quotidiana. Riteneva che non ci fosse più motivo di conservarlo.

Si guardò allo specchio della "ballerina" – il vecchio mobile col ripiano di marmo e lo specchio che girava sull'asse orizzontale – e fissò la sua faccia per qualche istante. Cercò di mettere insieme i primi pensieri del giorno. Poi prese le forbicine dal cassetto del comò e, con minuzia e precisione, diede inizio al taglio delle doppie punte dei suoi capelli neri. Dopodiché, afferrati quattro fermaglietti metallici dal ripiano di marmo, li portò alla bocca stringendoli tra le labbra.

Reclinando leggermente il capo all'indietro, spazzolò e raccolse la chioma in una crocchia nera che fissò abilmente con i quattro fermacapelli. Si tolse con cura l'asciugamano dalle spalle, piegandolo in modo da non far cadere i peli, e lo posò sul davanzale. Ritornò verso il letto – dove aveva disposto i panni da indossare quel mattino – e, sedutasi sul bordo, dal lato dove dormiva, iniziò a vestirsi.

Si infilò prima le calze grigie, fermandole con due nocche fatte con una fettuccia che fissò sopra le ginocchia. Poi, levatasi la camicia da notte, indossò un twin-set di lana verde con la gonna lunga dello stesso colore. "Quasi pronta", si disse. Mancavano solo scarpe e cappotto. Infine avrebbe messo sulla testa il velo, annodato sotto il mento, che le conferiva l'aspetto di una donna più matura dei suoi ventitré anni. Pensò di indossare il suo preferito: uno *chador* ricamato a Toledo, che le aveva regalato la mamma. Uno dei pochi regali che le aveva fatto prima che impazzisse. Maria era stata educata da bambina a stare sempre in ordine, come si addiceva a una donna da marito.

Quella mattina si stava preparando per andare alla messa delle sette. Aveva il compito di arrivare in chiesa un quarto d'ora prima dell'inizio della funzione. Doveva accendere le candele sull'altare maggiore e sistemare tutto il necessario per la messa. Era molto devota. In più, guadagnava qualcosa badando anche ai due sacerdoti che stavano in chiesa: il vecchio parroco Don

Giuseppe e il giovane Padre Boris, ai quali rassettava la casa e lavava e stirava i panni.

Alzatasi dal letto, si avvicinò ad aprire piano la finestra che dava sul viale della ferrovia. Diede una scossa all'asciugamano cosparso di capelli tagliuzzati, facendoli svolazzare dall'abbaino, e tenne le ante spalancate per qualche attimo, lasciando entrare l'aria fresca del mattino nella stanza ammorbata dal puzzo della notte. Fece per chiudere la finestra, quando restò catturata dallo spettacolo del sole nascente che si presentò davanti ai suoi occhi. Oltre la linea ferrata, l'alba rosseggiava dietro le montagne. Le sembrò, all'improvviso, che tutto prendesse lo stesso colore.

Quel tono di rosso vivo, che dominava tra i monti, virava in sfumature d'arancio tra i terreni incolti dove abbondavano rovi ed erbe selvatiche, per confondersi poi alla ruggine delle carcasse metalliche ammassate nel deposito della stazione. Prima di accostare le imposte, Maria avvertì un brivido intenso, che in quel momento attribuì alla freddezza dell'aria che preludeva alla brutta stagione. Serrò le due ante e risedette davanti alla specchiera.

Allontanò la testa piegando la schiena all'indietro, mentre con le mani assestava la crocchia velata. Avvicinò il viso allo specchio, storcendo il naso e la bocca per trovare qualcosa che non andasse. Ma non aveva bisogno di niente. Lo ricoprì solo con un leggero strato di borotalco.

Usò per incipriarlo il piumino celeste che, per la sua grandezza sproporzionata, le bastò appoggiare solo due volte sul viso minuto, come faceva da bambina. La polvere del talco, sospesa nell'aria, lasciò nella stanza una dolce fragranza di mentolo.

Spense la luce che illuminava la ballerina e si girò verso il letto, dove l'*abat-jour* acceso sul comodino fece brillare di nuovo il suo volto. Ovale e di carnagione scura, con un naso quasi perfetto, grandi occhi neri e folte sopracciglia. La bocca, invece, era piccola. Il labbro superiore, appena accennato, si univa a quello inferiore, più pronunciato, dando alla bocca una forma come di un cuoricino rosa.

4

Maria apparve quel mattino, nella penombra della camera, eterea come non mai. Sembrava un angelo, specie agli occhi di chi la stava ammirando di nascosto. Lei sapeva che Daniele qualche volta la spiava dal letto. La scrutava attraverso le coperte che teneva fin sopra la testa, facendo finta di dormire. Era così bello per lui guardare il modo in cui lei si cercava la schiena con le mani toccandosi la pelle bianca, guardarle i capelli bruni; e gli piaceva anche vedere che non si innervosiva. Perché, d'essere guardata da quel letto, faceva piacere anche a lei.

Quel giorno si era alzata di buonora, ancor prima del solito, anche perché era il compleanno del piccolo Daniele, il suo unico figlio. Avrebbe voluto stringerlo a sé per un po', prima di andar via, ma aveva paura che si svegliasse. A farle credere che Daniele dormisse ancora era il fatto che, nell'indossare la gonna, aveva avuto difficoltà a tirare su la cerniera sul retro e Daniele non si era alzato per aiutarla, com'era solito fare. In realtà, di nascosto dalla madre, lui non aveva distolto gli occhi neanche per un attimo, mentre lei si preparava. E, ammirando il viso della mamma riflesso nello specchio della ballerina, quel mattino gli sembrò come di vedere in lei il volto della Vergine. Sì, la sua mamma assomigliava a una delle figurine della collezione di santini che conservava gelosamente in una scatola di latta sotto il letto. Tra quelle c'era anche lei, la Madonna nera di Montevergine seduta sul trono con il bambino in grembo. Proprio così, quel ritratto era identico alla sua mamma.

Non appena ebbe finito i preparativi per uscire, Maria si voltò lentamente e si avvicinò al letto, dove Daniele continuava a fare finta di dormire. Si chinò dal suo lato e gli sussurrò all'orecchio: «Auguri, piccolo mio», sperando che non si svegliasse.

Lui prima fece finta di dormire stringendo le palpebre, poi, non resistendo oltre, di colpo buttò le braccia intorno al collo della mamma. L'odore del talco gli riempì le narici e il suo cuore fu pieno di gioia.

Ma Maria contenne l'ardore del bambino, verso cui teneva un contegno rigido. A lei la sua mamma aveva insegnato che i figli si baciano solo di notte e quando dormono.

«Aspetta, aspetta», gli disse, liberandosi dall'abbraccio; e, avvicinatasi al comò, aprì il primo cassetto, da cui prese alcune cartoline. Con fare cerimonioso fece ritorno verso il letto. Un sorriso appena accennato sulle labbra, gli occhi ispirati, portava sui palmi delle mani congiunte la sorpresa per il suo piccolo.

Lui si mise ritto sul letto, eccitato di scoprire cosa la mamma gli volesse mostrare di tanto misterioso. Sedutasi dal lato del bambino, Maria dispose a ventaglio sulla coperta la serie di cartoline fotografiche che reggeva nelle mani. Erano riproduzioni della *Sacra Sindone* conservata nel Duomo di Torino. Quelle immagini erano state scattate durante l'ostensione del 1933 in occasione dei 1900 anni della Passione di Gesù Cristo.

La reazione di Daniele, spontanea e immediata, fu di entusiasmo. Poi cominciò a passare in rassegna uno per uno quei fotogrammi, il Volto Santo di Gesù che compariva in tutte e sette le foto. Sua madre, però, come a mettere alla prova la fede del figlio, non gli rivelò l'identità della figura ritratta.

«È Gesù!», gridò Daniele, come se gli fosse stato posto un indovinello.

«Sia fatta la sua volontà», sospirò la mamma, convinta anch'essa che la Sindone fosse l'immagine del figlio di Dio, che la figura impressa sul lenzuolo e fissata in quelle foto fosse Gesù Cristo.

«Ora e sempre», rispose d'istinto Daniele. Poi il suo angelo custode gli suggerì di aggiungere: «Non pronuncerai invano il nome del Signore, tuo Dio, perché il Signore non lascerà impunito chi pronuncia il suo nome invano».

Era la mamma che gli aveva insegnato di rispondere a quel modo, quando si nominava il nome di Dio invano.

Maria, come per gioco, ritornò alle foto della Sindone: «Quindi, sei sicuro di quello che hai detto?».

Daniele riguardò le fotografie con maggiore attenzione – cercando la risposta nello sguardo della mamma – e questa volta, meno convinto della prima, disse: «… È Padre Boris?».

Maria ebbe un lampo di sorpresa e per un istante si rabbuiò. Poi, sorridendo, rispose: «Ma no! Avevi detto bene: è Gesù. È la sua immagine impressa su un lenzuolo».

Ma Daniele aggiunse: «Mamma, però queste foto somigliano anche a Padre Boris, non è vero?».

«È Gesù! E Gesù è unico, non esiste nessuno che gli assomigli!», disse lei con voce perentoria, levandosi di scatto dal letto.

«Scusa mamma, non volevo farti arrabbiare», rispose Daniele. «Hai ragione, è Gesù!», aggiunse con l'intenzione di rabbonirla.

«Queste sette cartoline sono il regalo che la mamma ti fa per il tuo settimo compleanno», disse Maria stringendolo a sé e baciandolo sulla fronte. Poi, senza nulla aggiungere, si allontanò e si mise ritta avanti al letto, facendosi il segno della croce, com'era sua abitudine, in attesa che il figlio recitasse le preghiere del mattino.

Daniele conosceva quel rituale a memoria e lo eseguì senza pensare più di tanto. Si mise in ginocchio e cercò di ricordare tutte le parole senza sbagliarne una, perché qualche volta anche il suo angelo custode non gliele suggeriva in tempo. Allora la mamma lo puniva e lui non sopportava quei castighi. Per questo girò gli occhi verso la porticina dello sgabuzzino, dove la mamma spesso lo rinchiudeva al buio.

Lei gli aveva insegnato che il dolore e la sofferenza non erano cose brutte, ma spesso santificavano. E solo così sarebbe diventato un buon sacerdote come Padre Boris. Daniele, sempre con lo sguardo allo sgabuzzino, finì le preghiere senza sbagliare una parola: «Vi adoro, mio Dio, e vi amo con tutto il cuore…».

«Amen», rispose Maria.

Non appena la mamma uscì dalla camera per andare in chiesa, Daniele s'infilò come un furetto sotto il letto, e carponi venne fuori all'indietro da sotto quelle vecchie tavole che reggevano i materassi. Stringeva tra le mani una scatola di latta rossa con sopra disegnato un aeroplanino. Era la scatola dei santini. Sedutosi a terra, distese le gambe e vi poggiò sopra la scatola. L'aprì. Ricontò tutti i santini conservati fino a quel momento, che erano ventisei. Vi aggiunse le nuove figurine che gli aveva regalato la mamma e il conto salì vertiginosamente a trentatré.

Non aveva finito di contare che si sentì chiamare dabbasso: «Danié!!». Era la voce imperiosa del nonno Raffaele. Gli aveva promesso di non farlo andare a scuola quel giorno, ma di portarlo con sé alla masseria del beccaio. A Daniele piaceva molto andarci, perché lì giocava con i piccoli animali. Conigli, agnellini, maialini, che si divertiva a inseguire nell'aia, anche se aveva imparato che gli stessi erano destinati a un'unica fine: diventare carne da macello. Ma lui non aveva paura di assistere alla loro macellazione. Anzi, aveva già visto una volta uccidere alcuni maiali e, anche se turbato, ne era rimasto inspiegabilmente affascinato.

«Danié! Sangue di Giuda! Muoviti o non ti porto da nessuna parte!». La voce del nonno tuonò ancora più forte nel silenzio di quel mattino. A quel secondo, poderoso richiamo, Daniele richiuse in fretta la scatola, la ripose sotto il letto e si precipitò per la scala di legno che univa il sottotetto all'appartamento sottostante. Il nonno l'aspettava.

Daniele dormiva su quel mezzanino con la giovane madre fin dalla nascita. Lì era nato il 25 novembre del 1951, giusto sette anni prima. Con il suo primo vagito di soli otto mesi, reso nelle mani di Rosa Acciarino, l'ostetrica del paese. La mamma gli raccontava che lui doveva nascere il 25 dicembre, il giorno di Natale del 1951. Ma credenza popolare voleva che, chi nasceva di Natale, diventava lupo mannaro. E questo terrorizzava la partoriente. Così Maria lo diede alla luce prematuramente, giusto un mese prima di Natale.

5

Nonno Raffaele era un uomo burbero. Alto e grosso quasi quanto un armadio, con le mani grandissime. Viveva di sotto, in due piccole stanze con cucina che divideva con la moglie, la nonna di Daniele. Anna, era questo il suo nome, soffriva fin da giovane di gravi disturbi psichici, ma con l'avanzare dell'età e per le conseguenze di un duro esorcismo subito, si era del tutto scimunita. Cosicché la donna si alzava dal letto solo un paio di volte al giorno e solo per i suoi bisogni. Li faceva accanto al letto, in un pitale di creta, incassato in una vecchia sedia sfondata a cui avevano segato le gambe.

Il marito Raffaele aveva l'abitudine di tenerla legata al letto, per paura che si facesse del male, specie quando restava da sola. O che addirittura lo facesse agli altri. La legava con una cordicella che andava dalla caviglia al piede del letto. Anna aveva sofferto per il passato di gravi crisi che, al culmine della loro intensità, la rendevano isterica e violenta. Ed era difficile tenerla a freno. Addirittura aveva tentato, una volta, finanche di avvelenare il marito e sua figlia Maria. Andava dicendo che tra i due ci fosse un rapporto incestuoso, scambiando le affettuosità di un padre per le moine di un amante.

Si teneva alla larga, invece, da Daniele, quasi come se ne avesse paura. Lo chiamava *farfariello*. Per lei il bambino era figlio di *Zefierno* con cui la figlia Maria si era accoppiata cedendogli "ll'anema e o' cuorpo". La vecchia quando andava in escandescenza diceva al bambino: «Vatténne, tu si' 'o figlie d'ò riavuole e Mergellina, Zefierno», dunque figlio del demonio. Ecco perché lo chiamava *farfariello*, che per lei era sinonimo di figlio del diavolo. Ma il suo passatempo preferito, oltre che tentare di slegarsi dalla cordicella, era quello di citare a memoria i passi della Bibbia. La sua specializzazione era quella di enumerare le pene dell'Inferno in cui sarebbe incappato chiunque si fosse avvicinato a lei. Vedeva marcio ovunque, qualunque uomo o donna per lei era un peccatore a prescindere, e solo per il fatto di essere nato in questo mondo.

Non sbagliava nemmeno una virgola dei passi biblici che citava. E il bambino, seppur tenuto a debita distanza, imparò molto da lei delle Sacre Scritture. Vecchio e Nuovo Testamento erano il suo pane quotidiano.

6

Padre Boris, assiduo frequentatore della casa di Daniele, aveva tentato di calmare la donna in più occasioni. Ma ci riuscì solo quando, ottenuta dispensa dal vescovo, le praticò un lungo esorcismo. E l'ultima seduta fu davvero drammatica, ma risolutiva. Daniele ricordava quel rito e non l'avrebbe mai dimenticato, perché aveva assistito alla serie di funzioni sbirciando attentamente dall'apertura praticata rimuovendo alcune assicelle del pavimento in legno sotto il letto, che poi era pure il soffitto della camera della nonna. Era lì che teneva la sua scatola dei santini. Era lì che amava nascondersi, quando la mamma lo inseguiva per punirlo o quando giocava a nascondino.

Padre Boris sembrava quasi che dovesse battersi con un nemico feroce, quando si tolse il saio e rimase in maniche di camicia. Aveva portato con sé una borsa di pelle nera, dalla quale tirò fuori un'ampolla di vetro con l'aspersorio in ottone e un libro con la foderina nera e il dorso rosso. Con fare calmo asperse d'acqua santa la stanza e la testa della posseduta, pronunciando incomprensibili frasi in latino che leggeva dal messale. Dopo, impose le mani sul ventre della donna, legata mani e piedi al letto di ferro, che si dimenava come se stesse per essere squarciata. Mentre la nonna si contorceva, scoreggiando e ruttando fragorosamente, Boris, col suo italiano accentato, iniziò a leggere dal libro del rituale che aveva portato con sé. E a un certo punto gridò verso il viso della donna, come se volesse coprire altre voci nella stanza. Ma era da solo con la nonna. Oltre al bambino che guardava la scena dall'alto.

«In nome di Gesù Cristo, nostro Dio e Signore, con l'intercessione dell'Immacolata Vergine Maria, Madre di Dio, di San Michele Arcangelo, dei Santi Apostoli Pietro e Paolo e di tutti i Santi, fiduciosi intraprendiamo la battaglia contro gli attacchi e le insidie del demonio. Sorga il Signore e siano dispersi i suoi nemici; fuggano dal cospetto di Lui coloro che lo odiano».

A quelle parole la nonna cominciò a grugnire come un maiale.

Il giovane monaco prese un cero e lo accese, facendo cadere alcune gocce infuocate sul ventre di Anna che cominciò a ingiuriarlo: «*Che vuò da me, puorco! Chest si tu, nù puorc!*».

«Svaniscano come svanisce il fumo: come si fonde la cera al fuoco, così periscano i peccatori dinanzi alla faccia di Dio», pronunciò Boris, ignorando la donna, prima di ritornare alla borsa aperta alle sue spalle. Da qui estrasse una luccicante medaglia e, dopo averla baciata, l'appoggiò sulla fronte della pazza, che cominciò a dimenarsi per scrollarsela di dosso. Boris attese, con la medaglia premuta sulla fronte, che la donna si placasse, ma discosto, perché lei cominciò a sputargli addosso. Poi prese dalla borsa un crocifisso e impugnandolo con entrambe le mani lo sollevò in alto: «Ecco la Croce del Signore, fuggite potenze nemiche».

Per tutta risposta la donna riprese a inveire.

«Tu vattene! Maledetto. *Stà luntano da figlia mia. Puorc!*», continuava a ripetere come un'ossessa verso il giovane monaco, che le brandiva contro il crocifisso quasi fosse un randello per picchiare. Lui si inginocchiò accanto al letto, mentre la nonna continuava nel suo delirio di frasi oscene, come mai Daniele aveva ascoltato. Gli diceva: «Ti chiavi mia figlia, eh! Schifoso di un prete, con me devi venire, con me. Ti porterò giù, nel fuoco dell'Inferno!».

Allora Padre Boris chiamò a gran voce le persone che stavano fuori la porta: «Venite dentro!». Erano in due e, come vide Daniele, reggevano con forza una cornice di legno pesante. Era uno specchio, fissato sull'anta in massello di un armadio grande almeno un metro e ottanta per settanta centimetri. «Fate quello che vi ho detto e qualunque cosa avvenga non guardate», disse Boris. A quell'ordine i due uomini alzarono l'anta sopra il letto, dove era legata la donna, e la ressero in modo che lo specchio riflettesse per intera la sua figura.

Poi Boris, sempre più rosso in viso, rivolgendosi alla donna, cominciò a gridare: «Mostrati! Mostrati!!». Le vene del suo collo si gonfiarono in modo mostruoso. Boris si sentiva soffocare.

Fu allora che Daniele assistette a qualcosa che lo atterrì: un fumo, un alito freddo uscì dalla bocca della nonna. Ma né lui né i due uomini, che continuavano a reggere l'anta con gli occhi chiusi e il capo rivolto all'indietro, poterono vedere cosa si vaporizzò sulla superficie dello specchio. Solamente Padre Boris poté vedere. Lui solo vide, sulla lastra di vetro, apparire, quasi materializzarsi, una figura infernale che per un attimo lo fece arretrare.

Poi la sua voce tuonò coraggiosa a rompere quel malefico incantesimo: «Ti esorcizziamo, spirito immondo, potenza satanica, invasione del nemico infernale...».

Puh, *puh*, sputava la donna. E urlava: «*Ess'acciso a te e a chella puttana*».

«... Con tutte le tue legioni, riunioni e sette diaboliche, in nome e potere di nostro Signore Gesù Cristo».

«Porco, porco, porco!», riprese a sua volta la nonna.

«Sii sradicato dalla Chiesa di Dio, allontanati dall'anima della nostra sorella Anna riscattata dal prezioso Sangue del divino Agnello», pronunciò infine Padre Boris.

Fu allora che la donna, con uno sforzo immane, spezzò una delle corde che le tenevano legate le mani ai due lati del letto e, levandosi di scatto, assestò una testata tremenda all'anta retta sopra di lei. L'anta vacillò insieme ai due uomini e lo specchio si lesionò, dal punto in cui la donna aveva battuto violentemente la fronte, ma rimase intero tra le loro mani. «Su, legatela!», intimò Padre Boris.

Uno dei due uomini restò a tenere in piedi lo specchio, mentre l'altro, facendo il giro del letto, con qualche timore, afferrò il pezzo di corda spezzato sul lato del polso della donna e lo legò corto alla testiera del letto, vincendo a fatica le resistenze della donna che continuava ad agitarsi come un'ossessa. Poi ritornò a reggere l'anta con lo specchio. Boris, intanto, stringeva ancora forte il crocifisso con la mano destra, mentre con l'altra reggeva il libro dell'esorcismo. Stese il braccio con la croce di metallo verso il volto di Anna e, dopo un attimo di pausa, scandì, con una voce che suonò tenebrosa, alcune frasi, cui fecero eco le ingiurie di Anna, pronunciate con un timbro ventriloquo.

«Te lo comanda Dio Padre».

«Fetente!».

«Te lo comanda Dio Figlio».

«Porco!».

«Te lo comanda Dio Spirito Santo».

«Schifoso!!».

«Vattene Satana, inventore e maestro di ogni inganno, nemico della salvezza dell'uomo. Cedi il posto a Cristo», riuscì a completare Padre Boris.

Intanto, la medaglia che di nuovo il frate impose sulla fronte della nonna, sembrò cambiare colore, divenire rovente. E quando, scuotendo forte il capo, la donna riuscì a liberarsene, apparve la sagoma cerchiata della medaglietta sulla pelle bruciata. Nello stesso istante un soffio di vento gelido cominciò a mulinare nella stanza. La finestra della camera si spalancò. Boris comandò ai due uomini di buttare lo specchio in mezzo alla strada. Il tonfo fu forte, anche Daniele sentì chiaramente lo schianto dell'anta e del vetro che andava in mille pezzi, confusi alle urla e grugniti feroci della nonna. Padre Boris recitò le preghiere, mentre i due uomini se ne stavano su un lato, con mani giunte e il capo chino. Anna ansimò ancora qualche minuto, poi, lentamente, si placò; appena dopo, svenne. Quando ore dopo si riebbe, sembrava un'altra. Se non più serena, più calma di prima.

Padre Boris, da parte sua, alla fine poté dire di averla avuta vinta, su Satana e sullo scetticismo dei medici. Dimostrò, nei fatti, che quella donna pazza aveva il diavolo in corpo. E, non a caso, dal giorno che le praticò l'esorcismo, Anna trovò quiete. Nessuno però seppe dire se era guarita dalle sue ossessioni o, semplicemente, rassegnata al suo destino. Il marito Raffaele, non convinto della terapia esorcistica, continuò a ogni modo a tenerla legata al letto.

7

«Allora, sei pronto?».

Era di nuovo la voce del nonno che sorprese Daniele ancora in cerca di qualcosa da indossare. Lui non ammetteva ritardi e Daniele, per non farlo aspettare, non si lavò nemmeno il viso. Indossò la camicina a quadretti e sopra si infilò la maglia di lana marrone con il pantalone nero di flanella che gli tormentava le gambe. Indossò il cappottino che gli aveva cucito una vicina di casa che lui chiamava zia, ricavandolo da una vecchia coperta militare, poi il nonno gli strinse la mano e uscirono.

Era una giornata d'autunno inoltrato e faceva molto freddo.

«Martedì di Sant'Anna se potete, *signò*. Martedì di Sant'Anna se potete e se volete, *signò*. Fate la carità a questo povero sfortunato. Martedì di Sant'Anna se potete, *signò*...».

Una litania melodiosa riempiva le vie del paese. Una voce femminea che non faceva assolutamente pensare che fosse di un uomo. Era Tamino lo storpio, che una volta a settimana arrivava da fuori per chiedere l'elemosina. Trascinava le sue inutili gambe appoggiandosi a due grucce non uguali tra loro, perché una delle due era stata rosicchiata dai topi. Raccontava che lui le teneva appoggiate al suo letto, per potersene servire al bisogno, e quindi non poteva tenerle appese al muro, al riparo dai grossi topi che vivevano con lui. E così, le zoccole che scorrazzavano nella sua bicocca avevano rosicchiato il piede di una gruccia fino a renderla più corta dell'altra. Tamino aveva per questo rivestito i piedi delle due grucce con pezzi di copertoni presi da vecchie ruote di biciclette e li aveva serrati con del fil di ferro. I ratti, però, anche quelli avevano cominciato a rosicchiare.

Lo storpio impressionava più per come camminava, che non per com'era deforme fisicamente. Aveva trovato una particolare tecnica di andatura. Faceva piccoli passi a piedi uniti divaricandoli con le grucce, per poi riunirli e fermarsi a invocare la gente per un tozzo di pane. Spesso riusciva nell'intento e riceveva il compenso. Dopo ogni sosta, riprendeva la sua tiritera, con quella sua voce melodiosa e femminile.

Era il martedì di Sant'Anna.

8

Il beccaio, oltre alla masseria, aveva una rivendita di carni con un retrobottega che usava come mattatoio. Ma lo spasso di Daniele era l'aia dove giocava con gli animali, lasciati liberi dal macellaio prima di ammazzarli. Tra l'altro, la macellazione era una cosa che il bambino conosceva già, avendovi preso parte una volta. Sin dall'inizio era rimasto inspiegabilmente attratto dall'uccisione dei maiali. Un piacere inconscio che non aveva saputo spiegarsi. E non lo aveva saputo spiegare nemmeno al nonno, sempre più sconcertato dall'attrazione che il nipote mostrava verso quel rito cruento della macellazione delle bestie.

Mastroemilio non era solo il padrone della masseria, era anche l'allevatore degli animali. Non appena questi raggiungevano il peso ideale per la macellazione, lui li ammazzava. E quel giorno, come gli aveva detto il nonno, il beccaio avrebbe macellato una pecora e un maiale e qualche bestia in più, perché era il giorno della settimana dedicato a Sant'Anna, la patrona del paese.

Più spesso Mastroemilio macellava conigli e pollame; galline soprattutto, le più richieste per il brodo, alle quali riservava un trattamento speciale. Tirava loro il collo con una velocità impressionante. Lo faceva a mani nude, in sequenza frenetica, meccanicamente. In quei casi c'era una donnetta che lo aiutava, in cambio di un po' di trippa e di frattaglie. Seduta su un ceppo, se le metteva tra le gambe e le spennava dopo averle inzuppate nell'acqua bollente. La donna dava una mano anche coi maiali, ma solo il giorno dopo che il beccaio li aveva macellati, quando la bestia si faceva a pezzi e si preparava. Il maiale, infatti, al contrario del bovino, era tutto da lavorare. Si macinava e si insaccava. Nel giorno della macellazione, invece, Mastroemilio non voleva nessuno ad aiutarlo.

La rivendita di Mastroemilio stava non lontano dalla casa di Daniele. Era vicina alla linea ferrata a binario unico che divideva l'agglomerato delle "case vecchie" dal centro abitato di Sant'Anna in Barra. Per Daniele attraversare il passaggio a livello era l'unico modo per arrivare alla masseria Valois e anche alla chiesa detta impropriamente del Sacro Cuore.

Il retrobottega e la macelleria formavano un solo corpo di fabbrica con la chiesa. A dividerli c'era solo un muro. E una volta a settimana, specie quando capitava il martedì e il retrobottega diventava un abusivo mattatoio, le urla delle bestie scannate si confondevano con le preghiere dei devoti che in chiesa supplicavano la Madre della Madonna: Sant'Anna, l'amorevole protettrice delle partorienti.

Il macellaio era abbastanza noto in paese e in tutti quelli limitrofi, per essere della stirpe nobile e decaduta dei Valois. Invece, per Daniele, Mastroemilio era famoso per un altro motivo, meno nobile della sua pur dignitosa casata. A quell'uomo succedevano cose strane quando ammazzava gli animali. E solo Daniele era a conoscenza di quel terribile segreto. Lo aveva scoperto già dalla prima volta che aveva messo piede in quella macelleria. Ma quel giorno Daniele non immaginava che anche a lui sarebbero successe cose indicibili durante la macellazione.

9

Mastroemilio non era molto alto di statura, ma sembrava enorme agli occhi del bambino. Taurino e con qualche dente in meno, sembrava un personaggio uscito dalle tele di Botero. Non aveva più di sessant'anni. Pesava oltre cento chili ed era un uomo molto forte, capace di abbattere un torello per le corna. Non aveva tanti capelli e i pochi che ancora gli coprivano la grande testa erano diventati precocemente bianchi. Anche le sopracciglia avevano preso lo stesso colore. Aveva, poi, uno sfregio sul viso che gli rendeva lo sguardo bieco, cosa che aveva contribuito a conferirgli la fama di uomo duro.

Era una cicatrice che impressionava chiunque la guardasse. Dal massetere gli attraversava obliquamente tutta la guancia fino a bloccargli l'occhio sinistro. Era questa la ragione per cui non poteva chiudere le palpebre e, di conseguenza, aveva sempre l'occhio spalancato, come fosse di vetro.

Lo sapevano pochi, in paese, che quella cicatrice era la conseguenza di un litigio giovanile finito poi a coltellate. Il beccaio invece amava raccontare la storia della sua ferita al volto con una bugia. Raccontava sempre la stessa storia a chiunque chiedesse di quella spaventosa ferita. Ormai per lui rappresentava un vanto. E, col passar degli anni, quella frottola ripetuta di continuo aveva finito per diventare verità. Diceva che quella ferita se l'era procurata in un corpo a corpo con un soldato comunista durante l'ultima guerra sul fronte russo. Alla fine lui aveva scannato quel soldato sovietico come se fosse stato uno dei suoi maiali.

Padre Boris, che aveva conosciuto Mastroemilio proprio sul fronte russo, diceva di ricordare una cicatrice già vecchia sul volto del beccaio. Ma aggiungeva che poteva pure sbagliarsi.

I due avevano fatto insieme la ritirata del Don. Mastroemilio tornava a casa con i pochi superstiti dell'armata italiana distrutta. Il giovane Boris, allora solo un novizio, si era aggregato al suo sparuto reparto, per sfuggire, a quanto diceva lui, alle persecuzioni di cui erano fatte oggetto le piccole comunità cattoliche durante la guerra in Unione Sovietica. Giunto in Italia, il monachello aveva seguito Mastroemilio, quello con cui aveva maggiormente legato. Poi aveva preso i voti nel convento dei benedettini di Montevergine e infine era diventato aiutante prete dell'anziano Don Giuseppe.

Il beccaio continuava comunque a raccontare la fantasiosa avventura russa come una favola, con lo sguardo da bambino stralunato che gli conferiva l'aspetto della brava persona. Ma di certo non lo era per Daniele, che aveva imparato a conoscerlo. Mastroemilio era un bugiardo, come tutti i diavoli. Anzi, Daniele era assolutamente convinto che fosse il demonio in persona, che si trasformava in beccaio per esercitare l'"arte" del carnefice usando metodi infernali per ammazzare. "Torturare" era il suo verbo preferito. Forse non ne era nemmeno consapevole fino in fondo, della sua infima crudeltà. L'ammazzare lo eccitava in modo irrefrenabile. In quei momenti diventava una macchina demoniaca, simile a un automa e senza la minima traccia di umanità. Eppure, era questo che attirava Daniele.

10

La lama tagliente penetrò all'altezza del collo dell'agnello che Mastroemilio stringeva ben stretto tra le gambe, mentre con l'altra mano teneva fermo il muso dell'animale. E in quel momento Daniele la vide. Vide la smorfia solita sul suo viso, quel modo in cui si mordeva ritmicamente il labbro inferiore fino a farlo sanguinare, mentre si lasciava rapire da un incontrollabile piacere. Sì, il beccaio si eccitava sessualmente quando ammazzava le sue bestie, provava un'eccitazione carnale a uccidere maiali, vitelli e persino agnelli e conigli. A parte i maiali, da uccidere senza stordirli prima, per preservarne indenne il sapore della carne e del sangue, i vitelli, gli agnelli e i conigli si usava prima tramortirli con una botta di mazzuola alla testa. Lui, al contrario degli altri beccai, si vantava di scannarli tutti a caldo con il suo stiletto. Ma non sempre la loro morte arrivava istantanea. Anzi, quasi mai. A volte erano diversi i minuti di agonia cui l'aguzzino sottoponeva le proprie vittime e questo lo faceva apposta, perché godeva proprio di quegli attimi, mentre li vedeva svenarsi. E mentre prima era sempre muto e calmo e affrontava con freddezza la violenta riluttanza delle vittime, quando lo stiletto penetrava nella carne viva della bestia e il sangue cominciava a sgorgare a fiotti, lui faceva sentire il suo gemito osceno, che il nonno Raffaele, come gli altri, giustificava come respiro rantoloso dovuto all'enfisema che a Mastroemilio stava devastando i polmoni.

Con lo stesso coltello, poi, praticò alla base degli stinchi della bestia un profondo taglio nella pelle e vi soffiò dentro tutta l'aria che aveva nei polmoni. Daniele, che si era avvicinato a guardare, vide la pelliccia lanosa dell'animale gonfiarsi come un otre pieno d'acqua, fino a staccarsi dalla carne viva.

Mastroemilio prima alzò gli occhi su Daniele, con un sorriso sinistro. Dopodiché passò allo scuoiamento della bestia. E fu come se togliesse velocemente da dosso a un bambino una maglietta di lana. Quindi, prese ad aggiustare le carni con le mani, lentamente, come se le facesse delle carezze. Squartò la bestia e la ripulì con cura dalle interiora. Infine infilzò il gancio di ferro a una caviglia e appese l'agnello a uno dei ramponi che pendevano dal soffitto del mattatoio.

Ma il pensiero del carnefice era già rivolto al maiale, la prossima vittima della macellazione del giorno.

Asciugatosi le mani sul grembiule, Mastroemilio alzò il coperchio del grande pentolone posto sul treppiedi poco fuori del mattatoio. L'acqua, che sarebbe servita ad ammorbidire la cotenna e ad aiutare a togliere le setole, bolliva al fuoco della legna. Aggiunse ancora qualche ramo ad ardere, poi dispose sul banchetto la serie dei coltelli speciali. Si sputò sulle mani e, strofinatesi le palme grassocce, impugnò uno dei coltelli per affilarlo alla lima che stringeva nell'altra mano.

«Vuoi farlo tu?», disse all'improvviso rivolto a Daniele con un sorrisetto ironico. Il bambino, dopo averlo fissato, scosse lentamente il capo. «Tieni», continuò nella celia il beccaio, facendo per porgergli gli attrezzi che teneva in mano.

«*Lassa sta' o'piccirillo*», gli intimò nonno Raffaele che, da quando erano arrivati, se ne stava seduto in disparte sopra una seggiola a leggere il giornale. «*Danié, vine ccà ca te spuorc e sanghe*», disse al nipote, che però rimase fermo: sapeva che era giunto il momento di sgozzare il maiale; una cosa che dava particolare piacere a Mastroemilio. A volte gli capitava di ammazzarne anche due alla volta di maiali, se questi erano cresciuti insieme, perché se ne lasciava uno vivo, quello non mangiava più dopo la morte del compagno. Quel giorno toccò a un verro molto grosso, che il beccaio trascinò a forza dal porcile tirandolo per una corda che l'animale già teneva stretta al collo, insieme alla grossa catena agganciata al fermaglio di ferro stretto a una zampa posteriore. La bestia puntava le unghie nella terra, si dimenava, grugniva scuotendo violentemente il collo mentre il beccaio, stretta e accorciata la presa della corda, la legò a un anello di ferro a muro dentro il mattatoio. Nonno Raffaele si alzò dalla sedia e uscì fuori sull'aia. Non gli piaceva assistere a quella scena, perché gli ricordava lo spettacolo triste della moglie che si dimenava quando lui la legava al letto. Mastroemilio, invece, con gesti rapidi e decisi, afferrò l'estremità della catena, che fece passare dentro il paranco fissato al tubolare d'acciaio sopra la sua testa, e con forza micidiale issò il maiale dalla zampa per tutto il suo peso. Agganciò la catena a un uncino a terra e slegò la corda dal collo del maiale, che a quel punto cominciò a penzolare a testa in giù, ma con la testa e il muso che strisciavano ancora a terra. Afferrata di nuovo la catena e facendo peso con tutto il suo corpo, il beccaio finì di tirare su la bestia che cominciò a oscillare completamente sospesa a mezz'aria. Il verro, sentendo vicina la morte, prese a sussultare e ad agitarsi penosamente. «Pedala, pedala», ripeteva Mastroemilio impietoso, mentre disponeva il grande vaso di coccio a terra, sotto la testa pendente del maiale.

A Daniele quel verro appeso a testa in giù per una zampa, con le altre che si muovevano convulsamente a vuoto, faceva venire in mente un grasso e mostruoso ragno di pelle rosa. Solo le grida della bestia erano diverse. Senza porre attenzione ai fiotti di sangue che sarebbero schizzati dalla carotide squarciata, nel momento in cui il beccaio si avvicinò per affondare lo stiletto, Daniele lo seguì dappresso, come se volesse essere coinvolto in quella cerimonia macabra.

In quell'istante capì, finalmente, il significato di "sacrificio", quella parola che gli aveva insegnato la nonna. La pazza, per anni, gli aveva riempito la testa con i passi biblici che raccontavano di olocausti e sangue.

«C'è solo una via d'uscita, come dice San Paolo nella *Lettera agli Ebrei*: "... Secondo la legge, quasi tutte le cose si devono purificare col sangue e senza spargimento di sangue non c'è remissione". Dio ordinò al suo popolo di offrire sull'altare sacrifici di animali. Questo avvenne per insegnargli due verità basilari: che il peccato deve essere punito e che il peccatore può essere liberato se qualcun altro è punito al suo posto».

Quello che faceva Mastroemilio era un rito sacro! E quel vaso – con il quale raccoglieva il sangue sgorgante, in quel momento, abbondante dalla gola squarciata della bestia – era il vaso con cui lui, Daniele, avrebbe offerto a Dio il sangue dell'olocausto. Era quello che pensava, mentre ricordava le parole della nonna, quando citava San Paolo: «... Senza spargimento di sangue non c'è remissione».

Fu allora che, agli occhi invasati del bambino, tutti quei gesti compiuti dal macellaio nel maneggiare delicatamente il cratere, divennero sacerdotali. Vedeva tra le mani di Mastroemilio l'ampolla sacra con il sangue della vittima predestinata.

Il sangue copioso continuava a schizzare dappertutto, affrescando la parete di piastrelle bianche alle spalle del maiale. Anche il grigio grembiule di Mastroemilio ne fu spruzzato e solo per una diavoleria risparmiò il suo camice candido.

Daniele, preso da una frenesia inspiegabile, allungò in avanti le braccia e le mani verso quella fonte, come se volesse farsi bagnare da quel rosso zampillo ancora caldo. Più timidamente e con circospezione, si lasciò invece nebulizzare dalle goccioline di sangue sospese nell'aria, rese brillanti dai raggi di sole che penetravano le alte finestre del retrobottega. E per lui fu una scoperta sconcertante. Lo prese una tale sublimazione mistica che si mise in ginocchio a pregare. Snocciolò, una dopo l'altra, tutte le preghiere conosciute senza sbagliare una parola, mentre il sangue lo aspergeva. Convinto che erano così i riti sacri che aveva sentito raccontare dalla nonna. E si sentì in estasi. E si sentì pieno. E non fu più Daniele, ma spettatore di qualcosa di più grande di lui.

Il lavacro di sangue, per una misteriosa ragione, lo fece sentire in uno stato di profondo benessere. Per lui, era l'apoteosi della cerimonia attraverso la quale il Signore donava indulgenze per tutti i peccati commessi. Così gli aveva insegnato la nonna. Poi, a un tratto, nella sua testa ci fu un *blackout* che gli fece perdere conoscenza. Ma durò solo qualche secondo, poi il ritmato gocciolio del sangue della vittima riprese a risuonare.

Quando aprì gli occhi vide qualcosa di sconcertante. Davanti alla bestia ancora delirante Mastroemilio stava consumando il suo ignobile amplesso. A gambe divaricate, come il maiale appeso alla pertica, la patta dei pantaloni sbottonata, con una mano reggeva il grembiule e con la destra si masturbava furiosamente, fino a cacciare un urlo soffocato mentre dal suo piccolo sesso eiaculava la sostanza biancastra.

Daniele alzò allora lo sguardo verso le due bestie appese ai lucidi tubolari cromati. Li vide pendolare ai ganci infilzati negli stinchi, come in un'oscillazione ipnotica.

Le pozze di sangue, intanto, si allargavano sul pavimento bianco di Carrara e andavano in rivoli verso il centro della stanza. Una lenta corsa fino al centro del locale, per poi essere ingoiate da un buco nero. Il sangue senza fretta circondò la pila di scarico, si fermò, per poi iniziare a scomparire, fagocitato dal buco. Era il segnale che tutto era finito, almeno per quella mattina di martedì.

Mastroemilio, dopo essersi ricomposto, apparve allora finalmente nella sua veste umana. Guardò il bambino senza imbarazzo, come nulla fosse successo. Daniele lo vide tossire e aspirare con sofferenza una delle sue nazionali senza filtro. Lo fece a perdifiato, come tanti uomini dopo un amplesso consumato con una donna: rosso in viso e come sempre affannato. Era ridiventato il solito Mastroemilio con tutte le sue sofferenze umane. Non era più il potente padrone del destino delle bestie che ammazzava senza pietà. Era lui a essere, in quel momento, vittima del male che gli scoppiava nei polmoni.

11

Il pomeriggio dello stesso giorno, nella vecchia canonica della chiesa del Sacro Cuore, Padre Boris compì anch'egli il suo olocausto. E anch'egli, alla maniera del beccaio, dopo quel rito, fumò una sigaretta.

Padre Boris era un monaco originario di Vladimir, un'antica città della Russia europea, a circa duecento chilometri a nord-est di Mosca, attraversata da un fiume, il Kljaz'ma. Molto più giovane di Mastroemilio, che lo aveva condotto da quelle parti anni addietro. E, al contrario del macellaio, molto bello. Snello, alto, biondo e con gli occhi azzurri. Aveva i capelli lunghi e lisci come anche la barba, che gli conferiva un aspetto divino uguale a Gesù. Se non era proprio un sosia del Maestro, aveva comunque un Volto Santo!

Il beccaio si vantava di averlo salvato da morte sicura durante la ritirata dal fronte russo, al quale era stato richiamato, quasi quarantenne, in un battaglione di fanteria.

Dopo la rotta dell'ARMIR, il nostro corpo di spedizione, lui si era aggregato a un gruppo di soldati italiani, rumeni e ungheresi allo sbando, che poi si erano uniti a quel che restava di un battaglione di alpini. Mastroemilio, di quella Ritirata di Russia, parlava ancora, con toni accesi e drammatici, a tutti i clienti che frequentavano la sua macelleria: «Un calvario di centinaia di chilometri nella neve. Si affondava a ogni passo fino alle ginocchia. E quel vento di tramontana che tagliava la faccia! Chi non riusciva a tenere il ritmo di marcia, perché ferito o stanco, veniva abbandonato. Si moriva, sì, come mosche. Si moriva mentre si chiamava la mamma o la propria ragazza nel delirio dell'agonia. La maggior parte, però, implorando un atto di misericordia, quello di essere uccisi. E ce n'erano di morti sotto la neve! Erano tutti uguali, non si riconoscevano nemmeno le divise. Le divise, a dire il vero, servivano ai vivi, per ripararsi meglio dal freddo. Perciò i morti venivano spogliati e i cadaveri si accatastavano di lato come legna secca. Erano talmente rigidi che non si potevano seppellire. E chi ce l'aveva la forza! E poi il terreno era ghiacciato e non si poteva neanche spalare. La notte nessuno dormiva per la paura. I russi che inseguivano la nostra colonna sparavano quei razzi micidiali, i *Katiuscia*. È lì, in quell'inferno, che ho conosciuto Padre Boris. Ero stato ferito da una scheggia e allora mi sono rifugiato con alcuni soldati in un'*isba*. È così, sapete, che chiamano le case di campagna da quelle parti. E qui c'era nascosto Padre Boris. A quei tempi solo un ragazzino. Parlava un poco l'italiano. Diceva che l'aveva imparato nel suo convento cattolico, dove era un novizio, e da dove era scappato per paura dei russi. Sì, la cosa curiosa fu che non era spaventato da noi, ma dall'arrivo dei russi. Diceva che se l'avessero trovato, sarebbe finito in qualche *Gulag*, i campi di prigionia sovietici, perché Stalin considerava i preti cattolici nemici della patria, li accusava di collaborare con i nemici invasori...».

E continuava nel suo racconto quasi sempre uguale, tranne qualche variante di contorno, che di volta in volta inseriva per ridestare l'interesse dei suoi ascoltatori, costretti ad ascoltare più volte quella storia.

12

Daniele era arrivato in canonica poco prima delle 15. Come sempre senza bussare, spinse piano la porticina ed entrò nella stanza. L'ambiente era abbastanza caldo. Nel camino ad angolo, molto più grande rispetto al vano da riscaldare, bruciavano lentamente i ceppi di castagno.

Padre Boris stava chino sulla sedia davanti al camino. Rosso in viso, sembrava uno che si era appena alzato da tavola dopo essersi riempito col pranzo. I gomiti poggiati sulle gambe, il mento tra le mani, così lo vide Daniele, assorto nei suoi pensieri, e gli sembrò pure che sorridesse. Indossava, invece del solito saio da frate, l'abito talare dei preti, nero con i trentatré bottoni come gli anni di Nostro Signore. Era uno dei vestiti del vecchio parroco Don Giuseppe e Padre Boris lo indossava solo quando Maria gli lavava l'unico saio che aveva. Lui non si avvide immediatamente dell'arrivo di Daniele che, fermo sulla soglia, lo guardava incuriosito. Con una mano, intanto, si lisciava i peli della barba. Non appena si accorse della sua presenza, si girò e, senza alzarsi dalla sedia, spalancò le braccia al bambino che corse ad abbracciarlo. Boris lo baciò affettuosamente facendogli gli auguri per il suo compleanno.

Il frate era alticcio e puzzava di vino, ma a Daniele era già capitato di vederlo in quello stato. Era proprio lui che, incaricato dalla mamma, gli portava il vino delle Suore della Carità, regalato alla chiesa per le messe, ma che finiva tracannato in gran quantità dal sacerdote. Lo beveva di nascosto; ed era uno dei tanti segreti che condivideva con Daniele. Il frate, quindi, abbracciò il bambino e se lo mise seduto sulle gambe stringendolo a sé. Sembrava più affettuoso del solito.

«Sai Daniele, sei bello come un efebo», disse Boris carezzandolo sul viso.

«Cos'è?», chiese il bambino con espressione ingenua.

E il sacerdote prese a raccontargli della bellezza dell'amore efebico nell'antica Grecia. Gli disse che con la parola "efebia" si indicava il primo gradino verso l'età adulta e l'uscita dall'infanzia. Come stava succedendo a lui, quindi occorreva festeggiare l'evento, aggiunse mentendo. Boris sapeva bene che, in realtà, gli efebi, nell'antica Grecia, avevano tra i diciotto e i vent'anni ed erano già pronti a esercitarsi per la guerra.

Poi, sempre più eccitato, gli parlò di amori tra adulti e ragazzini, ma il bambino poco capì di quelle storie. Daniele sentiva solo le mani di Boris che gli palpavano il sederino.

«Comincia a fare troppo caldo», disse il sacerdote slacciandosi il collare bianco, che poggiò sulla mensola del camino. Daniele, guardando Boris vestito di nero, ricordò cosa diceva la nonna del vestito, e cioè che era nero per esprimere l'austerità per i voti, mentre il collare era simbolo di purezza.

«Ascolta, ho da farti vedere una cosa con la quale, noi due, faremo un bel gioco. Se ti piacerà, te la regalerò per il tuo compleanno», disse allora il sacerdote accendendo la fantasia del bambino. Daniele rimase in attesa della sorpresa, sempre seduto sulle gambe del prete che, dopo essersi sbottonato alcuni bottoni della tonaca, armeggiò con qualcosa che portava al collo. «Questa è la medaglia di San Benedetto e ha un potere magico. Guarda!», disse mostrandola al bambino. Daniele strinse tra le sue piccole dita la medaglia, attratto dalle lettere scritte da un lato, mentre dall'altro c'era l'immagine del santo.

«Sono lettere che nascondono parole magiche che non appena si pronunciano ci liberano dal male», aggiunse Boris. Il frate diceva queste parole mentre con le due mani continuava a palpeggiargli il fondoschiena. Poi, notando l'interesse che il bambino continuava a mostrare per la medaglia, disse: «Questo è il mio regalo per il tuo compleanno».

Daniele mostrò il suo entusiasmo. Già pensava di aggiungere quella luccicante medaglietta alla collezione di santini che custodiva con orgoglio nella scatola sotto il letto.

Ma Boris, invece di dargliela, continuò: «Adesso però, per fare il gioco che ti ho promesso, ci dobbiamo spogliare». E iniziò a sbottonare altri dei trentatré bottoni della tonaca, lasciando aperto il petto glabro e bianchissimo. Il bambino vide che il frate sotto era nudo. Incuriosito dal gioco che stavano per iniziare, si fece anch'egli sfilare il golfino marrone dagli orli consumati. Poi, su ordine di Boris, si tolse anche la camicina, la maglietta intima e i pantaloni di flanella. Il frate non fu del tutto contento e, con il sorriso sulle labbra, lo rimproverò dicendogli: «Così non va, furbacchione, ti devi togliere anche le mutandine. Vedi, nemmeno io le indosso», disse mostrandosi completamente nudo agli occhi perplessi del bambino, dopo aver slacciato il resto dei bottoni. «Daniele, è solo un gioco», lo tranquillizzò con una smorfia il sacerdote. Sia pure con titubanza verso quel gioco che stava per iniziare, il bambino si denudò completamente. Era sicuro che il frate non gli avrebbe mai fatto del male.

Prima di dare inizio al gioco, Boris, rivolgendosi al bambino con aria di complicità, disse: «Essendo un gioco da uomini e non da bambini ci beviamo prima un goccetto di vino». Prese la bottiglia mezza piena e versò del vino rosso in due bicchieri, porgendone uno al ragazzo. Per atteggiarsi a uomo, Daniele immediatamente si scolò il bicchiere, come faceva segretamente con nonno Raffaele, sottecchi alla madre, perché ne temeva i rimbrotti. Il frate gliene versò dell'altro e, così facendo, i due terminarono tutta la bottiglia. Dopodiché, Boris si mise in piedi e disse a Daniele di porsi davanti a lui. Il bambino, completamente stordito, gli obbedì. Il frate con una mano mostrò a Daniele la medaglia di San Benedetto, facendola oscillare davanti ai suoi occhi. Poi intimò al bambino di seguire il pendolare della medaglia, senza staccare lo sguardo, e di ripetere con lui la preghiera che gli aveva insegnato al catechismo.

«Chiamato ad annunciare la tua Parola aiutami, Signore, a vivere di te e a essere strumento della tua pace».

Padre Boris, spostando la sedia, gli si accostò con fare lubrico...

«Toccami il cuore e rendimi trasparente la vita, perché le parole, quando veicolano la tua, non suonino false sulle mie labbra».

... E cominciò a palpargli il sederino...

«Esercita su di me un fascino così potente che, prima ancora dei miei ragazzi, io abbia a pensare come Te, amare la gente come Te, a giudicare la storia come Te».

Reso ormai sfrenato dal vino, il frate si levò dalla sedia e avvicinatosi alla madia tirò fuori un'ampolla dell'olio. Si unse le dita e con calma tornò a sedersi, dove il piccolo, mani giunte, continuava, ignaro, a seguirlo nella sua preghiera.

«Concedimi il gaudio di lavorare in comunione e inondami di tristezza ogni volta che, isolandomi dagli altri, pretendo di fare la mia corsa da solo».

«Ho paura, Signore, della mia povertà. Regalami, perciò, il conforto di veder crescere i miei ragazzi nella conoscenza e nel servizio di te, uomo libero e irresistibile amante della vita».

«Infondi in me una grande passione per la Verità e impediscimi di parlare in Tuo nome se prima non ti ho consultato con lo studio e non ho tribolato nella ricerca».

A quelle parole da lui attese, il frate infilò il dito nell'orifizio anale. Daniele fece una smorfia di dolore. Accostando le labbra all'orecchio, Boris gli fece un verso prolungato del silenzio, che a Daniele suonò come il sibilo di una serpe. «Continua, ripeti con me!», gli sussurrò con tono mellifluo ma deciso.

E Daniele riprese a seguirlo con tono più alto…

«Salvami dalla presunzione di sapere tutto. Dall'arroganza di chi non ammette dubbi. Dalla durezza di chi non tollera ritardi. Dal rigore di chi non perdona debolezze. Dall'ipocrisia di chi salva i principi e uccide le persone».

Più alto…

«Trasportami dal Tabor della contemplazione alla pianura dell'impegno quotidiano. E se l'azione inaridirà la mia vita, riconducimi alla montagna del silenzio. Dalle alture scoprirò i segreti della "contemplatività" e il mio sguardo missionario arriverà più facilmente agli estremi confini della terra».

Il bambino alzò ancora l'intonazione fin quasi a urlare, come volesse coprire con la sua voce il dolore di quelle dita viscide che continuavano a penetrarlo…

«Affidami a tua Madre. Dammi la gioia di custodire i miei ragazzi come Lei custodì Giovanni. E quando, come lei, anch'io sarò provato dal martirio, fa' che ogni tanto possa trovare riposo reclinando il capo sulla sua spalla…».

«Amen», concluse Daniele in lacrime.

«Amen», gli rispose Boris, asciugandogli il viso con una carezza. «Bravo», aggiunse rivolto al bambino che se ne stava rigido, con le mani ancora congiunte. «Questa è tua», disse poi, facendo pendolare la medaglia davanti ai suoi occhi.

In silenzio, Daniele allungò la mano per prenderla, ma Boris ritrasse la sua di scatto allontanandola dalla sua presa.

«Ah, ah! Prima però devi toccarmi lì», disse al bambino, indicandogli il pene in erezione. Daniele, come un automa, obbedì. Strinse esitante tra le dita quel coso di carne umidiccia, trattenendo il ribrezzo. Riuscì solo a dire: «Ho freddo, mi voglio rimettere il maglione»; e Boris, con fare premuroso, glielo infilò.

«Ma non siamo ancora alla fine del gioco», disse il frate, indicando ancora il suo pene. E Daniele di nuovo obbedì. Si sentiva quasi in *trance*, si muoveva come una marionetta nelle mani del sacerdote, che a quel punto cominciò a pronunciare con tono solenne delle frasi in latino, che il bambino non comprendeva. Poi, con affanno, aggiunse in italiano: «È venuto il momento di cacciare il male dal tuo corpicino e solo con lo strumento che stringi tra le mani io ti salverò. Non avere timore, sentirai un po' di dolore ma passerà subito. Purtroppo è necessario affinché tu possa essere liberato».

Si alzò dalla sedia, divaricò leggermente le gambe del bambino, facendolo curvare in avanti verso il camino, e gli disse: «Afferra lo schienale della sedia e stringi forte, non aver paura, continua a pregare e non ti muovere. Non fare alcun movimento».

E mentre lui si metteva quasi in ginocchio, alle sue spalle, Daniele sentì il tragico coro dei maiali che veniva dall'altra parte della parete. La canonica e il retrobottega della macelleria erano attigui, divisi solo da un muro di spina. Quelle grida erano il segnale che Mastroemilio stava cominciando a macellare, anche di pomeriggio, in quel giorno di festa.

«Senti, senti com'è struggente il coro degli animali prossimi alla morte», diceva Padre Boris a Daniele carezzandogli i capelli. E quel lamento animale rimbombò nella testa del bambino, confuso al coro che si levò in quel momento dalla chiesa: le bizzoche avevano cominciato le preghiere.

«Ma che bel connubio! Una sola orazione in onore di Sant'Anna!», commentò il frate con un risolino sarcastico. «Ora tu prega con me Daniele, come quando servi messa», disse poi, dando inizio al suo rito. Cominciò allora a toccarsi, a strofinarsi con foga sul bambino che rispondeva inebetito al richiamo ansimante di quella preghiera:

«*Crux Sacra Sit Mihi Lux*».

«La Santa Croce sia la mia luce».

«*Non Draco Sit Mihi Dux*».

«Non sia il demonio mio condottiero».

«*Vade Retro Satana*».

«Fatti indietro Satana».

«*Numquam Suade Mibi Vana*».

«Non mi attirare alle vanità».

«*Sunt Mala Quae Libas*».

«Sono mali le tue bevande».

«*Ipse Venena Bibas*».

«Bevi tu stesso il tuo veleno».

Seguì un lungo silenzio e Daniele comprese che era giunto il momento. Anche i maiali, ormai, non emettevano più grida di dolore, ma solo gemiti. Erano bestie arrese al loro destino e consapevoli di essere state condannate alla fine. Allo stesso modo, il canto delle bizzoche sembrava dire che anche loro aspettavano consapevoli la morte, ma con la speranza di essere salvate.

Temendo di non sopportare il dolore preannunciato, Daniele strinse tra i denti la manica del maglioncino di lana e non pregò più. Sentì prima le dita del prete che si facevano strada nell'orifizio anale; e poi dolore, tutto il dolore della sua vita, dell'universo, quando Boris, tolte le dita, lo penetrò col suo sesso indurito. In chiesa le bizzoche ripresero le litanie di preghiera, a cui risposero le ultime grida dei maiali. E quel lamento suonò nella testa del bambino come una stupida canzonetta che lo avrebbe accompagnato per il resto dei suoi giorni. In quel delirio collettivo di sofferenza, di voci umane e versi di animali, Daniele si sentì risucchiato in una dimensione fuori dalla sua realtà. Ebbe un estremo mancamento e perse conoscenza. Il sacerdote, però, continuò e continuò, abusò con più lena del suo corpo ormai privo di resistenza, fino alla beatitudine finale.

Quando Daniele si riebbe, sentì lo schifo del suo fiato bavoso, dell'alito fetido sul suo collo. Ma non si mosse. Rimase impietrito, timoroso di disubbidirgli. Gli avevano insegnato che doveva sopportare dolore per santificarsi. Perciò fu consapevole per la prima volta di essere stato il capro espiatorio, l'agnello da sacrificare. E la paura di commettere peccato di disubbidienza lo aveva reso schiavo di Padre Boris.

13

Era quasi buio quando uscì dalla canonica. Il beccaio stava finendo la sua lunghissima giornata pulendo il mattatoio. Fino a tardi avrebbe lavato e buttato per terra secchi d'acqua mista a creolina, per disinfettare l'ambiente. Anche il frate, a modo suo, aveva "disinfettato" la canonica dopo l'esorcismo, aspergendo con l'acqua santa i muri per purificarli dal male. Era stato un esorcismo simile a una danza. Una macabra danza.

E adesso che era tutto finito, Daniele sentiva ancor di più la ferita che gli lacerava le carni. Rivedeva la scena di quello stupro immondo, solo che la riviveva non più da vittima, ma da spettatore rassegnato. Vedeva gli animali che gli ballavano intorno, vorticosamente, come spettri, e lui, al centro della scena, che danzava avvinghiato all'Uomo Nero nel "rito della penetrazione". Camminava senza meta per le stradine già deserte di Sant'Anna, come un sonnambulo, trascinandosi a piccoli passi come Tamino lo storpio. Ma non aveva le grucce a reggerlo. C'era solo la sua fierezza a sostenerlo. Perché Daniele si sentiva fiero. Fiero di aver resistito a tanto dolore, mentre i suoi singhiozzi gli rimbombavano nelle orecchie come l'orrenda canzonetta dell'olocausto.

Poi, dopo tanto vagare, si ritrovò davanti al casotto, dietro la sua abitazione. E il nauseabondo puzzo di piscio che veniva dalla vicina latrina lo risvegliò dal suo stato di assenza. Dietro il casotto, c'era una baracca dove il nonno teneva la legna. Era proprio lì che si rifugiava di solito dopo aver ricevuto un torto. Ma, per la prima volta, aveva voglia di nascondersi per la vergogna.

Era sera, ormai, e si sedette al suo posto, su una vecchia seggiola che lui stesso aveva portato dentro quell'angusto capanno. Non era facile per lui farsi una ragione di cosa gli era successo e del perché. Pensava al mattatoio e alla canonica che per una strana magia erano diventati una sola cosa. Un solo tempio, una sola chiesa. E Mastroemilio e Padre Boris, il macellaio e l'Uomo Nero, diventarono anche loro un'unica creatura che Daniele battezzò col nome di Mastroboris. Una bestia di Satana che per metà era prete e per l'altra macellaio. Una parte del mostro uccideva per sfamarlo, l'altra lo violentava per purificarlo. Finalmente la lezione che, per tanti anni, la nonna aveva cercato di fargli capire era chiara: per arrivare al bene bisognava passare per la sofferenza del dolore.

Era solo a rimuginare sui suoi pensieri, quando si accorse che qualcuno lo osservava tenendosi al riparo dietro la catasta di legna secca in un angolo del capanno. Impaurito, trattenne il fiato, sentendo un lieve frusciare tra le fronde di rami ammucchiati accanto alla legna. E sentì una voce soave, come quella di un angelo o quella che lui immaginava fosse la voce di un angelo: «Danny, il dolore è una droga potente che spaventa quando mostra la sua vera faccia, ma è seducente quando si ammanta di sacrificio e di rinuncia».

Fu allora che la vide: una figura eterea, una fatina dalla bellezza aggraziata e lucente, come quelle ispirate alla sua fantasia di bambino dai racconti della mamma. La ragazzina si avvicinò a lui con incedere leggero, ondeggiando lievemente a ogni passo, la tunica fine che avvolgeva la sua figura morbida e perfetta. Alcune soffici ciocche di un delicato castano dai riflessi dorati sfuggirono dall'acconciatura che le incorniciava il capo e, scendendo per il collo e le spalle delicate, giunsero fino alla vita. Quando l'ebbe di fronte, alla luce del lampione che filtrava dalla finestra della baracca, Daniele vide che sorrideva, ma quel sorriso ingenuo, quasi acerbo, gli parve stonare su quel volto statico: gli occhi, di un azzurro intenso, lo fissavano immoti, inespressivi.

«Mi chiamo Isabel», disse la ragazza. Daniele non le rispose, era triste e sconsolato per quanto gli era capitato quel pomeriggio. Poi ebbe un sussulto. Vide, con sorpresa e paura, alcuni maiali che gli giravano intorno.

«I coristi!», esclamò, dopo il primo spavento, indicandoli a Isabel. Ma si accorse che i maiali nel frattempo erano diventati degli agnelli. Erano tutti afflitti. Giravano in tondo col capo chino e la coda tra le gambe, in segno di sottomissione. Le bestie candide si disposero in circolo intorno al bambino come per adorarlo. Lui era stato da poco sacrificato. L'uomo vestito di nero lo aveva offerto al Signore in sacrificio per tutti.

«Sia fatta la sua volontà», disse Isabel.

«Ora e sempre», replicò Daniele tremante, convinto di essersi immolato per i peccatori. Ma non riusciva a cancellare quanto di brutto aveva vissuto poco prima nella canonica.

Isabel parve intuire i suoi pensieri e, senza avvicinarsi, allungò la mano verso il ragazzino. Sentendosi come toccato Daniele sollevò il capo e, vedendola, la sua bocca si fissò in una smorfia di stupore atterrito.

«Né acqua santa né creolina potranno mai cancellare dal tempio dell'olocausto e dell'abominio gli schizzi di sangue. Saranno macchie indelebili che testimonieranno il martirio commesso in quel luogo di tribolazione. Un giorno, quello stesso sangue sarà paglia per la bestia. Sarà cacciata fuori nelle tenebre e brucerà all'Inferno! E la getteranno nella fornace ardente, dove sarà pianto e stridore di denti!».

La ragazzina pronunciò quelle parole con voce tremenda, di furioso castigo. Poi, tornando al viso angelico e al tono soave di prima, aggiunse: «È parola del Signore».

«Sia fatta la sua volontà», rispose Danny, come l'aveva ribattezzato Isabel.

«Ora e sempre».

E finalmente il bambino si addormentò.

14

I riti del martedì, nella canonica, erano appena terminati quando Padre Boris decise di lasciare in fretta il paese di Sant'Anna in Barra. Sarebbe tornato al convento di Montevergine, lo stesso in cui aveva preso i voti dopo essere giunto in Italia con Mastroemilio. Dalla fine della guerra era stato trasferito, su sua stessa supplica, nella parrocchia del Sacro Cuore di Sant'Anna. Lì c'era ancora bisogno di dare una mano ai sopravvissuti ai bombardamenti. Un aiuto era stato richiesto non solo per ripristinare materialmente la chiesa, che tardava a essere riparata dai danneggiamenti bellici, ma specialmente per ricostruire una comunità di anime allo sbando. E Padre Boris, seppur ancora giovane, si era dato molto da fare per la ricostruzione. Perciò, la sua partenza inaspettata avrebbe rattristato molto la piccola comunità parrocchiale.

Prima di partire per la sua nuova destinazione, il sacerdote andò a fare visita a Maria per comunicarle che l'indomani stesso, col treno della mattina, sarebbe ritornato in convento. La sua era una visita breve, di commiato, per dirle semplicemente che l'avrebbe lasciata sola con Don Giuseppe. E con la sua assenza, lei avrebbe dovuto fare maggiore attenzione al vecchio parroco, ormai quasi cieco. Con Maria fu freddo e sbrigativo come non lo era mai stato. Il sacerdote le raccontò di dover far ritorno all'ordine religioso di appartenenza. Lui, che aveva preso i voti nell'ordine dei benedettini, ci doveva ritornare come una pecora all'ovile. Era il voto dell'obbedienza che glielo imponeva. Maria taceva per il dolore, mentre l'ascoltava. Non aveva previsto un futuro così buio nel suo rapporto d'amore col frate. Anzi, in cuor suo aveva sperato che Boris lasciasse il sacerdozio per unirsi a lei. Ma non protestò. Non chiese ragioni per quel repentino addio. Lo stette ad ascoltare in silenzio. E non perché nutrisse più la speranza di un suo ritorno, ma per non tradire davanti a lui il suo sentimento ferito, cresciuto in tanti anni di segreta passione e di servizievole dedizione. Nello sconcerto che colse la sua mente confusa, prese forma un turbinio di pensieri. Al termine di quel misurato commiato, lui salutò con una stretta di mano, che lei ricambiò meccanicamente. Nel sentire, nella sua, la mano fredda di Boris, quella presa molliccia, Maria avvertì una scossa pungente. «Un saluto a Daniele», disse infine sulla porta lui, prima di un ultimo sguardo sfuggente.

"Non è ancora tornato", rispose tra sé lei, mentre, immobile, accompagnava con lo sguardo la sagoma nera di Boris che si dileguava come un ratto nel buio della sera. Maria restò sola con i tormenti che la assillavano. Quel saluto freddo, quell'addio brusco di Boris a lei sembrava quasi una fuga. Dopo la messa del mattino, infatti, quando si erano incontrati in canonica, lui non le aveva detto niente di quella partenza. E nemmeno il suo contegno gli era parso mutato. Neanche Padre Giuseppe aveva fatto alcuno accenno in merito. Cos'era successo, allora? E cos'era successo a Daniele? Perché tardava a tornare, a fare rientro a casa? Preoccupata, Maria era stata in giro per ore a cercarlo, anche a casa dei suoi amici, compagni di scuola o di giochi. Nonno Raffaele era andato a chiedere anche da Mastroemilio, nel caso il bambino fosse tornato alla masseria il pomeriggio per assistere alle altre macellazioni. No, neanche lì Daniele era stato. C'era però che il beccaio, sull'imbrunire, mentre era intento a ripulire nel retrobottega, aveva visto di sfuggita passare un bambino che gli era parso Daniele. Ma poteva pure sbagliarsi.

Quella che passò Maria fu una veglia di ansia e, col passare delle ore, l'angoscia si tramutò in disperazione. Il padre cercò di tranquillizzarla e di non dar retta alle grida strambe della madre Anna, che, avendo sentito dabbasso la voce di Padre Boris durante il suo fugace addio, continuò tutta la notte a inveire contro il prete, maledicendolo e accusandolo di aver ucciso il nipote. Quel risentimento che lei aveva sempre manifestato contro il frate si era accresciuto dopo l'episodio dell'esorcismo. Anche Daniele, nascosto per la vergogna nella baracca dietro casa, dove a nessuno era venuto in mente di andare a cercarlo fino alla mattina, nel sonno agitato, stringendo forte in mano la catenina che Padre Boris gli aveva regalato, aveva udito le farneticazioni della nonna. Le sentì meglio Isabel, l'amica che gli restò accanto tutta la notte, l'angelo che avrebbe vegliato su di lui tutta la vita.

15

Era quasi il tramonto del giorno dopo e Daniele camminava con il sole alle spalle. Il bambino vide la sua ombra sul selciato allungarsi e fu fiero di vedersi già adulto, ma non aveva ancora compiuto otto anni. La sbarra era aperta. Disteso di traverso sulle rotaie, al centro del passaggio a livello vicino casa sua, Daniele vide un grosso fagotto. Pensò che qualche traballante carretta avesse perso parte del carico passando sui binari e così si avvicinò per capire cosa fosse. Si rese subito conto che si trattava d'indumenti. Quando raggiunse il fardello, si avvide che erano panni sporchi di sangue. Non ebbe paura e, con circospezione, finì per toccare con i piedini quanto giaceva coperto da quell'ammasso di stoffa. Solo allora scoprì la terribile realtà. Quelle pezze coprivano le fattezze informi di un cadavere disteso sui binari a pancia sotto. Daniele si ritrasse terrorizzato. Il morto aveva la testa quasi tranciata di netto, anch'essa rivolta sulla massicciata dei binari, e solo alcuni lembi di carne la tenevano ancora legata al resto del corpo. Il terrore aumentò nei suoi occhi non appena gli sembrò di riconoscere quel vestito verde scuro sotto le pezze sbrindellate che dovevano essere i resti di un cappotto. Esitante, allungò le mani su quegli stracci e tentò di girare la sagoma verso di sé. A tutta prima, non capì ancora se si trattava di un uomo o di una donna. Era impietrito e restò immobile per qualche istante. Poi, quando, con uno sforzo straordinario, trovò il coraggio di girare la testa e la guardò in viso, la riconobbe: era il volto della Madonna!

Staccatasi definitivamente dal busto, per via dello scossoni provocati da Daniele nel girare il corpo, la testa rotolò per la piccola scarpata che correva accanto alle rotaie.

Daniele chiuse gli occhi, con la speranza di svegliarsi da quello che credeva fosse un sogno. Ma non lo era! Allora cacciò un urlo terribile, che fece vibrare il ferro delle rotaie.

Dopo quello, per due giorni di seguito rimase ammutolito, con l'occhio fisso, insonne, nonostante i tentativi del nonno e del medico del paese di farlo tornare alla realtà. Non un singhiozzo, mai una volta che avesse tirato su il moccio col naso, era questo a preoccuparli. Chiuso nel suo silenzio, Daniele non riusciva a rimuovere il suo sguardo da quel viso di donna, in cui prima aveva riconosciuto il volto della Madonna di Montevergine, quando dopo, invece, quella stessa testa mozzata, per una strana magia, aveva preso le sembianze del Volto del Signore. E rivivendo continuamente nella sua mente l'atroce esperienza, non riuscì a confidarsi con nessuno. Solo a Isabel – che nella notte gli si era fatta accanto sussurrandogli all'orecchio: «Sia fatta la sua volontà» – aveva risposto, ma solo muovendo le labbra: «Ora e sempre».

Non poteva dimenticare quella testa che ruzzolava lungo la scarpata. E lui che la inseguiva disperatamente perché non si facesse del male. Non aveva niente di cui accusarsi. Solo, ricordava la faccia della madre quella mattina, quando, scoperto nella baracca, le aveva detto che la medaglietta di San Benedetto che portava era un regalo di Padre Boris, in cambio di quel giochino che però gli aveva fatto tanto male.

Davanti alla tragedia lui non si era tirato indietro. E aveva fatto tutto il possibile in un disperato tentativo di salvarla. Anche perché sembrava che la testa, per un momento, fosse ancora viva e bisognevole di cure, e per un istante gli sembrò pure che gli parlasse: «Figlio mio aiutami!». In essa, ora, non vedeva più il Volto Santo del Signore, ma le sembianze di Maria, sua madre! Si era inginocchiato davanti a quello scempio e, presa la testa della mamma, l'aveva posizionata al suo posto, sul corpo martoriato. Per lui Maria stava morendo senza avere il conforto di un prete. Chi l'avrebbe confessata? Chi le avrebbe dato l'estrema unzione? Lui, pur non essendo un sacerdote, in quel tragico momento, era l'unico che poteva assolvere a questo compito. E non c'era più un attimo da perdere. Così, un istante prima che la testa chiudesse gli occhi, lui parlò, con una voce che, però, non veniva dalla sua gola strozzata. Era la voce di Isabel. Ma non era la sua solita voce, la sentì diversa. Sembrava la voce di un altro: «Aspetta mamma, ti prego, non ho ancora fatto quello che devo fare, aspetta prima di chiudere gli occhi», diceva mentre prendeva una delle immaginette che portava sempre nella tasca dei pantaloni. «Aiutami Angelo del Signore», gridò poi verso il cielo. E alcune gocce di sangue gli segnarono il viso. Era il segnale che la sua richiesta era stata accolta.

Pose il santino sulla fronte della donna e chiese in silenzio a Gesù Cristo di perdonarle i peccati. Sarebbe stato lui a farsi carico di tutti i peccati commessi dalla mamma, gli comandò allora l'Angelo di dire. E aggiunse di pregare insieme a lui: «Liberate Signore mia madre da ogni peccato. Accettate la mia supplica perché lei ormai non ha più voce. Salvatela dalle porte dell'Inferno. Io, per questo, prendo su di me tutti i suoi peccati. Sia io, o mio Signore, a pagare il suo debito. Sia fatta la Vostra volontà. Amen».

Dopo fatto ciò, Daniele sentì un suono forte di trombe e vide tre cavalieri venire dal cielo. «Tu farai un patto con Dio», disse uno di quelli al bambino, «e salverai Maria dalle pene dell'Inferno. Giura di pagare quel debito con un sacrificio di sangue che noi chiameremo del Settimo Rito». Daniele giurò e immaginò di trasformarsi anche lui in cavaliere e volare via insieme a loro. E così smise il suono delle trombe. Il viso di Maria si era intanto rasserenato, mentre lui pronunciava le ultime parole: «Grazie Angelo mio». E solo allora Daniele le chiuse gli occhi.

16

Il bambino era fermo davanti alla salma della mamma apparecchiata sul letto. Per il triste evento le avevano messo intorno al collo lo *chador* di Toledo, il suo preferito, a celare il terribile sfregio della testa mozza. Il padre aveva fatto coprire il corpo di Maria con un lenzuolo bianco ricamato, il più bello del povero corredo di casa. Nonno Raffaele non voleva si vedesse lo scempio che il treno in corsa aveva compiuto sul corpo della figlia. Maria fu sistemata nella camera dei genitori al pianoterra, da dove tolsero, oltre la mamma malata, tutti i quadri. Ammantarono gli specchi, ma non riuscirono a coprire del tutto le ante dell'armadio, cosicché Daniele continuò a vederci i volti dei dannati. Facce, imbrigliate nella radica di noce che, minacciose, tentavano di uscire dalle linee del legno.

Il cadavere restò lì sul letto due giorni, fino a quando non fu portato al cimitero. Non poteva andare in chiesa, il parroco Don Giuseppe lo aveva vietato. Ai suicidi non era consentito. E drammatico era stato, poco prima in chiesa, anche il breve scambio di battute tra il nonno di Daniele e lo stesso parroco.

«Don Giuseppe, vorrei che mia figlia avesse un funerale come tanti altri...».

Ma il parroco, seppur con le lacrime agli occhi, fu deciso nella risposta: «È sempre un peccato mortale togliersi la vita...».

Il nonno, implorandolo, cercò di negargli la disgrazia: «Non si è suicidata!!».

Il parroco, però, irremovibile, si giustificò: «Mi dispiace. Il Vescovo non la pensa così. Le regole, Raffaele. Ci sono regole da rispettare...».

«Ah, le regole...», disse il nonno. «Per non parlare d'altro, parliamo di mia figlia Maria, Padre. Dio è stato l'unico dal quale si sentiva amata... E adesso?».

Il parroco non volle replicare al nonno di Daniele. Finì con Raffaele che sbatté la porta della sacrestia. Lo avrebbe ammazzato quell'infame. Con tutto quello che sua figlia aveva fatto per la chiesa, non meritava quel duro trattamento. Proprio la sua amata chiesa le vietava l'ingresso. A lei, che ci andava tutti i giorni, adesso uno stupido parroco negava l'ultima messa. La sola cosa che fece il prete, forse un po' pentito, fu di dare dispensa al viceparroco di andare comunque a casa di Daniele per benedire la salma.

Infatti, Padre Boris, avvertito dell'accaduto, era tornato in tutta fretta a Sant'Anna. Più per capire che voci girassero sull'accaduto e sul suo conto, che per pietà o rispetto verso quella donna che l'aveva così tanto amato. Quando fece il suo ingresso nella camera ardente, lui, che per tanti anni era sempre entrato deciso in quella casa, quasi da padrone, apparve timoroso, come un bambino che aveva commesso qualcosa di brutto e cercava perdono. Prese per mano Daniele che continuava a guardarlo e lo avvicinò al letto. Poi, rivolgendosi al bambino, disse: «Dille addio figliolo, è il momento di dirle addio».

Daniele non gli rispose.

«Lascia qua le tue lacrime», disse ancora il frate che, imbarazzato dal silenzio ostile di Daniele, tenendolo sempre per mano, prese a leggere alcuni passi dall'Antico Testamento.

Ma non furono quelle le preghiere che Daniele udì in quel momento, ma quelle di un'altra voce che gli risuonò nelle orecchie: «Ed ecco, una mano mi toccò e tutto tremante mi fece alzare sulle ginocchia, appoggiato sulla palma delle mani. Poi egli mi disse: "Daniele, uomo prediletto, intendi le parole che io ti rivolgo, alzati in piedi, poiché ora sono stato mandato a te". Quando mi ebbe detto questo, io mi alzai in piedi tutto tremante».

Era la voce del Signore. Si era servito della presenza silenziosa di Isabel, giunta anch'ella al funerale, per parlare al bambino, per indicargli la missione da compiere e ripagare il debito della defunta.

«Sarà il vendicatore del sangue quegli che metterà a morte l'omicida; quando lo incontrerà, lo ucciderà», aggiunse infine la giovinetta.

Fu allora che Daniele capì chi era l'agnello da sacrificare. Lasciò la mano di Boris e, presa quella di Isabel, andò via da quel luogo di pena. Sapeva già dove andare.

Corsero a perdifiato fino alla masseria di Mastroemilio. Entrarono di nascosto nel retrobottega della macelleria. Daniele, come un forsennato, si mise alla ricerca degli attrezzi che usava il beccaio per macellare. Trovò lo stiletto, lo strinse tra le mani e scappò dal retrobottega, sempre seguito da Isabel. La corsa, però, fu breve per entrare nella chiesa vicina. Corsero fino all'altare maggiore e si inginocchiarono ai piedi della statua di legno raffigurante il busto di Cristo con il Sacro Cuore. Con tutta la rabbia che aveva in corpo, Daniele inchiodò lo stiletto a forma di croce nel cuore della statua, in mezzo al bianco costato. «È la croce di Cristo nel "luogo del Cranio"», disse Isabel. Quando il bambino girò le spalle per andare via, un rivolo di sangue venne giù dal Sacro Cuore di legno infilzato. «È il sangue di Cristo», fece Isabel. Daniele ritornò indietro e si genuflesse unendo le mani in segno di preghiera. E si lasciò bagnare le mani dal sangue.

17

Alcune nubi dense di pioggia avevano oscurato il cielo già cupo del crepuscolo e un vento insidioso faceva gemere le fronde degli alberi che ondeggiavano alti e scuri, simili a guardiani spettrali che vagavano nella penombra.

Due piccole figure avanzavano mano nella mano, di tanto in tanto fermandosi per prendere fiato, per poi riprendere a correre lungo la stradina che portava alla chiesa del Sacro Cuore. Una folata di vento li investì all'improvviso facendo rabbrividire Isabel, che si fermò per accomodarsi il velo che portava sulla testa e che reggeva con una mano per non farlo volare via. Poi, allungando lo sguardo sull'acciottolato colpito dalle gocce di piogge che cadevano alla rinfusa, ripresero a correre, stringendosi di nuovo le mani. I cipressi che costeggiavano la strada ondeggiavano flessuosi ai lati del loro cammino. Giunti nella piazzetta detta delle "crocelle", la giovane sobbalzò con il cuore in gola. Per un attimo le sembrò che le fattezze orribili di Mastroboris avessero preso forma dinanzi a lei e che due occhi fiammeggianti e tremendi le intimassero di fermarsi. Si arrestò intimorita sgranando gli occhi mentre la strana visione si dileguava nell'ombra. Sentì la mano di Danny calda e confortante, che la incitava a proseguire, e si lasciò guidare, senza avere il coraggio di riferirgli dell'ansia che sentiva aumentare in lei mano a mano che procedevano calpestando i ciottoli grigi. Sulle alte pareti esterne della chiesa le ombre tremule degli alberi parevano prendere vita di fantasmi. Si strinsero intorno ai loro fragili corpi, come a proteggersi dal gelido abbraccio del vento che lì spirava più forte. In quel momento un fulmine rischiarò il sagrato, raggiunto subito dopo dal rombo del tuono che li fece sussultare. Le nubi si fecero ancora più gravi e il cielo oppresso sembrò quasi spezzarsi. Danny accelerò deciso il passo e Isabel, dopo aver esitato un momento, lo seguì quasi correndo.

I due raggiunsero la casa accanto alla chiesa e, trovando la porta spalancata, ne varcarono la soglia proprio nell'attimo in cui un altro improvviso lampo sembrò squarciare la facciata del fabbricato e, come una lama abbagliante, illuminò tutto il suo interno per un lungo interminabile istante. Un urlo acuto e penetrante uscì dalla gola di Isabel i cui occhi, atterriti e sgomenti, non riuscirono a staccarsi da quell'orrendo spettacolo. Danny cercò di pararsi davanti a lei quasi a nasconderle quella vista. A pochi passi da loro il corpo di un uomo pendeva dal soffitto in una posa innaturale: nel buio della stanza si distingueva solo il bianco degli occhi sbarrati nel panico della morte su una faccia violacea, la bocca semiaperta percorsa da un sottile rivolo vermiglio e, più giù, la gola completamente chiusa da una robusta corda che aveva compiuto lo scempio. Entrambi volsero il capo, incapaci di sostenere ancora quella visione raccapricciante. Solo Danny si girò ancora a guardare e vide, nella luce di un altro lampo, un anello brillare all'anulare della mano sinistra, che dondolava nel vuoto. Non era necessario quello per identificare quel cadavere. Non c'era paesano incapace di riconoscere, in quell'uomo impiccato a una fune, il cadavere del vecchio Don Giuseppe. Poi, d'un tratto, sentirono un forte fruscio. Come un animale sorpreso a rovistare in un cestino, che scappava velocemente. In quell'istante un'ombra si parò dinanzi ai giovani che non fecero in tempo a capire chi fosse. L'ombra che si dileguò lungo i muri della casa aveva forma di ali. Era un Angelo? In quell'istante nei due ci fu un moto di compiacimento. Era quello il giudizio di Dio? Don Giuseppe era stato uno strenuo oppositore a che la salma della mamma entrasse in chiesa, perché suicida. Ed ecco che il Signore aveva mandato un Angelo per punire il vecchio parroco, perché era stato ingiusto.

«Sia fatta la sua volontà», disse Danny.

«Ora e sempre», gli rispose Isabel.

18

La partenza di Padre Boris lasciò dietro di sé una lunga scia di sangue, e non solo per il suicidio di Maria e di Don Giuseppe: altre morti misteriose sconvolsero la piccola comunità di Sant'Anna in Barra nei mesi a seguire. Scomparvero i due nonni di Danny, i soli che si sarebbero potuto prendersi cura del bambino. Il piccolo, quindi, restò completamente solo. Non gli rimasero altro che le porte dell'orfanotrofio, che puntualmente si aprirono per lui. Non c'era più nessun altro parente nella sua vita, tranne una signora anziana sua vicina di casa che lui chiamava zia. Fu il nuovo parroco, Don Crispino, a interessarsi del bambino, trovandogli una sistemazione. E fu lui stesso ad accompagnarlo all'orfanotrofio, anche se la mamma non lo aveva abbandonato del tutto. Danny, infatti, giurava e spergiurava che Maria gli faceva spesso visita anche da morta. Anzi, in una delle sue frequenti apparizioni, gli aveva spiegato la sua presenza terrena con il fatto che non aveva ancora ricevuto il permesso per l'ingresso nei cieli. Così come era avvenuto alla sua morte, per il suo ingresso in chiesa, adesso le era stato vietato di entrare in Paradiso. La sua anima doveva aspettare i tempi del perdono, doveva aspettare che si compisse la missione del Settimo Rito, che lei non sapeva cosa fosse. Ma Danny non volle rivelare alla mamma il patto che aveva stretto col Signore. Fu un segreto che svelò solo ai suoi tre amici all'orfanotrofio, quelli coi quali diede vita alla Banda degli Angeli: la banda che lo aiutò a compiere le missioni negli anni a venire.

19

L'orfanotrofio *Casa dei Figli di Maria* era una costruzione in muratura di tufo, a due piani, con una scritta in mattonelle verdi su di un lato che non si lasciava leggere nella sua interezza. L'edificio, un tempo, era stato una piccola fabbrica tessile. Tende sporche appese alle finestre impedivano la vista dell'interno. Don Crispino, che accompagnava Danny, bussò, ma non ci fu nessuna risposta. Il prete provò invano ad aprire. La porta doveva essere chiusa a chiave. Si avvicinò alle finestre e bussò sul vetro. Degli stracci appesi vennero scostati e il sorriso triste di una ragazzina comparve per qualche istante, ma bastò a Danny per individuare il suo sguardo tra i tanti ospiti di quella Casa. Dopo una lunga attesa, il portone si aprì. Una suora grassoccia che stringeva un mazzo di chiavi osservò severa Danny e il sacerdote, che portava la borsa con dentro le cose del ragazzino. La suora chinò leggermente la testa: «È questo il nuovo ospite?», chiese al prete senza alcuna espressione. «Sì», rispose in fretta Don Crispino, come se non volesse rimanere più di un minuto in quei tristi locali. Tutto intorno dava un'impressione di sudiciume. Salutò Danny, prima che il pesante portone si richiudesse alle sue spalle, promettendogli che sarebbe tornato presto a visitarlo. «All'orfanotrofio certamente non avrai vita facile. Ma è sempre meglio della strada», gli aveva detto Don Crispino. Non c'era più nessuno in grado di provvedere a lui.

Il salone principale in passato aveva ospitato i telai industriali, si notavano ancora alcune staffe di ferro ancorate al pavimento. Le macchine erano state portate via trasformando lo spazio in una mensa. E quella era proprio l'ora del pranzo. Di solito un minestrone di cui era impossibile distinguere gli ingredienti, come avrebbe presto scoperto Danny. Era la prima volta che il bambino vedeva un orfanotrofio. Si avvicinò, osservando tutta la sala. Difficile dire quanti bambini ci fossero, dai quattro ai quattordici anni; forse una cinquantina. Nessuno gli badò minimamente, erano troppo occupati a mangiare. Nessuno parlava. Si sentiva solo il rumore dei cucchiai contro le scodelle e dei bambini che mangiavano. L'odore di patate e cipolle riempiva il camerone. A lui non fu consentito mangiare, doveva prima essere lavato e rasato. Spidocchiato, eventualmente. Poi, se l'orario lo avesse consentito, avrebbe mangiato qualcosa.

Danny entrò nella prima camerata che affacciava sul pianerottolo con la sua borsa di cuoio. Intravide un ragazzo nascosto dietro la porta e un bagliore metallico. Era armato di coltello. Vedendo che Danny era solo un bambino, fece sparire l'arma nella tasca della sua giacca.

«Ben arrivati. Vi stavamo aspettando», fu la sola cosa che disse. Danny allora si accorse che non era solo, dietro di lui riconobbe l'ombra amica di Isabel. «Non aver timore, io sarò sempre al tuo fianco», gli sussurrò la ragazza, che poi aggiunse: «Ci troveremo bene qui, stiamo tra amici, c'è anche mia sorella». Danny rimase esterrefatto e senza parole, non per le parole di Isabel, ma perché ebbe la netta sensazione di riconoscere nel volto del ragazzo qualcuno a lui noto.

«Cos'hai lì?», chiese quest'ultimo. Danny aveva portato un sacchetto di dolci che fece vedere. Poi allungò la mano come per offrirne al ragazzo che, alla vista dei dolcetti, non resistette all'invito. «Stai attento a dove li nascondi quelli. Di notte qui alcuni rubano. E altri picchiano», disse mentre ne masticava.

Di sicuro, pensò Danny, in quel luogo avrebbe pianto. Se la sensazione che aveva suscitato in lui la vista da fuori dell'orfanotrofio era stata di angoscia, appena entrato dentro ciò che provò fu un profondo sgomento.

Il ragazzo li fece entrare chiudendosi la porta alle spalle. Quando Danny e Isabel entrarono nella stanza, Emma dormiva tutta rannicchiata. La fronte appoggiata alle ginocchia, la schiena curva e pugni chiusi sulle unghie sanguinanti. Era la bambina che Danny aveva visto alla finestra quando Don Crispino aveva bussato sui vetri.

«È inutile che le rivolgi la parola», disse il ragazzo, «tanto non parla, non si lascia toccare né avvicinare da nessuno. Se qualcuno lo fa, lei inizia a urlare e a picchiarsi. Solo io posso toccarla e nessun altro». Danny si fece serio in volto, abbassò lo sguardo e rimase pensieroso.

Quel ragazzo doveva essere il capo di tutti i bambini. Anzi, aveva proprio l'atteggiamento del comando. Si rivolse a Danny e gli spiegò le regole di quella che lui chiamava semplicemente Casa: «Tutti i bambini della Casa, ogni domenica, vengono vestiti bene e messi in fila perché è il giorno in cui si mostrano alle famiglie che desiderano adottare un bambino. Per i piccoli quel momento è emozionante, quello della speranza, ma è triste per chi non viene scelto». Poi sogghignando aggiunse: «Purtroppo i bambini come te non li vuole nessuno, perché la gente preferisce quelli appena nati. E allora più tempo passa e meno possibilità hai di essere adottato. Mettitelo bene in mente!».

Quella notte, per la prima volta da quando era morta, Danny sognò sua madre. La figura era indubbiamente la sua. Sue le belle mani, le lunghe dita affusolate, la voce. Ma non sapeva se era suo il volto, perché durante tutto il sogno gli parlò restando di spalle. Disse che non voleva mostrargli il suo viso sfigurato. Desiderava che lo ricordasse com'era da viva. Disse che aveva fatto ciò che poteva per lui e di non aver paura perché: «Danny, tu sei un uomo ormai».

Dopo quel sogno Danny ebbe, per la prima volta, la precisa sensazione che il corso della sua vita fosse stato tracciato.

LUNEDÌ 24 NOVEMBRE 2003
VIGILIA DEL GIORNO DEDICATO A SANT'ANNA

TRENO ESPRESSO 1941
Treno del Sole

20

Si destò con un sobbalzo. Per qualche attimo non capì dove fosse, poi la memoria gli ritornò lentamente. Era così tutte le volte che si svegliava da un assopimento profondo: si sentiva inebetito, come un medium dopo aver evocato uno spirito dalla tomba. Aveva bisogno di tempo per collocarsi nella realtà che gli girava intorno. Al risveglio da una lunga dormita non connetteva assolutamente nulla. Anzi, lo assaliva un senso di profonda inutilità. Fuori, vedeva solo buio e vuoto. Dentro, sentiva solo buio e vuoto.

Per collocarsi nella dimensione in cui viveva aveva la necessità di porsi una serie di domande. Due principalmente: «Chi sono? E dove mi trovo?». Erano gli interrogativi a cui aveva necessità di dare immediate risposte. E, come gli succedeva spesso, bastava attendere qualche minuto, poi la mente si attivava e le risposte arrivavano. La sua identità trovava finalmente riscontro: «Io sono il Copista».

E anche quel 24 novembre del 2003, vigilia del giorno dedicato a Sant'Anna, pronunciò il suo nome forte e chiaro. Volle confermare la sua esistenza nella penombra di un compartimento ferroviario. Il numero 11 di un treno che andava a Sud.

«Fai tutto da solo. Ti fai le domande e ti dai le risposte. Vuol dire che non hai più bisogno di me!», gli rispose la sensuale e inconfondibile voce di una donna. Il Copista non si sorprese, anzi, fu la seconda cosa che ricordò oltre la propria identità: la voce di Emma. Ma era troppo assorto nei suoi pensieri per badare a lei in quel momento. Una donna bellissima, dolce e provocante, ma allo stesso tempo diabolica e violenta. In lei convivevano due anime: angelica e luciferina. Forse perché gemella di nascita.

Era seduta sulla poltroncina di fronte a lui. Nella penombra in cui era avvolto il vagone, Copy, come amava chiamarlo lei, riusciva appena a vederle le splendide gambe. Il resto del suo stupendo corpo atletico era nascosto dal buio. La luce nello scompartimento era spenta e quella proveniente dal corridoio del vagone non riusciva a illuminare la sua silhouette per intero. Emma poteva stare anche tutta nuda e nessuno se ne sarebbe accorto. Tranne lui, ovviamente, che sentiva a distanza l'inconfondibile odore di pesca della sua pelle. Tra i capelli nerissimi spiccavano gli occhi verdi di lei. Copy riusciva a distinguere addirittura il taglio a mandorla intorno a quelle pupille luminose.

Emma la predatrice era come un animale, ma conosceva bene l'arte dell'amore. Anzi, se fosse vissuta in epoca ante Cristo, sarebbe stata un'eccellente sacerdotessa dell'amore. Una puttana sacra e servizievole, anche se Copy non aveva mai pagato i suoi servigi. Lui non pagava l'amore, se lo prendeva con la forza, come ogni cosa, quando ne sentiva l'irrefrenabile desiderio. Lei viveva da tempo accanto al Copista, il capo della Banda degli Angeli. Ma, pur vivendogli da anni accanto, non rinunciava a sorprenderlo con le sue eccitanti uscite, proprio come fece quel giorno sul *Treno del Sole*.

Emma, però, era speciale, non era solo la puttana del capo. Era anche la sua segretaria personale. Aveva una mente fotografica ed era un'eccellente calcolatrice. Nulla dimenticava e nulla le sfuggiva. Nei momenti di amnesia, a cui lui andava soggetto con una certa frequenza, lei aveva il compito di ricordargli cosa c'era in agenda. Gli annotava le scadenze e gli appuntamenti. Studiava con lui le strategie da seguire per portare a termine le missioni in cui Copy era impegnato da qualche anno, insieme alla Banda degli Angeli. Era stato proprio lui a darle quel nome.

Con Danny, Isabel ed Emma si erano conosciuti all'orfanotrofio e insieme avevano dato vita al clan.

Che strano nome poi! Banda degli Angeli forse Copy l'aveva appreso dal titolo di un film di Raoul Walsh del 1957 che spesso davano nella Casa. O magari l'aveva ascoltato da una delle tante favole che Danny raccontava loro, dicendo che era stata la mamma Maria a raccontargliele quando andava a visitarlo nelle notti all'orfanotrofio. Adesso come ieri Copy ne ricordava ancora una, la favola degli angeli.

«Nel cielo, fra nuvole bianche e rosa soffici come batuffoli, scorrazza una banda di quattro piccoli angeli. Sono spiritelli di pochi anni e il loro scopo è passare la giornata a divertirsi. Si chiamano Emma, Isabel, Danny e… Altro». Quell'ultimo nome Danny lo diceva sempre sorridendo. «Corrono fra le nuvole, inseguendosi, e quando qualcuno di loro inciampa, cadendo, fa un rumore fragoroso che si sente fin sulla terra: è il tuono; quando invece girano intorno alle nuvole, legandole con una corda stretta, il risultato è che comincia a grondare acqua innaffiando la terra: è la pioggia…».

«Insomma! Ti fai le domande e ti dai le risposte da solo? Ehi, dico a te!», lo scosse Emma, non avendo ricevuto dal Copista alcuna risposta alla sua domanda.

Copy si prese ancora qualche secondo per riprendere coscienza e poi rispose: «Fare le domande e darmi le risposte è un esercizio che faccio per prendere consapevolezza».

«Ah già, dimenticavo», notò polemicamente Emma, scavallando le gambe fino ad aprirle completamente. Lui riuscì a vedere la peluria dell'inguine. Emma non portava le mutandine e questo fatto lo eccitò.

«Sì, dimenticavi», le rispose lui sbavando e fissando gli occhi in mezzo alle cosce della donna. «Sai bene che quando mi sveglio devo ricordare a me stesso chi sono. È una cosa che faccio sin da bambino. Poiché confondo spesso la mia identità con i personaggi dei miei sogni, non riesco sempre a discernere il sogno dalla realtà. Perciò, al risveglio da un sonno, come quello che ho fatto appena poco fa, devo immediatamente trovare riscontri della mia identità. Non voglio correre il rischio di vivere in un mondo che non mi appartiene. Per questo, devo assolutamente ricordare episodi della mia esistenza e collocarli nella dimensione della realtà in cui sono adesso!».

«Spero che in questi pochi minuti tu ti sia ritrovato. Hai bisogno di un aiuto? Te lo ricordo io: sei il Copista, non lo dimenticare, e abbiamo molte cose da fare. Perciò rientra in te al più presto possibile...».

«È inutile che continui a fare la spiritosa. Non ho mica dimenticato chi sono. Non mi sono scimunito. Credi per caso che io sia Danny?».

«Certo che no! E meno male. Quello sì che è un caso pietoso!», disse Emma con quella punta di cattiveria che la contraddistingueva quando parlava di Danny. Copy iniziò a sorridere, preso dai ricordi dell'amico. Gli era stato sempre vicino, fin dal primo momento in cui il ragazzino aveva messo piede nella Casa.

«Che fai ridi? Quando pensi a lui ti si accende il viso. Si vede da lontano», disse Emma.

«Rido perché penso alle sue manie. Era convinto che io copiassi tutte le sue cose, specialmente i suoi disegni. Ma non era così. Anzi, era lui piuttosto che non sapeva nemmeno mettere una matita sulla carta».

«Sì, lo so bene che era il contrario. Il frocetto ti copiava e non solo i disegni, ma anche nell'aspetto fisico. Era da non crederci, mi ricordo che si acconciava come te, vestendosi buffamente alla tua maniera», convenne Emma.

Copy continuava a sorridere pensando all'amico Danny, quando Emma, cambiando improvvisamente il timbro di voce, si fece più aggressiva: «Adesso però, invece del tuo amichetto Danny, penso sia venuto il momento di cose più importanti da ricordare. Testa di cazzo!».

«Brava!», annuì Copy. «È quello che devo fare, ricordarmi della missione». Poi, marcando ancora di più il suo tono di scherno, aggiunse: «Ma tu smettila con questo linguaggio scurrile. Non si addice a una "donna di classe" come te». E accompagnò le sue parole con una fragorosa risata.

«Fottiti stronzo!», gli rispose Emma dandogli le spalle; e si mise con le braccia conserte.

«Sei incorreggibile!», le disse Copy, cercando di attirarla a sé.

«Solo quando lo vuoi tu, vero?», gli rispose Emma imbronciata, intuendo la ragione delle sue moine.

«Ti ricordi quando chiamavo Danny col nome di Boris?», riprese Copy ridendo sguaiatamente.

«Certo che mi ricordo», gli rispose lei piuttosto scocciata di tornare sull'argomento. «E lui per ripicca si rivolgeva a te chiamandoti il Copista. Fu Danny a tirar fuori questo nome la prima volta, per via del fatto, diceva, che copiavi i suoi disegni. Ma aveva timore di farsi sentire da te. Aveva paura che lo picchiassi».

«Ma no! Io facevo solo finta di arrabbiarmi. Non l'avrei mai picchiato. Era troppo un bravo ragazzo, non ne sarei mai stato capace».

«Certo è che il nome Copista ti è rimasto appiccicato addosso».

«Sì, è vero. Non mi è dispiaciuto tenermelo. A lui, invece, non piaceva affatto che lo chiamassi Boris. Si arrabbiava a morte. Non voleva ammettere di somigliare a Padre Boris. Aveva anch'egli i capelli lunghi e biondi e gli occhi azzurri, come il prete di cui ci parlava all'orfanotrofio e che ci mostrava in foto».

«Sono contenta che cominci a parlare del prete. Ero preoccupata del tuo silenzio sull'argomento. In fondo, è per lui che abbiamo preso questo treno», disse Emma, stranamente agitata. Ma Copy, pur comprendendo il senso di quelle parole, continuò a ignorare l'argomento.

21

Quello che il Copista non aveva mai voluto accettare di Danny era che anche loro due si somigliavano. E questo lo angosciava. Ogniqualvolta si guardava allo specchio, ci vedeva l'amico. Anche lì nel treno, sul finestrino di quel compartimento 11, la sua immagine si sovrapponeva a quella di Danny. Era uno strano effetto ottico. Ma proprio in quel momento, sullo stesso finestrino, insieme alla sua faccia e a quella di Danny, vide comparire il Volto Santo.

«Guarda, c'è la Sindone sul finestrino», disse Copy, meravigliato dall'apparizione.

«E dove la vedi questa Sindone?», rispose ironicamente Emma, quasi burlandosi del suo amante.

«Non me lo sto inventando! Stupida che non sei altro», disse lui indicando con l'indice la figura apparsa. «È l'immagine dell'Uomo della Sindone. Un vero prodigio!!».

«Sarà come dici tu. Io non vedo un cazzo!», tagliò corto lei. «Piuttosto...», aggiunse con tono ammiccante.

«Piuttosto cosa?», chiese lui vedendola piegarsi in avanti, mentre si passava la lingua sulle labbra rosse. Era una lupa eccitata. «E come la puoi vedere se non guardi verso il finestrino. Sei solo una stupida voce», continuò poi, evitando di incrociare il suo sguardo ammaliatore.

«Dici?», ribatté Emma con tono profondamente seduttivo. E, alzata la gonna, gli montò sulle ginocchia cominciando a strofinarsi e a eccitarlo. Con movenze feline poi gli scivolò tra le gambe aprendogli la patta dei pantaloni. «Ma ho anche una bocca per mangiarti meglio».

Copy sentì le sue labbra chiudersi sul suo sesso indurito. Tentò di allontanarla con la mano, ma debolmente, prima di arrendersi e lasciarla fare. Al culmine dell'eccitazione, Emma lo svuotò completamente del suo orgasmo, che mandò giù per dire: «Vedi che non sono una voce?». Copy non ebbe la forza di ribattere, provato com'era dal piacere dell'orgasmo. Ma lei continuò a provocarlo: «Allora sono o non sono una femmina?».

«Te l'ho detto mille volte che devo essere io a dirti quando è il momento. Non puoi decidere dei miei desideri».

«Tu puoi invece? Bisogna farlo quando lo vuoi tu? E poi, lo dici sempre dopo, chissà perché. Sei solo un ipocrita! Perché lo so che a te piace farlo proprio così: veloce, fugace, in qualsiasi luogo. Solo così ti ecciti. Perciò è inutile che fai lo stronzo!», ribatté Emma furiosa.

«Basta! Non mi va di parlare di questo ora. Mi voglio concentrare su altro. Ecco, non riesco a capire come fai a non vedere l'immagine della Sindone sul finestrino».

«Non la vedo, che ci posso fare», rispose lei spazientita; e aggiunse: «Perché non parli con Danny di certi argomenti? Lui va matto per le cose religiose. Specialmente per le immagini sacre».

«Beh, lui lo vedrebbe di sicuro il Volto Santo sul finestrino. E si chiederebbe pure il perché di questo fenomeno. Tu invece non vedi niente, sai solo succhiare cazzi!».

Emma saltò dal suo posto inviperita: «Vaffanculo stronzo!».

22

L'immagine luminosa della Sindone era ancora impressa sul vetro, mentre Copy ed Emma litigavano a causa di Danny. Il litigio era parte integrante del loro rapporto e senza, probabilmente, non sarebbe esistito. Ma il bagliore che illuminò lo scompartimento pose termine alla loro lite. Emma smise di parlare e nemmeno Copy riuscì più a vederla. Aveva pensato che sarebbe stato meglio leggere per ingannare l'attesa. Non poteva fare altro, per il momento. Il piccolo fascio di luce, proveniente dalla lampadina fissata al portabagagli, si proiettò sulle sue gambe. C'erano finalmente le condizioni per leggere qualcosa. E non poteva essere altro che il manoscritto di Isabel. Il Copista era consapevole che la mania di Isabel, la scrittrice, di annotare minuziosamente tutte le sue azioni, avrebbe potuto procurargli qualche grattacapo con la giustizia. Ma quel rischio era ben calcolato, era lo scotto da pagare per passare alla storia. Lui si sentiva un missionario e doveva essere monito per i peccatori.

Il libro giaceva chiuso accanto al suo posto dall'inizio del viaggio. Non aveva avuto il tempo né la voglia di leggerlo. Ma adesso stava lì, invitante e misterioso come sempre. Lo prese, attese giusto un attimo con gli occhi chiusi prima di aprirlo, poi iniziò a sfogliarlo. Ma non fece in tempo a leggere la prima pagina che una folata di vento fece svolazzare per il compartimento alcuni fogli. Erano pagine scollate dal volume che, nella penombra del vagone, sembrarono gabbiani in un cielo notturno.

Il Copista saltò come una molla e con una mossa veloce e repentina afferrò le pagine cadute. Le prese alla rinfusa, sgualcendole. Tornato a sedersi, però prese a spianarle con cura, una a una, sulle sue gambe. Poi si piegò in avanti con le braccia raccolte e appoggiate al basso ventre. E stretto nelle spalle, cominciò a leggere tra sé dal libro di Isabel aperto sulle gambe. La prima pagina parlava del Volto Santo. Andò avanti sfogliando con trepidazione e finalmente trovò dove si raccontava delle sue missioni. Non aveva più l'ansia di sapere se le pagine parlassero di lui. Adesso ne era più che certo!

MARTEDÌ 25 NOVEMBRE 1969

FINALPIA, CONVENTO BENEDETTINO

23

«Chi siete, lasciatemi in pace!». Il frate ebbe un sussulto e cercò di alzarsi dal letto, ma era troppo tardi. Lo avevano legato con una corda mentre dormiva. Il Copista gli girava intorno come un lupo affamato.

«Uccidilo!», disse perentoriamente a Danny, ma questi era impietrito e incapace di fare un qualsiasi movimento. Fu allora che il Copista scatenò tutta la sua furia omicida, forse per reazione all'esitazione dell'amico. Si buttò ai piedi del letto e con una forza inaudita strappò un piede di ferro dalla branda. Il letto si accasciò a terra come un cavallo azzoppato. Con la gamba di ferro, usata come una clava, colpì ripetutamente il frate, fino a tramortirlo con una serie di colpi alla testa. Danny, terrorizzato da tanta violenza, chiuse gli occhi e cominciò a pregare il Signore affinché quello scempio finisse presto. C'era sangue dappertutto, ma il frate era ancora vivo.

Danny non si era ancora mosso per paura di commettere altri errori. Ma il Copista imperterrito gli impartì nuovi ordini: «Spoglialo e legalo a pancia sotto». E Danny non poté sottrarsi al comando dell'amico, per non essere considerato una femminuccia dalle due ragazze che in silenzio assistevano alla scena.

Balzò in avanti, ma subito inciampò e cadde con la faccia per terra. Si sentiva una frana. Ma la stizza fu più forte di lui, doveva riuscirci. Tirandosi in piedi vide il frate davanti a sé. Era svenuto e non emetteva più alcun lamento. La rabbia di Danny in quel momento fu per la corda con cui, dopo averlo sciolto, si mise a legare il sacerdote nella posizione che Copy gli aveva ordinato.

Se si fosse rotta o slegata il Copista lo avrebbe odiato per sempre. Era stato lui prima ad annodare le mani al frate. E ora era il turno di Danny, che si sentiva tutto il peso addosso per la responsabilità della missione.

«Uccidilo! Uccidilo! Uccidilo!».

«Questo è il mio uccellone», gridò il Copista mimando, col piede del letto tra le gambe, il gesto di impugnare un enorme pene. E, con tutta la forza che aveva nelle braccia della sua giovane età, impalò il sacerdote, che urlava e si contorceva di dolore mentre veniva violentato.

Danny avanzò barcollando e si gettò sul corpo del frate che si dibatteva. Forse sperava, con la sua fantasia, che l'impatto lo uccidesse subito. Ma, sdraiato sopra l'uomo, sentiva che era vivo e si agitava sotto di lui come un animale braccato. Schiacciando con tutto il proprio peso il frate, Danny si guardò alle spalle, implorando con gli occhi l'amico perché se ne occupasse lui.

«È ancora vivo».

Il Copista afferrò il prete per i capelli e gli tirò su il capo per scoprirgli la gola. Danny rimase immobile a guardare Copy che con una mano teneva stretta la testa del prete mentre nell'altra impugnava il coltello. Il luccichio della lama colpì gli occhi terrorizzati del prete, che cominciò a mugolare e mordere l'aria come una bestia impazzita dalla paura. Danny la percepiva nelle scosse violente sotto il suo corpo. Questa volta fu lui a gridare.

«Uccidilo! Uccidilo! Uccidilo!».

Il Copista infilò il lungo coltello sotto la giugulare e squarciò la gola al frate. Nessuno dei due fece nulla per un istante: Danny immobile con il fiato grosso; il Copista con la mano ancora stretta attorno al manico del coltello rimasto infilzato nella gola del prete. Con fare meticoloso Emma prese il vaso di creta e lo pose sotto la testa del frate. Il Copista allora tirò fuori il coltello dalla gola e il sangue trovò la sua strada. Fluì, riempiendo la coppa, la prima di sette vasi di creta, tutti uguali, che dovevano servire per le sette cerimonie. Era stata la stessa Emma a comprarli. In estasi alla vista del vaso colmo, il Copista lasciò cadere la testa del frate sul guanciale e all'improvviso intinse le dita nel cratere e, col sangue, scrisse qualcosa sul cuscino. Ma nessuno dei tre riuscì a leggere cosa avesse scritto il capo. Alla fine del rito sacro, il Copista prese un pezzo di stoffa rettangolare che aveva portato con sé e lo pose sul volto del cadavere. Poi chiese a Danny di dargli una delle sette immaginette della Sacra Sindone che per l'occasione l'amico aveva portato con sé e la lasciò accanto al corpo morto. La somiglianza tra il morto e la Sacra Sindone era impressionante. Poi rivolgendosi a Danny: «Adesso ti puoi alzare».

Adesso si poteva alzare. Poteva essere orgoglioso. Danny non aveva deluso. Non aveva fallito. Il Copista non avrebbe potuto uccidere il frate senza di lui e senza le due ragazze. Sorrise, si sentiva felice, come anche Copy e le gemelle. Erano una squadra lui, l'amico e le due sorelle. Insieme levarono gli occhi sul trofeo: il primo Uomo Nero era stato ammazzato! La Banda degli Angeli aveva compiuto la prima missione.

Isabel, che non aveva smesso per un istante di annotare tutto quello che era successo in quella cella, aprì il libro delle preghiere e, insieme agli altri, ringraziò il Signore leggendo alcuni passi della Bibbia: «Mosè lo scannò e, sparsone il sangue intorno, lo fece a pezzi… È un olocausto, un dono offerto come profumo gradito al Signore».

Nel frattempo Emma rimetteva a posto la cella e ripuliva ogni traccia della loro presenza.

E fu sera e fu mattina: primo giorno.

LUNEDÌ 24 NOVEMBRE 2003
VIGILIA DEL GIORNO DEDICATO A SANT'ANNA

TRENO ESPRESSO 1941
Treno del Sole

24

Era finito, intanto, un lunghissimo tunnel. La luce nel vagone era ancora più flebile e non lasciava vedere quasi più niente. Copy, che in quelle condizioni si era stancato di leggere le sue gesta dal libro di Isabel, stava quasi al buio. Si era stancato anche di parlare con Emma e di guardare l'immagine del Volto Santo sul finestrino. Quest'ultima, purtroppo, era l'unica cosa visibile chiaramente in quel compartimento 11. Oltre, ovviamente, al suo riflesso sul vetro che si confondeva con la Sacra Sindone.

Il resto era buio.

Ma, anche con la poca luce, Copy notò di fronte a sé una persona seduta che non era Emma. Non si era accorto della sua presenza nel compartimento. "Chi è quest'uomo? Come sarà entrato senza che me ne accorgessi?", si chiese.

L'apparizione di quel passeggero lo rese inspiegabilmente agitato, fu forse il suo odore a inquietarlo particolarmente. Quell'odore gli faceva venire in mente vecchi ricordi dimenticati da tempo. E questo lo innervosì ancor di più. Non aveva alcuna voglia di ricordare il suo passato.

"Chi è quest'uomo?", si domandò ancora, sempre più contrariato. Condividere il compartimento con un passeggero era una cosa che in quel momento non gli andava assolutamente. Per di più, sembrava un tipo molto invadente. Spiava attraverso un paio d'occhiali scuri che, nella penombra del vagone, non avevano alcuna necessità d'essere portati. E sorrideva come se già conoscesse il Copista, che invece faceva finta di ignorarlo. Aveva solo una gran voglia di spaccargli la faccia! Era l'unico bisogno istintuale che gli prendeva con forza in quel momento. Lo indispettiva, in particolare, uno stupido ghigno che l'uomo portava appiccicato sulla faccia. Sembrava una maschera.

«Non c'è modo per evitarlo», disse rivolgendosi sottovoce a Emma che, intanto, s'era seduta alla sua destra. «Dovrei solo tornare a dormire per sottrarmi a questa vista oppure ammazzarlo subito!».

«Adesso ti riconosco, sei il mio fantastico Copy», gli rispose Emma, eccitata dalla reazione del suo uomo.

«Adesso però tu stai zitta, per favore, non complicarmi ulteriormente le cose!».

Mentre parlava a Emma sottovoce, il Copista notò le mani appoggiate sul bastone che il passeggero teneva tra le gambe. Ostentava le unghie ben curate e un piccolo solitario che portava all'anulare sinistro. L'anello luccicava, come pure la medaglia che portava appesa al collo. Poi, non appena abituò l'occhio alla poca luce del vagone, Copy finalmente riuscì a vedere per intero la persona che aveva di fronte.

Il passeggero, sui settant'anni, ma ben portati, era magro, snello, forse alto più di un metro e ottanta, a giudicare dalla lunghezza delle gambe. Di carnagione molto chiara, aveva lunghi capelli raccolti in un codino dietro la nuca che, per un uomo della sua età, sembrava un eccentrico vezzo. La barba era fluente e bianca, come i capelli, che una volta dovevano essere stati biondi. Indossava un vestito grigio scuro, elegante ma un po' datato nel taglio.

«Ma chi è poi? Sarà un artista», disse Copy a Emma, che rimase allibita da quell'osservazione.

«Stai scherzando, vero?».

«Perché?», chiese lui in tono serio, ma sempre sottovoce.

«Ma come perché? È il nostro uomo. La stessa persona che c'era nello scompartimento dall'inizio del viaggio, quando siamo saliti sul treno. Possibile che non ricordi? Allora sei proprio matto da legare», disse Emma sogghignando.

«Taci! Non è il momento di discutere di questo», le rispose stizzito il Copista, che adesso prese a ricordare. Era contrariato nel constatare un'altra delle sue crisi di amnesia. Non era la prima volta che gli capitava di perdere completamente il senso del tempo, di precipitare in dei vuoti di memoria prolungati. Un sonno profondo il suo, dovuto agli psicofarmaci, che lo inducevano in una dimensione di assenza di realtà quasi assoluta.

«L'avrò forse svegliata facendo rumore nel prendere qualcosa dalla valigia. Me ne scuso», disse cortesemente il passeggero, con un lieve ma inconfondibile accento straniero.

«Non si preoccupi per questo, non è stato lei a svegliarmi», rispose Copy. «È il movimento del treno che mi fa stare in una condizione di dormiveglia per l'intero viaggio».

Il passeggero si era rivolto in modo cortese a Copy, che fu particolarmente incuriosito dal modo di gesticolare dell'uomo. Gli ricordava qualcuno a lui noto!

Mentre il passeggero, poggiato il capo sul poggiatesta del suo sedile, chiudendo gli occhi, si assopiva, Copy pensava ad altro. «Prendo il treno da oltre quarant'anni», disse rivolgendosi sottovoce a Emma, «e tutte le volte che faccio un viaggio, studio le tante facce che incontro nei vagoni ferroviari. Mi diverto per passatempo a dare identità fantasiose a tutti. Quel che prima intendevo dire è che questo signore dai modi gentili, con la barba e i capelli ben curati, potrebbe benissimo essere un pittore oppure un musicista. È quello che, tra l'altro, mi raccontano le sue mani. Non saprei dargli un lavoro diverso».

«Io invece dico che non ha niente dell'artista. Non mi piace! È falsamente cortese. Ha tutta l'aria del prete», rispose risolutamente lei.

La sicurezza di quella puttana di Emma scosse il Copista: c'era qualcosa in quel passeggero che continuava a inquietarlo. Perciò, si rivolse di nuovo a lei: «Tu pensi veramente che sia lui l'uomo che stavamo aspettando?».

«Perché lo chiedi a me?», disse la donna.

«Forse perché anche a me ricorda in qualche modo il prete. L'Uomo Nero, come lo chiamava Danny».

Mentre cercava conforto nelle risposte di Emma, Copy scrutò di nuovo e attentamente il passeggero. Non era sicuro che fosse il suo obiettivo. «Allora? È proprio lui la persona che devo eliminare?», disse rivolgendosi di nuovo a Emma.

«Sì, è lui che devi ammazzare!», rispose la donna.

«Eppure c'è qualcosa in quest'uomo che mi fa venire qualche dubbio sulla sua identità. Non è facile con questa luce avere certezza».

Per la prima volta da quando aveva dato inizio alle missioni, aveva paura di prendere un abbaglio. Era un fatto nuovo, mai accaduto in passato. Davanti a quell'uomo il Copista non ostentava più la sua solita, proverbiale sicurezza!

«Come faccio a eliminare una persona che, dopo anni, non so quale aspetto abbia oggi. Ci vorrebbe una fotografia più recente dell'obiettivo».

«Hai detto una cosa sensata», rispose la sua collaboratrice, «ma finora il mio fiuto non ti ha mai fatto sbagliare bersaglio e non vedo perché lo dovrebbe fare adesso! Vai avanti come sempre. È lui la persona che devi eliminare!».

«Sì, ma adesso stai zitta, mi devo concentrare», rispose Copy, inspiegabilmente confuso dal profumo dell'uomo.

«Ognuno è nato per fare una cosa», lo interruppe Emma; che aggiunse: «Nulla è lasciato al caso. Le trappole per le missioni le pianifichiamo noi della Banda, nella quale ognuno ha un ruolo, ha una parte, e a te spetta l'ultima, la più gloriosa».

«Adesso ti riconosco», la interruppe il Copista.

Ma Emma aveva voglia di parlare: «Noi tutti facciamo parte di un unico disegno. Ti ricordi del Vangelo? "Io sono la vite, voi i tralci, dice il Signore. Chi rimane in me, e io in lui, fa molto frutto, perché senza di me non potete far nulla". Siamo come tanti rami ma apparteniamo a un unico albero, non lo dimenticare. Copy, tu sei parte del corpo di Cristo! Sei uno dei bracci della giustizia divina».

«Emma, mi sorprendi! Non ti immaginavo così preparata sull'argomento religioso!».

«E io non ti facevo così permaloso! Che vuoi che ti dica, che a praticare lo zoppo si impara a zoppicare. Mia sorella Isabel, è lei la maestrina».

«Adesso taci che devo capire chi è l'uomo seduto di fronte a me! Devo mantenere i nervi saldi e non perdermi dietro le sciocchezze che continui a dire!».

«Ammazzalo!», disse Emma con impeto.

«Taci! Non voglio essere precipitoso».

Emma prese il libro di Isabel che giaceva sul sedile accanto al Copista. Lo aprì con molta cautela, sfogliandolo fino all'ultima pagina. Era molto eccitata. Pregustava già gli avvenimenti che di lì a poco si sarebbero scatenati nel compartimento. E che un domani avrebbe letto proprio in quelle ultime pagine ancora bianche. Poi, rivolgendosi al suo uomo, aggiunse provocatoriamente: «Mi piace sfogliare il libro che parla delle tue gesta. Ma sono ansiosa di leggere questa nuova impresa. La sesta missione. Sono convinta che sarà la più grande di tutte. E Isabel sarà superlativa».

«Sono io il protagonista del suo libro, senza di me Isabel non potrà mai scrivere niente. Nessuna altra missione esiste se io non la compio. Senza di me lei non esiste come scrittrice».

«Ma è Isabel che sta costruendo il mito del Copista», gli rispose indispettita Emma. «E un giorno, quando sarai nella storia per aver massacrato sette preti, dovrai ringraziare solo lei».

Il Copista scattò, come se Emma l'avesse punto. Aveva una gran voglia di prendere a calci nel culo non solo lei, ma tutte e due le sorelle.

«Io non sono un assassino», disse avventandosi su Emma, che si nascose dietro il libro che impugnava tra le mani come per difendersi. Ma poi si trattenne. La sua indole violenta e rissosa stava per tradirlo. Gli salì il sangue alla testa. Non ammetteva che qualcuno gli ricordasse di aver ammazzato. Era un peccato mortale, il quinto comandamento. E lui non avrebbe mai commesso alcun peccato contro Dio. Lui aveva semplicemente eliminato il male. «Quando togli un tumore maligno a una persona non dici che hai ammazzato il cancro, ma che hai salvato una vita umana», gridò sottovoce nel buio del compartimento 11. Lui non uccideva, eliminava il male. E Dio stava dalla sua parte.

«D'accordo, stai facendo semplicemente il tuo lavoro. Stai compiendo una missione. Lo so che non hai massacrato nessuno», cercò di placarlo Emma.

«E adesso lasciami in pace. E molla questo libro, che è mio!», disse Copy strappandole il libro dalle mani. E con quello si sedette accanto al finestrino. Si calmò in un breve lasso di tempo. Anzi, riuscì a isolarsi completamente, nel giro di qualche minuto, da tutto quello che lo circondava. Il passeggero, intanto, continuava a dormire, e per fortuna non aveva sentito tutto il trambusto. La Sacra Sindone non era ancora scomparsa dal finestrino del treno. Copy si immerse nella lettura del libro di Isabel, rivivendo le sue imprese criminali, esaltandosi e dando un senso alla sua esistenza.

6 OTTOBRE 2008

VERSO MONTEVERGINE

25

Il massiccio del Partenio si scorgeva imponente già dall'autostrada. Una fitta nebbiolina nascondeva invece il Santuario di Montevergine, che si ergeva lì, da qualche parte – incastonato tra due di quegli spettacolari costoni – a dominare la città di Avellino, a oltre mille metri di altezza sul livello del mare: per l'esattezza 1270, secondo la guida. Per raggiungerlo, oltre alla strada rotabile – già percorsa, coi suoi "mille tornanti", nelle precedenti due visite investigative – e alla funicolare, che s'inerpica lungo il pendio mozzafiato giungendo a soli trecento metri dal Santuario, c'era la stradina da dove salivano i pellegrini tradizionalisti per andare a ringraziare o invocare la Madonna dalla pelle nera. Il commissario Elio Tortora aveva deciso di salire a piedi.

La sua, però, non era devozione. Dopo il bypass al cuore, aveva preso a raggiungere l'ufficio a piedi, ogni giorno, caldo o freddo che fosse. Era l'unico modo per seguire il consiglio dei medici di camminare tanto, visti i tempi d'ufficio e il suo lavoro. Ogni mattina percorreva quel paio di chilometri che lo separavano dal commissariato di Caserta, per cui partiva all'alba da casa, e solo raramente la sera si faceva accompagnare in macchina. Vinta la pigrizia iniziale, il commissario aveva scoperto che quello di camminare è un ottimo modo per iniziare la giornata.

Da qualche tempo però non riusciva più a rispettare la consegna in modo regolare, malgrado desse a vedere di essere ancora impegnato coi suoi problemi di salute per non far scoprire ai colleghi che aveva ripreso a occuparsi di quell'omicidio.

Sia pure a fasi alterne, era da quasi cinque anni ormai che aveva in testa quella storia. Quel caso lo aveva trascinato dentro, o, forse, era stato proprio lui a lasciare che lo prendesse. "I casi non li cerchi. Ti capitano", si disse, mentre imboccava l'uscita Avellino ovest dell'autostrada. E, in un certo senso, era andata proprio così. Se quella notte il cadavere sul treno fosse stato scoperto a una fermata precedente o a una stazione più in là, sarebbe stato chiamato un altro a seguire le indagini. Invece il corpo martoriato del frate era stato rinvenuto durante la fermata a Caserta, proprio davanti alla Reggia, quasi che l'assassino cercasse la giusta cornice monumentale per quello che definire omicidio suonava decisamente riduttivo. In realtà quello si era rivelato solo l'ultimo di una serie di delitti atroci e il destino aveva deciso che fosse lui, Elio Tortora, commissario di polizia in quella città, a tormentarsi dietro quell'indagine.

Dopo il casello trovò subito le frecce segnaletiche. Svoltò a destra e, dopo un lungo rettilineo, imboccando una rotonda, girò vero sinistra, seguendo la strada principale verso Mercogliano, che un cartello indicava a sei chilometri.

Gli altri suoi casi di omicidio, quelli che gli capitava di seguire di solito (furti di balordi finiti male, delitti passionali, regolamenti di conti tra camorristi, e via dicendo), coi loro moventi più o meno prevedibili, che si possono sbirciare nei titoli di qualche giornale, avevano ben poco di spettacolare. Ma, nella loro ordinaria ripetitività, gli parevano tutto sommato rassicuranti. Uno spettacolo di morte assurdo ma, per molti versi, consueto e banale. Il commissario Tortora, infatti, si era fatto l'idea che l'omicidio, pur connaturato alla nostra specie, riguarda soprattutto l'uomo gregario, un fatto ripetitivo e inesauribile di questa sua condizione d'essere. Quelli no però, quella serie di assassinii di frati e sacerdoti parevano venire da un altro mondo, non sembravano appartenere alla ferocia consueta a cui ricorre un più scontato genere umano.

Ora, guardando in alto, poteva distinguere le sagome chiare del Santuario, incuneato tra le montagne: la chiesa romanica dal tetto altissimo e il campanile, accanto ai quali si ergeva il complesso abbaziale che ospitava da secoli i monaci benedettini custodi della Madonna di Montevergine. Secondo un antico canto religioso, la più brutta delle sei Madonne campane, perché era nera, avrebbe scelto di andarsene lontano. «*Se ne jette a Montevergine*», per starsene in pace in quel luogo ameno, salvo essere ormai costretta a ricevere la visita di due milioni di pellegrini ogni anno, sempre secondo i calcoli riportati dalla guida. "Due milioni più uno", pensò il commissario, conteggiandosi nella numerosa schiera, anche se non in veste di pellegrino. Però, chissà che "Mamma Schiavona", come anche veniva chiamata la Madonna nera, un epiteto vagamente razzista ma di sicura presa esplicativa, non gli desse una mano a risolvere quel caso. Il commissario non si aspettava un miracolo dalla "più miracolosa delle madonne", come esagerava il tifo religioso regionale, ma una dritta utile, che valesse la pena di quella sfacchinata che si accingeva a fare. Tolta l'attrattiva dell'icona della Madonna, in realtà, il monastero di Montevergine di per sé offriva poco interesse. Ma il commissario non era lì per quello, e neanche per il fascino che offriva la vista dall'alto, dal belvedere del Santuario. Oltretutto per quello era consigliabile una giornata soleggiata. Anche per il percorso a piedi, in effetti, sarebbe stato meglio trovare un tempo meno uggioso. Quelle nubi sopra la vetta del Partenio non sembravano minacciare pioggia, ma in montagna il tempo cambia improvvisamente. "Non cercare scuse, Tortora", disse a se stesso il commissario, che cominciava a tentennare alla prospettiva di dover percorrere tutto quel sentiero ripido. "Suvvia! In fondo cos'è? Una sgambata e niente di più! Quale povero pellegrino avrebbe idee confuse riguardo al pellegrinaggio?", considerò con uno scatto d'orgoglio competitivo il commissario. C'era da osservare, però, che i fedeli erano spinti a quella salita da commossa devozione e accompagnati da sentite preghiere. La vista della splendida boscaglia che rivestiva la parte bassa della montagna e uno sguardo sopra le sue cime fronzute, dove si vedeva la sommità scoscesa dell'altura su cui era stato edificato il convento, gli fecero coraggio. Sul cruscotto il termometro esterno segnava sei gradi. Freddo intenso per i suoi standard.

Parcheggiò la macchina nella piazza di Ospedaletto e, con grande sorpresa, vide che era piuttosto sgombra. Certo, non si aspettava la folla del giorno del Pellegrinaggio della Candelora, ma se l'era immaginata comunque piena di pullman e di macchine recanti frotte di pellegrini giunti da ogni dove e pronti alla scarpinata verso la sacra reliquia. Invece il piazzale gli apparve semivuoto. La cosa non gli dispiacque affatto. L'idea di immergersi in una fiumana chiassosa non lo rallegrava. Indossò gli scarponcini che si era portato dietro e proseguì dritto a piedi, come si era ripromesso. Alla fine della strada asfaltata aveva visto il cartello che indicava l'inizio del "Sentiero dei Pellegrini". Giunto lì, un altro cartello gli svelò il mistero di quell'insperata desolazione: «Lavori di rifacimento». I pellegrini venivano invitati a raggiungere il Santuario da un altro sentiero, perché quello era danneggiato, reso pericoloso da alcune frane causate dalle recenti piogge. Incurante delle raccomandazioni di pericolo segnalate, prese a percorrere con decisione quella stradina con basoli in pietra che conduceva su. Ebbe però l'accortezza di munirsi di una sorta di bastone per la sua passeggiata, uno dei tanti legni abbandonati ai lati della stradina dai pellegrini di ritorno dal Santuario. Mentre saliva, sul muretto che costeggiava il sentiero lesse una scritta spray: «I ricchioni non sono graditi». Il commissario all'inizio rimase perplesso sul significato di quel messaggio minaccioso, poi si ricordò di una polemica seguita dai giornali, che era stata sollevata dai fedeli tradizionalisti in merito alla presenza di associazioni di omosessuali al Pellegrinaggio della Candelora. Aveva letto anche un articolo che parlava della leggenda medievale sulla Madonna Schiavona, commossa dall'amore di due omosessuali, condannati dalla comunità a morire di freddo o sbranati dai lupi, ridotti in catene sulla sommità del Monte Partenio, a lei sacro. In pratica, li salvò, concedendo loro di sopravvivere e testimoniare la forza del bene. Per questo la Madonna nera era considerata una sorta di protettrice degli omosessuali, con grande disappunto dei monaci. La cosa che aveva fatto notizia, in realtà, era appunto la presenza, al seguito della tradizionale processione della Candelora, di una colorita delegazione di gay napoletani che portavano il loro omaggio a quella che consideravano la loro protettrice. L'abate aveva tuonato dall'altare contro la presenza sgradita dei *femminielli* – venuti come ogni anno a onorare la Mamma Schiavona – e, dopo aver detto che le loro scomposte preghiere non erano gradite alla Madonna e che essi erano come i mercanti del Tempio prima che Gesù li scacciasse, li aveva scacciati a sua volta tutti dalla chiesa. Da allora, com'era prevedibile, dato il clamore mediatico che il fatto suscitò, la *Juta*, come veniva chiamata la processione, divenne un'ulteriore simbolo dell'orgoglio gay.

MARTEDÌ 25 NOVEMBRE 1975

RIMINI

26

Era così stanco che persino i gesti più elementari gli richiedevano concentrazione. Non dormiva da tre giorni. La ricerca del secondo uomo era stata molto faticosa e aveva richiesto diversi mesi di preparazione. Adesso era il momento di agire. Tutto era stato pianificato nei minimi dettagli. La Banda aveva funzionato perfettamente. Ora toccava solo a lui: il Copista.

Se il primo Uomo Nero era stato scovato in un convento di Finalpia, il secondo era un frate che faceva il servizio sacerdotale in un santuario di Rimini. Danny lo aveva incontrato per caso, nei gabinetti pubblici della stazione ferroviaria di Bologna. Il religioso girava con vestiti borghesi alla ricerca di giovani accompagnatori. Non appena incrociarono lo sguardo, Danny capì che quello era il suo uomo e che non poteva mollarlo per nessuna ragione. Alto circa un metro e settantacinque, fisico atletico, le guance un po' gonfie e arrossate di chi ha il vizio di bere. Aveva i capelli lunghi e biondi, come la barba. Era lui il secondo Volto Santo da immolare.

Fingendosi carino e disponibile, si accompagnò all'uomo, facendosi portare a casa di quest'ultimo. «Ma solo per un tè, almeno questa volta; la prossima ci divertiamo», gli disse Danny. Doveva assolutamente conoscere l'abitazione del frate e magari fare una planimetria dell'appartamento, per mettere la Banda nelle condizioni di agire con sicurezza. A colpo sicuro. Non poteva rischiare l'improvvisazione, per ragioni strategiche.

La casa del frate era una foresteria ricavata da un vecchio deposito accanto al Santuario Santa Maria delle Grazie. L'ingresso dell'appartamento, al pianoterra, era a ridosso del convento e dava su di un viale che prendeva anch'esso il nome di Santa Maria delle Grazie. Lì dormiva il sacerdote e quella notte cupa del 25 novembre 1975 era in compagnia di un giovane amico.

27

La pioggia aveva iniziato a cadere. Erano passati sei anni dall'ultima volta. Dopo tanto tempo sembrava essere di nuovo la prima. Ma in questo caso non c'erano Danny e le due sorelle a dargli una mano. Doveva fare tutto da solo.

La porta che si trovò davanti il Copista era chiusa con la chiave rimasta nella toppa all'interno e non si aprì col *passe-partout*. Sapeva che doveva sfondarla in ogni modo, ma la cosa gli pareva spropositata. Rischiava di svegliare il frate, che avrebbe potuto dare l'allarme.

Il Copista alzò lo sguardo al cielo notturno, squarciato da lampi e tuoni. I suoi pensieri erano distratti, ma l'acqua che gli batteva sul viso lo risvegliò. Si ricordò dov'era e cosa avrebbe dovuto fare. Il posto era piuttosto isolato ma si rese conto che, se non fosse entrato subito, qualche automobilista di passaggio sul viale avrebbe potuto notarlo. Non era ancora l'una di notte.

Leccò le gocce di pioggia sulle labbra e gli balenò un'idea: attendere che il tuono coprisse il rumore per tirare una forte spallata alla porta. Al primo colpo le ante si scossero ma rimasero chiuse. Al tuono successivo tirò un'altra spallata e sentì il legno crepare. Incoraggiato da quel rumore, raccolse le forze e assestò un terzo colpo mirando meglio all'incrocio delle due ante che cedendo a quell'urto si spalancarono.

Rimase fermo sulla soglia, abituando gli occhi all'oscurità. Poi, accesa una piccola luce all'entrata, percorse lentamente l'ampio corridoio che si apriva sul lato sinistro della grande camerata d'ingresso. Schiudendo piano le porte delle tre stanze ricavate sul lato destro del vecchio deposito, trovò nella prima uno scrittoio, un inginocchiatoio e una libreria a parete. Nella seconda, invece, solo tante cianfrusaglie ammucchiate. Nell'ultima, finalmente, distinse nel buio due letti posti sui lati opposti della stanza e tra questi un armadio. Si sbottonò il cappotto, sedette sul letto vuoto e, chiudendo un poco gli occhi, fece riposare la spalla indolenzita. Si aspettava che il frate, a quel punto, si fosse svegliato per il rumore e la luce accesa all'ingresso, ma poté constatare che dormiva profondamente e nulla aveva sentito. Dalla puzza di vino che ammorbava la stanza il Copista dedusse che l'uomo era ubriaco fradicio. Ma fu un'altra la novità. Guardando meglio l'ingombro della coperta, si avvide che qualcun altro c'era con lui in quel letto a dormire. Avvicinatosi, il Copista si accorse che stretto accanto al frate era disteso un ragazzo. Anch'egli dormiva. O fingeva. Il Copista non si scompose più di tanto, le sue missioni erano programmate per i santi giorni e le date non potevano essere spostate per alcuna ragione. Aveva un compito da portare a termine e nulla lo avrebbe fermato.

Il ragazzo non gridò, probabilmente per paura ingenua di essere sorpreso lì insieme al sacerdote. Il Copista si aggirava indisturbato per la stanza. Guardò l'orologio: era l'una del mattino del 25 novembre ed era pronto ad agire. Il ragazzo si accorse che la sagoma del Copista si era avvicinata dal suo lato del letto. Non resistendo più a fare finta di dormire, scattò quasi mettendosi seduto sul letto. E, strattonando il frate per farlo svegliare, chiese: «Chi è quest'uomo? Cosa vuole?». Ma nemmeno lui che era sveglio si capacitò di cosa realmente stesse accadendo. Copy tirò fuori da un fodero di stoffa nera la pistola e la puntò contro i due: sette colpi secchi che rimbombarono come una scarica di tuoni. Il frate fu colpito in pieno corpo nel suo sonno pesante, mentre il suo amico solo alle gambe. Il Copista non sparò alla rinfusa, ma premeditando la mira e gli obiettivi. La sorpresa di trovarsi davanti due uomini anziché uno non lo scombinò, agì con calma e prontezza.

Il ragazzo, con l'intento di raggiungere il telefono sul comodino, tentò di alzarsi dal letto. Ma non riuscì. Ferito gravemente, cadde rovinosamente a terra. Cercò allora di trascinarsi fuori dalla stanza urlando in preda al terrore e chiamando aiuto. Il Copista sembrò non curarsi del ragazzo. Sapeva che la foresteria era isolata. Oltretutto, in quel momento, i tuoni e il rumore della pioggia che cadeva abbondante coprivano le grida del giovane. Il Copista sapeva di avere la situazione in pugno. Con gelida determinazione si portò al capezzale del frate morente e, levandogli su la testa, lo sgozzò all'istante col suo solito stiletto. Reclinò poi il corpo del prete verso di sé, e pose il vaso di creta – che prima aveva poggiato con calma sul comodino – sotto il collo del sacerdote. Il sangue, uscendo dalla ferita alla base del collo, cominciò a defluire repentinamente nel coccio. Tenne ancora per qualche attimo la testa del prete tirata per i capelli aspettando che il sangue finisse di colare. Sentì le convulsioni del frate mentre esalava il suo ultimo respiro. Poi, col sangue di cui era ormai imbrattato il letto, scrisse sul muro della stanza il suo nome: Copista. Ma la cosa non gli piacque e allora con tutte e due le mani, anch'esse imbrattate di sangue, cancellò furiosamente la sua firma dal muro. Mentre si puliva le mani inguantate con il lenzuolo, si ricordò del ragazzo. Seguendo la scia di sangue lasciata nel corridoio dalle ferite alle gambe, lo vide raggiungere, strascicandosi, l'ingresso dell'abitazione. E stava già con la testa oltre la porta quando il Copista lo afferrò per le spalle e lo trascinò dentro, accostando la porta. Il ragazzo, che carponi aveva cercato fuori la sua salvezza, ormai disperato riprese a urlare. Lui non voleva ammazzarlo, semplicemente farlo tacere. Gli puntò per questo la pistola alla testa intimandogli di smettere, ma, in preda al terrore, quello continuava a gridare. Si avvicinò ancora a lui e sentì un puzzo di merda. Il giovane se l'era fatta addosso per la paura. Quell'odore lo riportò ai miasmi del casotto dietro la casa di Danny; e ricordò la paura del suo piccolo amico, che spesso gli raccontava della sua fanciullezza e di quel puzzo insopportabile del suo nascondiglio preferito. Fu il ricordo di quel racconto che indusse il Copista a cambiare programma. Puntandogli la pistola alla fronte gli disse: «Chiedi perdono a Dio ragazzo pervertito, è giunta la tua ora. Possa il Signore perdonare i tuoi peccati». E gli sparò un colpo a bruciapelo spappolandogli il cervello.

Tornato nella camera da letto, il Copista prese dalla borsa di cuoio che aveva portato con sé un pezzo di stoffa rettangolare bianco e con questo coprì il volto del frate riverso sul letto. Infine, dalla stessa borsa tirò fuori l'immaginetta della Sacra Sindone, che pose sul cuscino accanto alla testa del cadavere. Con calma prese poi a frugare nella seconda stanza piena di ornamenti sacri, addobbi per il presepe e scatoloni pieni di carte di fiori che non marciscono. Trovò un lume a petrolio e una bottiglietta di alcol che versò con cura sopra gli addobbi del presepe e sulle coperte del letto su cui giaceva il corpo del prete. A quel punto si fermò un istante immobile, pensoso. Posò sul comodino la bottiglietta dell'alcol e si diresse di nuovo verso la camerata d'ingresso. Si caricò deciso in braccio il cadavere del giovane e, tornando sui suoi passi, lo depose sul letto accanto al corpo dell'amante. Poi finì di distribuire il liquido infiammabile sulla libreria dello studio e tutto prese subito fuoco alla fiamma dell'accendino. Non c'era Emma, impareggiabile nelle faccende di casa, a eliminare ogni traccia. Toccò a lui ripulire quella volta, in modo spicciolo e drastico, ma alla perfezione.

Uscendo dalla foresteria richiuse piano la porta. Fuori intanto continuava a tuonare e non smetteva di piovere.

E fu sera e fu mattina: secondo giorno.

6 OTTOBRE 2008

MONTEVERGINE

28

La stradina in basoli aveva lasciato il posto a un sentiero sdrucciolevole, una mulattiera sterrata che si apriva tra boschi di castagno. Sopra le cime degli alberi la montagna gli apparve come un insormontabile muraglione, ma il commissario si mise di lena e tornò ai suoi pensieri.

Quello che univa i *femminielli* con il luogo, Montevergine, era, quindi, facilmente intuibile. A parte il leggendario intervento salvifico della Madonna in favore dei due omosessuali in epoca medievale, c'era però un altro aspetto di quella storia che aveva attirato l'attenzione del commissario e che costituiva un curioso legame con le modalità dei delitti del serial killer, in particolare con quelle dell'uccisione di frate Boris. Per lui fu interessante scoprire che poco lontano dal Santuario, sul monte Partenio, si trovavano i resti di due antichi templi consacrati rispettivamente a Cibele e Artemide, due tra le Grandi Madri del paganesimo. Il giornalista riportava l'opinione storica secondo cui era proprio nel mito di Cibele che si poteva rintracciare il millenario filo conduttore che, insieme ai *Lupercalia* e alla *februatio*, costituisce la saldatura tra culto pagano e ritualità cristiana della festa della Candelora, che si teneva lì il 2 febbraio. Il famoso Santuario fu costruito, infatti, sul luogo dove sorgeva un tempio dedicato a Cibele, come attestavano parecchie iscrizioni e rovine. E Rea Cibele, che rappresentava la natura montagnosa, era venerata col nome di Gran Madre. I miti che si riferiscono a questa dea portavano pure un carattere selvaggiamente fantastico come tutto il suo culto. La dea amava andare attorno su un carro tirato da leoni o pantere, col corteo dei suoi sacerdoti detti Coribanti i quali, forniti di timbali e concavi dischi metallici e corni e flauti, si abbandonavano a una musica strepitosa e orgiastica. Si trattava in realtà di riti cruenti e talvolta sanguinosi, che arrivavano finanche all'evirazione dei sacerdoti, riprendendo l'arcaica tradizione dell'uccisione di bambini e di giovani ragazzi o della castrazione del maschio, perché si restituisse, in qualche modo, alla terra ciò che essa aveva donato. Quindi offrirle il sangue significava propiziarsi la dea, e le vittime sacrificali dovevano sempre appartenere al sesso maschile perché il seme maschile penetrasse nella terra fecondandola.

Finito quel tratto di salita, Tortora giunse, come lesse su un altro cartello turistico, alla "Cappella dello Scalzatoio" – o a quello che ne rimaneva – e si fermò per prendere fiato. Qui i pellegrini lasciavano le proprie calzature per proseguire fino al Santuario a piedi nudi, per devozione alla Madonna. Il commissario non sapeva se quello era lo stesso sentiero percorso dal giovane Guglielmo da Vercelli, allora non ancora santo, quando ben otto secoli prima, invece di continuare il suo pellegrinaggio in Palestina, decise di fermarsi da queste parti e di far erigere in cima a quella salita un monastero, imponendo alla sua congregazione un'impronta rigorosamente eremitica. Di sicuro era lo stesso sentiero percorso tante volte da Boris Korsakov, qui venuto a prendere i voti appena giunto in Italia e qui ritornato anni dopo, successivamente alla sua missione sacerdotale a Sant'Anna in Barra. Paesino che lo stesso commissario aveva visitato per verificare se ci potesse essere un legame con la sua indagine. Aveva però raccolto solo ricordi incerti e voci sparute da qualche vecchio.

Un ultimo sguardo all'ampia vallata del Sabato – a quei contrasti cromatici che regalavano i monti del Partenio in quella stagione, che andavano dalle varie tonalità di verde dei castagni, degli agrifogli e delle chiome abbondanti dei faggi, ai rossi dell'acero napoletano – seguito da un profondo respiro con cui inalò le essenze di faggio che emanava la macchia lì intorno. Poi il commissario riprese la marcia in salita proseguendo lungo il sentiero per stretti tornanti ancora fino a incontrare la "Sedia della Madonna", un masso dove per secoli i fedeli si erano ripetutamente fermati a sedere, fino a levigare la roccia, dandole la forma di sedile. Da qui la leggenda della Madonna che si era fermata a sedere su quella pietra. E anche lui volle sedersi su quella sorta di sacrario di devozione popolare. Sentì la pietra fredda e umida sotto il sedere, e si alzò, spingendosi fino al belvedere. Da qui si sarebbe potuto osservare la vetta del Vallatrone e tutta l'Alta Irpinia in una giornata chiara di sole. Invece si distingueva appena la distesa di case della città di Avellino. Lanciò un'occhiata in basso, alla stradina che scendeva stretta tra i due canaloni, e in alto, lungo il sentiero che si incuneava tra le due cime del Montevergine, su una delle quali si scorgeva, avvolto nella foschia di quel freddo mattino, il Santuario.

Il commissario seguì il cartello che indicava verso destra e poi ancora lungo una strada acciottolata fino al "Tiglio Sacro", dove vide che confluiva un altro sentiero, forse proveniente da Mercogliano, a giudicare dai pellegrini che lo percorrevano in quella giornata dal meteo penitenziale. Da qui partiva il "Miglio Sacro", un sentiero che, intersecando più volte la strada asfaltata, era segnato dalle varie stazioni di una Via Crucis. Davanti alla serie di locandine con immaginette in rilievo di bronzo, gruppetti di pellegrini si soffermavano in preghiera, ripetendo tra sé i passi della Via Crucis meditata. Anche il commissario rispettò ognuna di quelle soste, sbuffando e pentendosi con tutto il cuore, che gli batteva all'impazzata, di aver voluto intraprendere tutta quella salita a piedi. Il suo, inoltre, era un diverso genere di meditazione.

PRIMA STAZIONE: GESÙ VIENE FLAGELLATO, DERISO E CONDANNATO A MORTE

Tortora ripensò a un'altra flagellazione: quella subita da Boris Korsakov, per mano del suo assassino. Rivide le escoriazioni sanguinanti, i lembi di pelle strappati sulla schiena martoriata del vecchio frate. E ritornò vivo il ricordo di quella notte atroce della scoperta del cadavere sul treno fermo alla stazione di Caserta, davanti alla Reggia. Ogni volta non smetteva di stare male. Sì, quella notte se la ricordava bene. Un episodio che, se rievocato, gli causava ancora una fitta allo stomaco. Ce l'aveva ancora addosso, quell'odore di sangue e di piscio rancido. E poi l'occhio mobile, elettrico, della telecamera che riprendeva quella scena irreale e la lampada che scandagliava nel buio dello scompartimento, che faceva luce su ogni macabro dettaglio, che sembrava illuminare il nulla. Quante volte aveva rivisto quel filmato girato dalla scientifica, cercando di scovare indizi nel nero assoluto di quella voragine, in quell'abisso di atrocità. E, rivedendole, quelle riprese gli facevano sempre la stessa impressione della prima volta. Lo specialista della scientifica gli appariva come uno di quei minatori con la lanterna appiccicata sulla fronte che scende nelle viscere della terra e che si imbatte in una creatura degli abissi. Eppure, quella scena che gli era entrata nella testa e continuava a sconvolgerlo, ora lui la guardava in un altro modo. In quegli anni aveva girato tutti i commissariati e le caserme dei carabinieri dei luoghi in cui erano avvenuti gli omicidi precedenti…

Seconda Stazione: a Gesù viene caricata la croce sulle spalle

… E anche quelli, come aveva scoperto, gli erano parsi come altrettante metafore del sottosuolo. Mettere in fila tutti quei casi era stato come attraversare un tunnel della morte. No, quelli non erano omicidi a effetto, come diceva il questore; c'era qualcosa di guasto dentro, di malato.

"L'autore di quei delitti sarà stato un bambino normale, ha avuto una madre che lo amava e accudiva, un padre che gli portava i regali alle festicciole di compleanno?", si era chiesto il commissario. Oppure era una creatura immaginifica, come quelle che comparivano nei bestiari medievali o che erano scolpite sulle facciate di certe cattedrali gotiche? O era simile a quelle che popolavano l'*Inferno* nelle antiche illustrazioni della *Divina Commedia* (libro che era una vera passione per il commissario)? Creature indefinite, irreali, inesistenti, ma radicate nell'immaginario dell'orrore.

TERZA STAZIONE: GESÙ CADE PER LA PRIMA VOLTA

Sì, la stava guardando a modo suo quella storia. Nessuno l'aveva guardata nel modo giusto. Non era solo il delitto di qualche mente malata, oppressa. Era come un rito macabro quello che si rinnovava nell'animo e nella mente dell'assassino, risvegliato da un dolore che egli forse sperava definitivamente sepolto, ma con cui, a ogni scadenza, era costretto a confrontarsi.

Quella data del 25 novembre conservava la memoria di qualcosa di terribile che si destava prepotente, ogni qualvolta cadeva di martedì. Ma come poteva quella collera restare tanto a lungo sopita ed esplodere così violenta di nuovo? No, quello non era un povero essere mosso da una furia omicida. C'era un disegno, una missione in quel calendario macabro: ma quale?

QUARTA STAZIONE: GESÙ INCONTRA SUA MADRE

LUNEDÌ 24 NOVEMBRE 2003
VIGILIA DEL GIORNO DEDICATO A SANT'ANNA

TRENO ESPRESSO 1941
Treno del Sole

29

Copy richiuse il libro di Isabel. Gli piaceva leggere quelle storie. Per lui era adrenalina pura rivivere quei momenti di tensione, come se fossero attuali. Ed era proprio quello che cercava prima di agire: caricarsi per affrontare nuove missioni. Erano passati anni dalla prima azione e ormai il programma volgeva al termine. Anzi, se l'uomo seduto di fronte a lui era la persona che stava aspettando, il gioco era ormai fatto. Era quasi alla fine: a meno due.

Il nuovo passeggero, intanto, ripresosi dal suo assopimento e ignaro delle funeste intenzioni dell'uomo che gli stava di fronte, aveva ricominciato a parlare, facendo notare qualcosa che il Copista non capì. Era distratto dalle sue cupe riflessioni. Quanto tempo era passato, quanto dolore si era portato dentro. E adesso l'oggetto delle sue ossessioni era lì, a un passo da lui. Ma pensando alle ore che doveva trascorrerci insieme, era meglio, a quel punto, scambiare qualche chiacchiera. Doveva comunque attendere il momento propizio per agire, cioè prima di scendere dal treno. Mancava ancora molto tempo alla stazione programmata per la sua discesa. Parlarci poteva dargli, inoltre, una maggiore conferma della sua vera identità. Non voleva sbagliare bersaglio assolutamente. Quello seduto di fronte doveva essere al cento per cento il sesto Uomo Nero. L'obiettivo del lungo viaggio. Fu con questa idea fissa che il Copista si rivolse al passeggero: «Scusi, ma guardando il panorama dal finestrino mi sono distratto: cosa diceva?».

«Stavo condividendo la sua affermazione circa l'effetto del movimento del treno che spesso la fa dormire. La stessa cosa capitata di frequente anche a me. Notavo pure che le piace guardare il panorama dal finestrino, un'altra cosa che sento di condividere con lei. Mi sbaglio?».

«No. È una cosa di cui non posso fare a meno», rispose il Copista, sollecitando così l'argomento.

«Non so se a lei fa lo stesso effetto, ma stare a guardare il finestrino di un treno dà l'impressione di stare al cinema. Quando vedo sfilare un paesaggio dal treno, mi sembra di guardare un film. Addirittura il vagone diventa una sala di proiezione. Non dà anche a lei la stessa sensazione?».

«Sì. Forse è perché quelli che vengono dal finestrino sono come fotogrammi in successione e quindi seguono lo stesso principio della pellicola. A me questo effetto dura pure al buio. Sul vetro del vagone mi capita di vedere figure anche quando il treno imbocca un tunnel. Mi è capitato anche poco fa».

«Dice davvero?», ribatté il passeggero incuriosito.

«Sì. Prima che lei entrasse nel compartimento, sa cosa ho visto sul finestrino mentre attraversavamo il tunnel? L'immagine della Sacra Sindone! Non so se lei la conosce, quella conservata nel Duomo di Torino».

«Certo che la conosco. Ma forse, in questo caso, la comparsa dell'icona della Sindone sul vetro è dovuta a un fatto suo personale. Magari è rimasto suggestionato, vedendola su un libro di immagini sacre o visitandola, come è capitato di fare a me ieri. È probabile che la lettura l'abbia presa a tal punto da immaginare di vedere proprio il Volto di Cristo su questo finestrino».

«No. Le garantisco che l'ho visto!», fece il Copista piuttosto seccato.

«Allora le credo. Ma sa, talune volte capita di riconoscere una qualche immagine magari tra lo sporco del finestrino e la luce riflessa del compartimento. E non solo. Anche su altre superfici in qualche caso si crea una combinazione di macchie che ci dà l'impressione di scorgere un volto umano».

L'uomo tentava di razionalizzare a tutti i costi il suo ragionamento sulla visione del Volto Santo. A quel punto Copy cominciò a dubitare che l'uomo seduto di fronte fosse davvero il sacerdote.

«Lei parla di una combinazione di macchie che casualmente ci rende l'impressione di vedere una qualche figura. Invece, riflessa sul finestrino, io ho visto proprio l'immagine della Sindone. Adesso, che sia stata una combinazione o altro poco importa; è certo che l'effigie riflessa era inconfondibilmente il Sacro Volto!», insistette il Copista, a fronte delle argomentazioni del passeggero, volte a confutare la sua tesi. Voleva stanarlo per capire se fosse effettivamente l'uomo di Chiesa che aspettava.

«Guardi che non voglio affatto dissuaderla, si figuri. Dico solo che in certi casi si creano condizioni per cui fenomeni casuali ci danno l'impressione di cose straordinarie, quando invece sono esclusivamente legate a eventi ambientali spiegabilissimi. A tal proposito, anzi, se lei permette, le voglio raccontare un episodio che mi è successo molti anni fa e che fa al caso».

«L'ascolto con piacere».

«Una sera, guardando un film d'azione con degli amici, sullo schermo apparve una scena d'inseguimento tra due uomini sul tetto dei vagoni di un treno, lanciato a forte velocità. La scena era di grande tensione, molto spettacolare, e la caccia avveniva in direzione del movimento del treno. Come in tutte le scene simili, anche in quella ci fu il famigerato salto da una carrozza all'altra. In quel momento, uno dei miei amici mi sussurrò all'orecchio: "Non è reale! Non è possibile saltare da un vagone all'altro di un treno in corsa, perché chi salta dovrebbe rimanere indietro rispetto al treno". Il mio amico semplicemente non conosceva le leggi della fisica, quella era una classica osservazione sbagliata anche se dettata dal senso comune. Vede, mio caro amico, ci sono cose che noi pensiamo frutto della fantasia, ma solo perché nella realtà non le comprendiamo. Non abbiamo gli strumenti per intenderle. Non conosciamo le leggi che le regolano. L'invisibile in natura è dappertutto, ma noi leggiamo i segni, e non ciò che li ha generati. Per esempio, se lei dalla finestra di casa sua vede l'albero che si muove, sa che è a causa del vento, che per sua natura è invisibile. Il vento è uno dei tanti fenomeni naturali che, di fatto, lei non vede, eppure il suo manifestarsi non la sorprende».

"Ecco qua, ci siamo!", esclamò tra sé il Copista, sempre più convinto di aver trovato il suo uomo. Perché l'aneddoto del vento raccontato dal passeggero per avvalorare la tesi dell'invisibile lui l'aveva sentito, identico, da Danny, il quale diceva che Padre Boris lo riportava spesso a messa, nei suoi sermoni, e al catechismo.

«Purtroppo queste riflessioni non le facciamo più. E sa cosa ce lo impedisce?», continuò il passeggero, non accorgendosi dell'irrequietezza di Copy.

«Me lo dica lei», rispose quest'ultimo quasi scocciato.

«La velocità!».

«In che senso?».

«La velocità, ecco cosa ci rovina. Qualsiasi azione reale o di solo pensiero fatta velocemente non ci dà la giusta dimensione per speculare con la nostra mente. Non a caso lei ha visto un volto riflesso sul finestrino di questo vagone solo allorquando le immagini in movimento dell'esterno si sono fermate a causa del buio nella galleria. Questo non le fa pensare che bisogna fermarsi per capire, per vedere?».

Il Copista si limitò ad annuire facendo finta di seguire il passeggero che continuava nei suoi sproloqui.

«... Noi viviamo in un mondo che tende alla velocizzazione estrema. Il movimento assume sempre più valore nella vita di oggi, la velocità d'esecuzione è richiesta in tutto, talvolta le cose sono fatte in modo così istantaneo che non si ha più la possibilità di capire cosa realmente è accaduto. Tanto è vero che si fa largo uso del *replay*, specie nello sport, per il semplice fatto che non abbiamo capito ciò che è successo».

Non ce la faceva più, si era stancato d'ascoltarlo. Quello lo incalzava e lui non riusciva più a mantenere la solita smorfia di consenso sul viso. «Forse ha ragione, non saprei dirle, è indubbio che questa sua riflessione fa pensare, ma adesso…».

Stava per dire «… basta», ma si limitò a sbadigliare. Quel suo discorso stava diventando di un pedante insopportabile. O forse a metterlo a disagio era la familiarità che si stava creando.

«Mi segue?», chiese a un certo punto l'uomo.

«Mi scusi, stavo pensando ad altro», si giustificò il Copista.

«Non si preoccupi, mi conosco. Purtroppo quando comincio a parlare difficilmente mi fermo. Adesso però taccio».

«Non volevo dire questo; anzi mi scusi, continui pure, se vuole», rispose distrattamente il Copista mentre la sua mente ormai vagava altrove.

«Molto gentile, ma se non le dispiace preferisco leggere un po'». E dalla borsa poggiata accanto al suo sedile, tirò fuori un breviario e aprendolo sul segnalibro a cordicella si immerse nella lettura.

"Meglio così", pensò il Copista, che si era reso conto che parlare con quell'uomo non era stata una buona idea. Non avrebbe dovuto più ascoltarlo per non mettere a rischio la missione. I suoi obiettivi li aveva sempre tenuti a distanza per non farsi coinvolgere dalle loro vite. In quello poi, c'era qualcosa di inquietante, qualcosa che il suo amico Danny non aveva mai dimenticato. L'Uomo Nero aveva uno sguardo permeato di potere ipnotico. Una caratteristica molto insidiosa, da cui bisognava tenersi alla larga.

Sì, era stato un errore tremendo discutere con quell'uomo. Adesso era necessario ritrovare lo spirito giusto per l'azione. L'aggressività necessaria che solo ricordando le proprie gesta il Copista poteva ritrovare. Anche lui aveva il suo libro da leggere. Le sue preghiere da recitare. Aveva la necessità di rivedere le vecchie imprese compiute per darsi la giusta carica. Prima di ogni missione aveva bisogno di ripassarsi le azioni compiute in passato, per non ripetere eventuali errori commessi. E queste erano dettagliatamente descritte nel libro di Isabel. Lo conosceva a memoria quel libro. Anche senza sfogliarlo, ne ricordava le pagine a memoria. E, guardando il passeggero che aveva di fronte, gli venne in mente la storia di un sacerdote che l'aveva particolarmente colpito. Era stata un'esperienza memorabile. E quell'Uomo Nero di allora era simile a colui che sedeva adesso di fronte a lui.

6 OTTOBRE 2008

MONTEVERGINE

30

Non c'era dubbio. L'essere voluto salire a piedi si stava rivelando un vero peccato di presunzione. E lo sfiorò un altro sospetto. E se anche in quella indagine stesse peccando di presunzione? Il commissario si ricordò del colloquio avuto col questore.

«Un prete o un frate con la barba. Un vaso di coccio dove l'assassino raccoglie il sangue della vittima sgozzata in una sorta di rito macabro. Da questi elementi, secondo lei, si dovrebbe capire tutto?».

«C'è anche la questione della data: il 25 novembre, quando cade di martedì; e poi, le strisce di stoffa lasciate sul volto e la figurina della Sindone accanto alla vittima. Queste, signor questore, non possono essere coincidenze», aveva fatto notare lui.

«E infatti non lo sono. Queste modalità dei delitti potrebbero benissimo averle imitate altri pazzi con smanie di protagonismo, dopo averle desunte dalla lettura dei giornali. Ciò spiegherebbe la circostanza che, al di là dell'essere frati o sacerdoti, e con la barba, le vittime non avessero altro in comune», aveva ribattuto il questore.

«Veramente, dell'altro ci sarebbe...».

«Se si riferisce alle voci sulla pedofilia dei preti, lasci perdere, commissario. Questa è solo un'ipotesi che hanno formulato certi giornali e alcune televisioni. Oltretutto è inverosimile che, sia pure a un pazzo, a intervalli regolari e per un lasso di tempo così lungo – quasi cinquant'anni, commissario, ma si rende conto! – gli monti una rabbia terribile che poi sfoga abbattendola con violenza mostruosa sulle sue vittime, come cercasse una sorta di vendetta».

«Vendetta, ecco, ha detto bene, signor questore. È la stessa cosa a cui ho pensato anch'io».

«Ma vendetta per che cosa? Per un torto subito cinquant'anni prima? Suvvia!».

«Ed è appunto questo che potrebbe avvalorare la pista della vendetta pedofila, per un abuso subito dall'assassino quando era piccolo».

A quel punto gli comparve davanti la locandina della...

QUINTA STAZIONE: GESÙ È AIUTATO A PORTARE LA CROCE DA SIMONE CIRENAICO

... E a quel punto, nei ricordi del commissario, il questore aveva scosso il capo. Lui escludeva con forza l'ipotesi di un'unica mano dietro quella catena di omicidi, anche per un altro motivo: «Possibile che nessuno degli inquirenti chiamati a indagare sui delitti precedenti avesse domandato informazioni sugli altri casi? Possibile, insomma, che dalle precedenti indagini non fosse emersa alcuna rilevante relazione tra i vari fascicoli d'indagine?».

In effetti l'ipotesi del serial killer non era stata avanzata, malgrado le circostanze coincidenti dei delitti avrebbero dovuto fare emergere almeno il sospetto di un omicida seriale. Eppure, quei sei delitti erano altrettante sagome che combaciavano, considerò il commissario davanti alla...

SESTA STAZIONE: LA SANTA VERONICA ASCIUGA IL VOLTO DI GESÙ

Per un attimo gli venne davanti quel quadretto e come un fulmine gli balenò il collegamento con l'immagine della striscia di stoffa posta sul volto delle vittime. Una corrispondenza a cui aveva già pensato. Ma quell'indizio era chiaramente legato all'immaginetta della Sacra Sindone e non alla Veronica. La Sindone era creduta il lenzuolo che aveva avvolto il Cristo ucciso sulla croce. E quella striscia di stoffa lasciata dall'assassino sulle sue vittime cosa voleva significare? Un gesto pietoso dell'assassino? Un alibi ai suoi sensi di colpa? Domande, dubbi, in quel caso, ne restavano a non finire, anche se al commissario, più che sbrogliare la matassa simbolica di quegli omicidi, interessava risolvere il caso sul piano investigativo. Il che voleva dire solo una cosa: individuare l'assassino.

Quella sua indagine si era rivelata proprio un Calvario, una salita sul Golgota. E senza il sussidio delle preghiere che continuavano ad accompagnare l'ascesa dei pellegrini in sosta davanti ai tempietti della Via Crucis. Era così giunto alla...

Settima Stazione: Gesù cade per la seconda volta

Quella caduta gli fece venire in mente il commissario La Rosa, costretto in congedo, e poi finito prematuramente in pensione, a causa dello scrupolo investigativo con cui aveva seguito il caso precedente al suo. Gli aveva confessato, infatti, papale papale, che era stato costretto ad archiviare l'indagine in seguito alle forti pressioni giunte dalla Curia sulla questura.

«Caro commissario, ma lei si immagina cosa potrebbe succedere in una città che venera ciecamente il miracolo del sangue di San Gennaro, se saltasse fuori una cosa del genere?», aveva detto il questore a La Rosa. E così, di fatto, gli aveva ordinato di mettere a tacere la cosa. Prima di chiudere il caso per ordini superiori, però, ci aveva pure provato a dare la caccia all'assassino del sacerdote quarantunenne, ucciso con un colpo di pistola – e poi sgozzato – su quel treno fermo alla stazione di Napoli, nella notte tra il 24 e il 25 novembre del 1996. L'uomo era stato anche ripreso in un filmato della videosorveglianza. Nelle immagini, passate al setaccio dagli investigatori napoletani, lo si vedeva mentre, portando con sé una borsa di cuoio, saliva a bordo del treno, dove veniva raggiunto in un secondo momento dal prete. Quindi, scorrendo il filmato, riappariva un uomo – apparentemente lo stesso che era precedentemente salito – che si allontanava dal treno, da solo, con un sacco sulla spalla.

Ottava Stazione: Gesù incontra le donne di Gerusalemme

A La Rosa Tortora spiegò alcuni particolari del suo omicidio: cose emerse subito, all'avvio dell'indagine, e altre in seguito, dopo anni di investigazioni. Nel caso al collega, ormai in pensione ma sempre con l'anima di sbirro, venisse qualche idea buona, visto che anche lui si era occupato dello stesso uomo. «*Stu figl' e 'ntrocchia!*», fu però l'unico commento finale.

Pensando a quella battuta, al commissario Tortora venne da ridere pensando a come potesse tradurre quella espressione dialettale. Semplice: «Scaltro». Ma il sorriso si smorzò subito, quando vide Gesù cadere. Era giunto alla…

Nona Stazione: Gesù cade per la terza volta

Comunque a La Rosa riferì come, dietro l'omicidio di Frate Boris, ci fosse stata una lunga e accurata preparazione.

Il frate, rientrato ormai da molti anni in Russia, era stato raggiunto a Vladimir, dove abitava, da una lettera spedita da Mercogliano. In questa lettera l'assassino, fingendosi l'abate di Montevergine, invitava frate Boris a ritornare al convento dove aveva preso i voti e trascorso così tanti anni, in occasione di un'importante celebrazione religiosa e per visitare il Museo dei presepi del mondo che ha sede nel monastero.

«Un'esca intelligente!», fece La Rosa.

«Fosse solo questo», ribatté il commissario. «Nella lettera lo informava che in occasione del viaggio avrebbe potuto visitare a Torino la Sacra Sindone, come da sempre desiderava. Anzi, se voleva, sarebbe stato il convento stesso a organizzargli l'itinerario e a pagargli le spese. Un biglietto aereo da Mosca a Torino e poi del treno fino a Napoli, dove ci sarebbe stato un frate del convento ad attenderlo in stazione per condurlo al convento».

«Ma scusa, Elio, ai frati di Montevergine, ricevendo la risposta di frate Boris, non è venuto nessun sospetto?».

Al ricordo di quella domanda del collega, al commissario venne in vista la…

Decima Stazione: Gesù viene spogliato delle vesti

«Aspetta. Nella prima lettera il finto abate avvisava Korsakov, in caso di risposta positiva, di mettersi direttamente in contatto con un certo frate benedettino di un convento di Torino...».

«Il quale era sempre l'assassino», congetturò La Rosa.

«Infatti. Questi, probabilmente, gli fece avere i dettagli del viaggio, insieme ai biglietti aerei, di andata per Torino e di ritorno da Napoli».

«Quindi l'assassino ha incontrato il frate già a Torino?», chiese La Rosa.

«Credo di no. Quello che ho scoperto è che frate Boris ha alloggiato una sola notte in un albergo vicino alla Mole, dove si trova la Sindone. Il personale dell'albergo mi ha riferito che era solo e che non ha incontrato nessuno. Ma era passato dall'albergo un tipo, vestito da frate, che aveva lasciato detto di riferire a Padre Korsakov di scusarlo, che non era potuto venire a prenderlo all'aeroporto, a causa di un impegno, e che si sarebbero visti certamente al convento di Montevergine, dove anche lui era diretto. Alla reception gli aveva lasciato anche il biglietto del treno – quello delle 18.45 – in partenza da Porta Nuova».

«Non capisco perché tutta questa messa in scena. Scusa, se voleva poteva benissimo ammazzarlo a Torino».

Undicesima Stazione: Gesù viene inchiodato sulla croce

«Eh no! Era su un treno – anzi, secondo me, proprio su quel treno – che lo voleva ammazzare».

«Eh già! D'altra parte, anche il mio l'ha ammazzato sul treno. Ma quello era un treno parcheggiato in deposito, in un posto dove ha potuto agire indisturbato. In questo caso era un treno in corsa con tutti i passeggeri. Ma come cazzo ha fatto?», aveva chiesto La Rosa, sempre più preso dal racconto di quei fatti.

«E invece ti sbagli, non c'era nessun altro passeggero in quel vagone, oltre al frate e al suo assassino».

«E com'è possibile?».

«Te lo spiego. Quel treno che parte da Torino è composto solo da vagoni letto, perché è diretto a Sud e viaggia praticamente solo di notte. La carrozza dove viaggiavano il frate e l'assassino, a parte i loro posti, risultava completamente prenotata da una comitiva di boy scout che sarebbero dovuti salire a Livorno».

«Ho capito. Scommetto che è stato lo stesso assassino a fare finte prenotazioni».

«Esatto. E questo l'ho potuto appurare io stesso. È risultata una prenotazione di venticinque cuccette (Bada bene, venticinque! Quella carrozza ne ha in tutto ventisei), fatta, pensa un po', tre mesi prima, da Livorno, a nome di una compagnia di scout di quella città, i quali, naturalmente, non ne sapevano nulla».

«E certo. Voleva essere sicuro di poter agire senza problemi. E l'altra prenotazione da dove l'ha fatta?».

«Quella per il frate? Da Torino».

«E perché tutto questo giro?».

«Ora ti spiego come ho potuto appurare che sono andate le cose. Seguimi bene. L'assassino vuole assicurarsi di poter agire indisturbato. Perciò prenota in tempo tutte le cuccette del vagone per la fantomatica compagnia di scout, tranne una, quella per il monaco, che prenota da Torino. Il treno parte, il frate si siede nel suo posto prenotato. Il resto del vagone è vuoto».

«E questo non gli sembra strano?».

«Sì. Infatti chiede al cuccettista, quando passa per il biglietto e la prenotazione, come mai non c'è nessun altro. E questi gli dice che a Livorno salirà una compagnia di passeggeri. Tutti ragazzi, ma tranquilli, quindi non c'è da preoccuparsi. A Livorno però sale una persona soltanto...».

«L'assassino!».

«Appunto. Il quale, spacciandosi probabilmente per il capo degli scout, si siede nello scompartimento del monaco, al quale, forse inventa una scusa per il fatto che il resto della compagnia non è salito».

«E il cuccettista?».

«Al cuccettista dice invece che c'è stato un disguido e che forse la compagnia salirà a Roma. Quando il treno parte da Roma senza che nessuno sia salito, l'uomo informa il cuccettista che il viaggio è saltato».

«Così il cuccettista se ne può stare tranquillo e se ne va a farsi una bella dormita, ormai convinto che non salirà più nessuno».

«Bravo! E così il nostro uomo può cominciare in santa pace il suo macello».

«Sì, ma ora tu che vuoi fare?», gli aveva chiesto, infine, La Rosa con un fondo di amarezza.

Eh già! Che voleva fare, si chiese il commissario Tortora soffermandosi a guardare quell'immagine della...

Dodicesima Stazione: Gesù muore sulla croce

Finire in croce come quel poveraccio? Sì, perché questo era il rischio, se solo poco sgarrava alle consegne del questore. Forse avrebbe dovuto seguire il consiglio del collega La Rosa: «Elio, ricordati che siamo in Italia, perciò scherza coi fanti ma lascia stare i santi».

«Ma qui di santi non ne vedo, anzi!», era stata la sua risposta ironica con cui faceva finta di non capire quello che invece aveva compreso bene. Anche nei precedenti casi erano corse voci, secondo le quali erano intervenute personalità eminenti della Chiesa per allontanare ogni ipotesi che tendeva ad avvalorare la pista degli omicidi seriali. Questo perché non si voleva venisse rivelato il movente che legava le vittime prescelte. Cioè che si trattava di preti pedofili.

«Di quest'ultima ipotesi non c'è davvero alcuna prova!», aveva protestato a suo tempo il questore. «E non si può dar credito a una insensata congettura».

«Insensata congettura!», come no! Tutti i suoi colleghi dei precedenti casi erano stati convinti ad abbandonare qualunque "ipotesi equivoca". Da qui la cattiva strada che ogni volta avevano imboccato le indagini. Tutti, considerò ancora il commissario riprendendo la salita, avevano preferito immaginare la mano di più assassini, che si ispiravano via via agli altri crimini, come in un macabro gioco di imitazione. Però, c'era un grosso ed equivoco "però". In tutti i casi risultava una sola identica causa di archiviazione: impossibilità di procedere perché ci sono evidenti indizi che l'assassino sia fuggito all'estero o che, addirittura, provenga da un qualche paese straniero. La cosa gli suonava male al commissario. Come se fosse una soluzione suggerita, concordata. La più comoda per tutti, insomma.

«Deve riconoscere, commissario, che nella sua ipotesi le contraddizioni sono numerose...».

«Io, signor questore, non ne vedo poi così tante. Vedo però tanti aspetti da chiarire e, soprattutto, tanti impedimenti a farlo».

«Non bisogna prestarsi al gioco di quegli assassini, uno o tanti che siano, magari quelli volevano servirsi di quei delitti per tentare di screditare la Chiesa», era stata la risposta del questore.

TREDICESIMA STAZIONE: GESÙ È DEPOSTO DALLA CROCE

"Ecco qua!", pensò il commissario davanti a quella scena. Magari anche lui sarebbe stato deposto dal suo incarico. Lui non era forse uno di quelli "che remavano contro", per tanti suoi colleghi e per il suo capo? E questo nonostante l'ottimo stato di servizio e le tante prove di professionalità che aveva sempre dato nel suo lavoro. Infatti, niente – né i tanti elogi ricevuti, né le menzioni individuali per i risultati ottenuti durante lo svolgimento del suo dovere, come recavano le ampollose lettere ufficiali di encomio – era riuscito a smuoverlo da quello scrittoio di commissariato di provincia dove da anni lo avevano relegato. Non che lui avesse sognato un posto importante in una grande città, ma neppure aveva immaginato di passare la vita sui soliti casi, risse da bettola finite a coltellate o l'interminabile serie di morti di camorra.

«Nessun rumore con la stampa, e neanche in commissariato»: era stata questa la condizione del questore nel concedergli quel supplemento di indagine. Beh, se era per quello, non c'era proprio problema. Lui non aveva mai provato il piacere irrefrenabile della notorietà, come tanti colleghi che amavano riempirsi a ogni ora di chiacchiere davanti ai microfoni di qualche emittente televisiva. Aveva invece ripreso a lavorare in silenzio a quel caso senza farlo sapere. Una strategia di anonimato che aveva comportato però grossi limiti all'investigazione e gli era costata un'enorme perdita di tempo. I referti autoptici, le risultanze delle altre indagini, i rapporti giudiziari e tutto il resto era stato costretto a richiederli di persona, per non sollevare sospetti. E sempre con molta circospezione, per non urtare suscettibilità. Per il resto aveva a disposizione solo articoli di giornali e le confidenze del collega La Rosa ormai in pensione.

Quattordicesima Stazione: Gesù viene deposto nel sepolcro

Il commissario era giunto all'ultima stazione.

La salita terminava sul piazzale del Santuario. In fondo, sul lato ovest, c'era l'ingresso della basilica, che i fedeli avevano voluto nuova e grandiosa. "Non proprio in rigorosa sintonia con l'impronta di povertà e umiltà che San Guglielmo aveva imposto alla sua congregazione", pensò il commissario con un mezzo sorriso mentre si dirigeva al portone d'ingresso del monastero.

MARTEDÌ 25 NOVEMBRE 1980

TORINO

31

Erano trascorsi cinque anni dall'ultima impresa e il giorno tanto atteso era arrivato. Il giorno della terza missione. Era stato semplice trovare il terzo uomo, contro ogni possibile immaginazione. A Danny era capitato di vedere la sua foto sul giornale. Un sacerdote che era il sosia spiccicato del Volto Santo, solo un po' più grande di quello giovane che aveva conosciuto lui. E averlo trovato gli parve un miracolo. Ormai per Danny non c'erano più dubbi: le missioni a cui era chiamato a fare da esca erano frutto di un disegno divino. C'era una forza soprannaturale che l'assisteva nelle ricerche. Ma la sorpresa fu duplice quando scoprì che dietro quella somiglianza impressionante il sacerdote nascondeva gli stessi vizi. Seguendolo, una sera lo sorprese mentre cercava di adescare dei ragazzini in vendita, in una stradina dietro il Parco del Valentino.

L'uomo individuato da Danny non solo assomigliava a Boris ed era un sacerdote, ma aveva gli stessi peccati da farsi perdonare.

Danny sapeva delle sette vite di Boris e non era una novità averlo rincontrato altrove. Ma quando entrò nella chiesa di Santa Maria sulla collina del Monte dei Cappuccini e vide il sacerdote dire messa, non evitò la sorpresa, non poteva credere ai suoi occhi: Padre Boris era ritornato!

In fondo a una bella stanza rivestita con *boiserie* in legno di mogano, vicino al camino in cui ardeva un basso fuoco e accanto a un tavolino su cui brillava una lampada Tiffany, sedeva il prete. I pannelli scuri alle sue spalle e la dimensione della stanza – le cui pareti più lontane non venivano quasi raggiunte dalla luce che invece rischiarava intensamente il suo volto – gli conferivano il cupo rilievo di un ritratto di Munch. E, per qualche istante, fu la sola cosa che vide il Copista.

Il volto era marmoreo, con un'espressione solenne e funerea, illuminato da occhi azzurri e vividi. Man mano che lo osservava, scoprì il risalto delle sopracciglia ancora bionde, dato dal riflesso di luce. I capelli, che gli scendevano dalle tempie in lunghe ciocche, arrivavano fin quasi alle spalle ed erano di color cenere.

Il Copista si rese conto di non riuscire ad avere un'idea adeguata di quella apparizione, sembrava interamente disegnata in bianco e nero, esangue, con occhi di fuoco. Lo sguardo era permeato di un singolare potere, dotato di un'espressione davvero sconcertante, forse era derisione, o angoscia, o addirittura crudeltà. Aveva le sembianze di una figura infernale. Era Boris.

Copy stava aspettando da ore quel momento. Si era introdotto nella casa del sacerdote prima della messa vespertina e lo aveva atteso con calma. Si era studiato tutta la casa dove il prete viveva da solo. Gli era bastato non più di un'ora per diventare padrone dei luoghi. Adesso, fermo dietro una tenda come una statua di cera, aspettava di animarsi nel momento propizio. Dovette attendere che il prete si muovesse nella sua direzione: e così fece. Ormai il Copista era molto più vicino di quanto il sacerdote si aspettasse; a pochi centimetri, nascosto dietro la tenda.

L'azione fu fulminea e il sacerdote, preso alla sprovvista, non ebbe il tempo nemmeno di rifiatare. Non si sarebbe mai aspettato un'aggressione dentro casa. Lui, che di solito era sempre molto attento, intravide solo con la coda dell'occhio un'ombra che gli si avvicinava. Senza capire si girò di scatto e qualcosa lo colpì fortissimo alla tempia. Il dolore esplose dal punto dell'impatto in tutto il corpo, attraverso la spina dorsale. I suoi muscoli si lasciarono andare, le gambe cedettero come se gli avessero tranciato i tendini. Cadde contro la sedia dove era poc'anzi seduto e rovesciò per terra. La vista gli si annebbiò, sentì il viso avvampare e del sangue che gli colava sul volto. Stava per svenire, perdere conoscenza, ma cercò di resistere, costringendosi a restare sveglio, e si concentrò sulla voce del Copista.

«Fai quello che ti dico».

La sottomissione poteva soddisfare quello sconosciuto? Si convinse del contrario. Non se la sentiva di credere nella sua misericordia. Commise un errore che gli accorciò ancor più la vita già breve. Si mise a piangere. Schegge di dolore continuavano ad attraversagli la testa per il colpo subito. Ma altro lo pungeva dentro, come se la violenza di quello che credeva un folle, fosse il castigo atteso per le sue colpe. Il Copista lo afferrò per il bavero.

«L'atto di dolore», gli gridò nell'orecchio.

Il prete non fece alcuna resistenza: «Ti prego. In nome di Dio», disse solo, tremando di paura.

«Sia fatta la sua volontà».

«Tu sei pazzo. Io non ti ho fatto niente. Nemmeno ti conosco».

«Faccio la volontà di Dio. L'atto di dolore. Recita l'atto di dolore», gli gridò in faccia per la seconda volta.

L'uomo, balbettando, iniziò a recitare la preghiera. Il Copista lo costrinse a mettersi in ginocchio. Gli strinse i capelli dietro la nuca con la mano sinistra premendo sul volto del prete la lama del coltello impugnato con l'altra.

«Mi pento e mi dolgo dei miei peccati perché peccando ho meritato il tuo castigo...».

La sua voce biascicante fu rotta da un grido soffocato. Il sacerdote vide lo scintillio della lama penetrargli negli occhi mentre un calore gli salì dalla gola fino al cervello. Il Copista lo sgozzò continuando nella preghiera: «... E molto più perché ho offeso Te, infinitamente buono e degno di essere amato sopra ogni cosa».

Furono le ultime cose che sentì nella sua vita, mentre ansimava. Il Copista lo lasciò cadere come un sacco. Senza alcun altro spasmo, il sacerdote avvertì di essere trascinato sul pavimento, ormai alleggerito del peso dei suoi peccati. In quell'istante morì.

Il Copista lo sistemò in lungo ai piedi della sedia, ponendo sotto la gola squarciata il solito vaso per la raccolta del sangue. Poi, preso un pezzo di stoffa bianco e rettangolare dalla sua borsa di cuoio, lo pose sul volto del cadavere e gli lasciò accanto l'immaginetta della Sacra Sindone di Danny.

E fu sera e fu mattina: terzo giorno.

32

Quella notte, tuttavia, il Copista non abbandonò subito il luogo del delitto. Non aveva fretta. Rimase in quella casa quasi tutta la notte. Aveva voglia di riposarsi. Dopo tanti viaggi in treno su e giù per lo stivale, sentiva il bisogno del calore e delle comodità di una casa. E quella era la casa che desiderava.

Cercò la camera da letto del sacerdote, facendo attenzione a non accendere troppe luci nella villa. Trovatala, si buttò sul letto nel buio: era stanchissimo. Allargò le braccia e con la mano destra toccò un libro che stava sul comodino. Accese la luce accanto al letto. Era un breviario che, faticosamente, tentò di leggere. Lo richiuse. Si sdraiò, ma i suoi occhi andarono verso il televisore. Accese l'apparecchio con il telecomando. Davano un documentario naturalistico su quel canale: paesaggi magnifici, animali e una voce calda e rilassante che commentava quel video. Dopo pochi minuti si addormentò. Era così che amava prendere sonno. La voce del televisore in sottofondo lo tranquillizzava, come quella della sua mamma quando da piccolo lo addormentava raccontandogli una favola.

Si svegliò che era piena notte. Il televisore era ancora acceso. Accomodò il cuscino chiedendosi dove si trovasse in quel momento e di chi fosse quella bella casa. Mise insieme le idee e di scatto si alzò dal letto pensando a cosa era successo poco prima. Fece alcuni passi, arrivando fino al salone, e si rese conto che il corpo del prete era ancora lì, immobile. Si avvicinò e vide il sangue raccolto nel vaso: era gelato, come la fronte del prete.

Il Copista raggiunse il gabinetto per urinare. Quando finì, notò la grande vasca da bagno collocata ad angolo nella stanza. "Uhm! Si trattava bene il pretino!", pensò. Decise che anche a lui un bel bagno caldo in quella vasca avrebbe dato sollievo. Regolò i rubinetti dell'acqua. Gli piaceva bollente, quasi da scottarsi. Mentre attendeva che la vasca si riempisse prese in mano un libro di preghiere che stava in bagno e lesse qualche passo, finché il vapore dell'acqua calda non gli impedì la vista. Lo ripose sulla tavoletta del water e aprì la porta perché uscissero i fumi che ormai saturavano la stanza. Richiuse la porta, si tolse gli indumenti che aveva addosso, rimanendo nudo e solo con i guanti di lattice, e si immerse nella vasca. Fare il bagno era per lui bello quasi quanto dormire, come dormire era bello quasi come fare l'amore. Dopo un po', mentre se ne stava disteso, a godersi quel caldo lavacro, sentì dei passi provenire dal corridoio. Non fece in tempo ad alzarsi che la porta del bagno si aprì ed Emma fece il suo ingresso.

«Ho sentito lo sciacquio dell'acqua e ho dedotto che stavi facendo il bagno. Ti serve una mano per lavarti la schiena?», chiese Emma con un sorriso materno. Indossava un cappotto rosso che la copriva fin sopra le ginocchia. Ai piedi, come al solito, le scarpine nere con i vertiginosi tacchi a spillo.

«Come hai fatto a entrare?».

«Non c'è voluto molto», rispose con tono indifferente, sedendosi sul bordo della vasca. «Allora, cosa ha fatto il mio uomo oltre che eliminare il bastardo? Con chi ha fatto l'amore, visto che il letto è disfatto?», domandò poi con aria beffarda.

«Non fare la stupida, non è il momento». Il Copista pensò di chiudere il discorso con quella risposta perentoria. Ma non aveva fatto i conti con la gelosia della sua amante.

«Immagino che quando scopi, chiunque ti capiti a tiro, non stai a fare molti convenevoli, vero?».

Il Copista, per non stare al gioco, non le rispose, ma lei non aveva alcuna voglia di abbandonare il discorso.

«Non mi importa niente di cosa combini con altre donne. Mettitelo bene in testa. Quello che succede tra noi niente potrà mai guastarlo. Nemmeno i tuoi tradimenti».

«Fai tutto da sola e dici un sacco di sciocchezze. Ma sei sempre grandiosa, perfetta. E per questo ti amo», le disse il Copista stemperando la tensione.

«Beh, bando alle smancerie. Passami la spugnetta che ti lavo».

Copy le passò la spugnetta e lei prese a strofinargli la schiena, finendo però per bagnare la manica del cappotto. Emma si alzò indispettita. Voltata di spalle, dopo essersi tolta le scarpe, fece scivolare a terra il soprabito e rimase completamente nuda.

«Sei meravigliosa», le disse il Copista mentre l'ammirava in tutta la sua bellezza.

«Non voglio bagnarmi», disse lei riprendendo a lavargli la schiena.

Lui la lasciò fare, mugolando di piacere nel sentire la sua mano morbida scivolargli lungo il corpo. «Non ti fare venire strane idee», disse lei, vedendo Copy eccitarsi nel vederla nuda. Ma quando si sporse di più per lavarlo il suo seno sfiorò il viso del Copista. Fu un attimo, lui aprì leggermente la bocca per lambire il capezzolo che gli stava passando davanti. «Eh no! Devi stare fermo». Copy attese il piacere di sentire la mano di Emma scivolare tra le sue gambe a insaponargli il pube, i testicoli, il pene che riusciva a tenere a bada con la forza della volontà. Lei sorrise quando vide il suo uccello in posizione di riposo. «Ecco il guerriero che dorme...», disse ridendo, mentre con la spugna lo accarezzava e gli scivolava sopra. Copy non le diede il tempo di ritirare la mano. La bloccò e la trascinò verso di sé, facendole perdere l'equilibrio. Con un tonfo e spruzzi Emma finì nella vasca sopra di lui. Era pronta a gridare vendetta, ma non le diede neppure il tempo di reagire, incollando le labbra alle sue. «Copy, finiscila!», gli intimò. Ma lui non aveva nessuna intenzione di lasciarla. «Dai che ho fretta! Devo ancora pulire la stanza di là!».

«Non importa. Stiamo un po' insieme. Dopo!».

«Dopo cosa? Dopo che arriva la polizia?», ribatté lei.

Ma il Copista le chiuse la bocca di nuovo con un lungo bacio, facendo scorrere la mano tra le sue cosce. «Così mi ecciti da morire», disse lei appena le lasciò un po' di respiro. Poi si sedette sopra di lui lasciandosi prendere per un po' con movimenti tranquilli, per attaccare con sempre maggiore trepidazione a soffiare, ansimare, fino all'ultimo urlo tremulo di piacere. «Ho freddo», mugugnò Emma dopo i contorcimenti nell'orgasmo. E lui cominciò pian piano ad accarezzarla. La voglia di possederla era ancora fortissima.

«Dobbiamo andare».

«Finché non mi avrai saziato, non pensare di andare via», disse lui indicando il suo membro in erezione. Era urgente che si risolvesse almeno il problema immediato.

«Alzati!», intimò Emma. Poi afferrò il doccino e gli sciacquò tutto il corpo e per ultimo il sesso, che deterse con particolare cura. Poi lo prese tutto in bocca e cominciò a succhiare voracemente. Succhiava e rideva, succhiava e rideva via via che sentiva il Copista fremere sotto i suoi morsi, il piacere straziargli la pelle, finché il suo seme esplose copioso nella sua bocca.

«Ora basta», disse lei, uscendo dalla vasca, «ho un mucchio di cose da fare». Si asciugò, indossò il cappotto rosso e le scarpe e uscì.

Dopo aver ripulito la scena del delitto, come al suo solito, trovò il Copista steso sul letto a fumare, come a godersi un po' di riposo. «Dai, usciamo, Copy. Stiamo rischiando troppo».

«Finisco la sigaretta e arrivo». A lui piaceva sfidare la fortuna oltre ogni limite, ma si alzò e, scostata la tenda e aperta la finestra, buttò la cicca oltre la balaustra. Poi girò le spalle alla luce del sole, rientrò nel buio della casa e scomparve nell'ombra.

6 OTTOBRE 2008

MONTEVERGINE

33

Aveva dovuto attendere un po' davanti al portone del convento benedettino prima che qualcuno venisse ad aprirgli. Il commissariò si annunciò. Un frate di mezza età con le mani incrociate nelle maniche del saio fece un breve cenno col capo, come a pregarlo di seguirlo. Dopo si sentirono solo i passi dei due, sul selciato del chiostro interno del monastero e sul marmo del corridoio che infine imboccarono. «Attenda qui. L'abate la riceverà dopo la messa», disse il frate con voce compunta, indicandogli da sedere. Per ingannare il tempo, il commissario tirò fuori dal giaccone la guida turistica e prese a sfogliare alcune note sul Santuario.

La basilica antica utilizzava la volta a botte, mentre la basilica cattedrale era di costruzione moderna. Il monastero e la foresteria, invece, disponevano di un'architettura più sobria e pesante, poggiante su robusti pilastri e volte a crociera. La cosa di maggiore interesse era certamente la pala dell'altare maggiore con l'icona della Madonna: «... Dal Seicento si è dato credito alla leggenda che voleva tale icona dipinta fino al petto direttamente dalla mano di San Luca a Gerusalemme, esposta poi ad Antiochia e infine trasportata a Istanbul. Nell'VIII secolo l'Imperatore Baldovino II, in fuga, avrebbe fatto recidere la testa del quadro portandola con sé durante il suo esilio. L'immagine del volto della Madonna sarebbe così giunta nelle mani di Caterina II di Valois che, dopo averla fatta completare da Montano D'Arezzo, nel 1310 l'avrebbe donata ai monaci di Montevergine...».

Tortora lesse poi della "Cappella della Schiodazione", del crocifisso ligneo, della sedia abbaziale, di arazzi, sculture e pitture degne di essere ammirate. Infine ripose in tasca la guida, stanco di leggere di baldacchini, tabernacoli ed ex voto da visitare.

L'attesa intanto si prolungava. Il commissario guardò impaziente l'orologio e poi gli venne di fare due passi lungo il corridoio. Su una parete una vecchia locandina annunciava la Santa Messa in occasione della memoria liturgica della Sindone, che ricorre il 4 maggio. Alla messa, celebrata nel Duomo di Torino, aveva partecipato anche l'abate di Montevergine. Tortora prese a leggere: «Un legame quasi indissolubile unisce il santuario di Montevergine e la Sacra Sindone. Proprio nel santuario di Montevergine, in provincia di Avellino, fu infatti conservato il Telo dal 1939 al 1946 durante il periodo della guerra. Per più di sette anni fu custodito nel più assoluto segreto sotto l'altare della cappella dove i monaci benedettini recitavano il Vespro. Il 7 settembre del 1939 l'Abate di allora Ramiro Marcone fu convocato d'urgenza in Vaticano dall'allora Sostituto della Segreteria di Stato, monsignor Giovanni Battista Montini, il futuro papa Paolo VI. Venticinque giorni dopo quell'incontro la Sindone fu trasportata dal cardinale Maurilio Fossati al Santuario di Montevergine e fece ritorno a Torino solo il 29 ottobre del 1946».

Il commissario sapeva di quella storia, che rappresentava l'orgoglio dei benedettini di quel monastero, e aveva anche considerato il legame che univa il Sacro Telo custodito a Torino alla serie degli omicidi. Quella striscia di stoffa lasciata sul volto dei frati e la figurina che riproduceva la Sindone, insieme al soggiorno di Boris Korsakov, facevano di quel monastero un luogo indissolubile, e non solo dal punto di vista simbolico, con i suoi casi. Ma doveva stare molto attento a porre quella questione all'abate, perché la sua indagine non finisse, dopo quel lungo calvario durato cinque anni, crocifissa sul Golgota di un archivio polveroso, e lui stesso giubilato come tutti gli altri colleghi che qua e là per l'Italia erano stati chiamati a indagare su quella serie di omicidi.

Tornò a sedersi sopra la panca di legno di prima. Lungo il corridoio ogni tanto passavano, silenziosi e con passo lieve, dei monaci che lo degnavano solo di un saluto di circostanza, un lieve cenno di capo. Mentre guardava ancora una volta l'orologio, finalmente uno di loro gli si fermò davanti: «Sono frate Vincenzo», bisbigliò con un filo di voce, «Padre Ignazio vi attende». L'abate aveva finalmente deciso di parlargli. Il commissario si alzò e seguì il frate fino a quello che sembrava un ufficio. Chissà cosa avrebbe fatto l'abate, pensò in quell'istante il commissario. Forse avrebbe scosso il capo e lo avrebbe liquidato con un risolino ironico. Già nella telefonata in cui avevano concordato quell'incontro, non gli aveva dato l'impressione di grande disponibilità. Infatti l'abate lo accolse con una fredda stretta di mano e, accennando alla sedia di fronte alla sua scrivania, lo invitò a sedersi.

Il volto scarno e ossuto dell'abate gli apparve cadaverico. Colpa del paralume colorato sulla scrivania, che illuminava il suo viso con una luce verdastra. Con una smorfia interrogativa l'abate invitò il commissario a parlare.

Il commissario cominciò il racconto del suo caso di omicidio, che «forse, ma lui non ci credeva», ci tenne a sottolineare, era collegato ad altri casi con modalità simili. Tortora era molto attento a tenersi sul generico. Non fece cenno al fatto che tutte le vittime erano preti o frati, per non urtare la suscettibilità del religioso. Quel che temeva era una chiusura per difesa corporativa da parte dell'abate. Disse solo che il folle assassino era probabilmente un maniaco religioso e che aveva inscenato una sorta di macabro esorcismo. Era stata trovata anche una figurina che riproduceva la Sacra Sindone accanto alla vittima. «Come lei sa, l'ultima vittima ha preso i voti proprio qui a Montevergine…».

Ma non era di questo che era venuto a parlargli, anche perché, aggiunse, ogni collegamento con la presenza di frate Boris al monastero era da escludere. Erano passati cinquant'anni da allora. Oltretutto il frate mancava dall'Italia da un tempo altrettanto lungo. L'abate, dapprima attonito, seguiva col capo chino e con aria assorta dietro la sua scrivania ingombra di libri. Infine, con estrema lentezza, sollevò lo sguardo sul commissario e per qualche istante rimase a scrutarlo in silenzio.

«Lei cosa vuole da me commissario? Io sono un uomo di chiesa e non vedo come posso aiutarla».

«È proprio per questo che mi sono rivolto a lei. So che lei è anche un esorcista ed esperto teologo e quindi ho pensato che avrebbe potuto fornirmi qualche informazione utile all'indagine».

«Non vedo come possa c'entrare la teologia o l'esorcismo con la sua indagine. In ogni caso non posso aiutarla», concluse l'abate in tono di congedo e accennando ad alzarsi.

«Non può o non vuole», disse il commissario restando fermo e calmo. L'abate tornò ad appoggiare gli avambracci sui braccioli congiungendo le mani con aria impaziente. «E poi, cercare la verità non significa mancare di rispetto alla Chiesa», disse all'improvviso il commissario come scoprendo una carta.

«Dipende da che uso si vuol fare di quella che lei chiama verità».

«Molto semplice. Catturare un criminale», rispose placido Tortora.

Dopo una lunga pausa di silenzio, l'abate disse: «Sa, commissario, sono tanti quelli che tentano di distruggere il buon nome della Chiesa».

«Io faccio solo il mio mestiere. Anzi, fermare un pazzo prima che compia altri delitti tra uomini di Chiesa, come lei credo abbia già capito, dovrebbe essere nel vostro interesse. E poi, se devo essere sincero, Padre, il suo mi sembra un vittimismo fuori luogo».

«Lei pensa?», disse con un gesto stizzito e un veloce movimento del capo l'abate. «Gli odi e i rancori contro di noi non si placano mai. Il risentimento rispunta immutato dai tempi delle catacombe», aggiunse con voce nervosa.

«Lei crede davvero che io abbia intenzione di scaricare addosso al buon nome della Chiesa e del santo luogo di Montevergine quella che forse, e dico forse, è l'azione meschina di un prete compiuta quasi quarant'anni addietro e di cui hanno fatto atrocemente le spese delle persone completamente estranee?».

«All'Inferno si accede da un portone smisurato e si tende a scappare passando da una minuscola fessura», disse l'abate per tutta risposta.

E Tortora: «Appunto. Non crede sia giunto il momento di finirla con l'omertà?». «Omertà», gli era sfuggita quella parola che si addiceva più a un mafioso.

L'abate però si limitò a un silenzio lunghissimo ed eloquente, durante il quale il commissario si preparò alla prossima mossa per vincere le resistenze del religioso. Pensava a cosa avrebbe detto, nel caso l'abate avesse negato qualsiasi forma di collaborazione, come aveva fatto nelle sue due precedenti visite. «Vede», era pronto ad ammonire questa volta, «fino a questo momento ho tenuto nel più stretto riserbo le mie indagini, che conducono, in qualche modo, proprio qui, al Santuario di Montevergine...».

E avrebbe sottolineato quel «fino a questo momento».

Non ci fu, però, bisogno di giungere a quella minaccia, per quanto velata.

L'abate riemerse dalla sua lunga pausa riflessiva con una domanda che lo sorprese: «Lei è credente, commissario?».

«Mia madre era molto religiosa. Non frequentava molto la chiesa, ma quando lo faceva trascinava anche me e i miei fratelli. L'avevo vista pregare, alcune volte piangere inginocchiata. La mia, cosa vuole, è una religiosità fatta di carte, di riti morali e consuetudini».

«Come la maggior parte delle persone, ormai. Apprezzo comunque la sua sincerità».

Filtrando dalla grande vetrata policroma, un raggio di sole si allungò nella stanza e, nel silenzio sospeso in cui l'uomo di legge e l'uomo di chiesa erano rimasti a guardarsi, ebbe su quest'ultimo come l'effetto di un'illuminazione. «D'accordo, commissario. Farò quel che posso per lei», disse, infine, alzandosi dalla sedia. «La farò parlare con frate Guido, che è un valido collaboratore della nostra Biblioteca. Gli dirò di mettersi a sua disposizione. Mi attenda qualche attimo, la prego».

Il commissario accennò un grazie con un lieve inchino del capo. Ormai era entrato in sintonia con la gestualità dei frati.

L'abate si era dimostrato più intelligente e saggio di quelle che erano state le prime impressioni del commissario. Forse, a quel punto, l'idea di vedere coinvolti i nomi dell'abbazia e del Santuario in quella vicenda? O il clamore che avrebbe potuto suscitare nei milioni di fedeli della sacra immagine della Madonna qualche pur minima rivelazione su quel caso? O forse, un sia pure cauto, ma sincero, anelito di chiarezza? Cos'era stato a muovere l'abate? Ma non fece in tempo a rispondersi.

«Frate Guido vedrà di aiutarla», disse l'abate, rientrando insieme a un giovane monaco e allungando la mano in un frettoloso congedo.

«Cosa dire? Grazie», disse il commissario fissando la faccia ossuta e pallida dell'abate.

LUNEDÌ 24 NOVEMBRE 2003
VIGILIA DEL GIORNO DEDICATO A SANT'ANNA

TRENO ESPRESSO 1941
Treno del Sole

34

Il passeggero era un uomo preparato, Copy lo trovava colto e arguto nelle riflessioni. In particolare colpiva il suo modo di esporre muovendo le mani, che richiamava alla mente i preti durante le omelie. E stranamente, proprio quel modo di parlare e gesticolare del passeggero, lo rilassava. Addirittura nell'ascoltarlo il Copista avvertiva un certo benessere mentale. Era proprio quella, però, la condizione che la missione non consentiva. Rappresentava un cedimento nei confronti della vittima predestinata. Il Copista doveva riprendere le distanze per non farsi trascinare nella dialettica con la sua vittima. Poi, all'improvviso, il passeggero gli allungò una mano, mentre l'altra continuava a tenerla poggiata sul bastone: «Permetta che mi presenti. Mi chiamo Korsakov».

«Piacere», rispose il Copista limitandosi ad annuire. Non voleva toccarlo.

Korsakov ritirò la mano con una smorfia di disappunto. In quella il Copista riconobbe qualcosa di incredibile: il passeggero aveva fatto la stessa, identica smorfia di contrarietà del suo amico Danny! Ecco perché quell'uomo l'aveva inquietato dal momento in cui aveva messo piede nel compartimento 11. Era simile al suo amico del cuore.

«Korsakov. È un nome straniero», disse il Copista per riallacciare il discorso dopo la scortesia evidente di non rispondere alla stretta di mano.

«Russo, per la precisione».

«Quindi lei è straniero. Ma parla benissimo l'italiano», lo adulò il Copista.

«Ma non sono mai riuscito a camuffare il mio accento d'origine».

«E perché dovrebbe? Le sta così bene! Conosce il proverbio: "il Diavolo parla italiano con accento russo"?», disse il Copista ridendo.

Ma l'uomo non rise per niente alla battuta. Anzi, sembrò accusare un colpo. «Sono nato in una città della Russia di nome Vladimir, a 180 chilometri da Mosca e lì abito».

Il Copista fece finta di non conoscere Vladimir, ma la conosceva bene. Grazie alle lunghe ricerche che Danny aveva condotto, sapeva tutto dei Korsakov, che era il cognome di Padre Boris. Il suo amico l'aveva cercato sin dai tempi della sua prima missione. Il ritorno di Boris in Russia aveva fatto temere alla Banda degli Angeli che il principale obiettivo della loro vendetta non si sarebbe potuto raggiungere e, quindi, che il loro rito non si sarebbe potuto compiere alla perfezione. Portarlo a termine in Russia, a quei tempi ancora Unione Sovietica, sarebbe stato impossibile. La rigida cortina di ferro non aveva consentito nemmeno di carpire il segreto del nuovo soggiorno di Boris. Le sue tracce si perdevano proprio nella regione di Vladimir. Finché, dopo la fine del regime comunista, quando le porte si aprirono del tutto agli occidentali, la caccia era ripresa. Ma ci vollero quasi dieci anni di ricerche per individuarlo, perché Padre Boris si era ritirato in un convento dove le regole di clausura si erano dimostrate più impenetrabili dello stesso regime sovietico. Ma finalmente quell'uomo seduto di fronte a lui si rivelava la persona che stava aspettando da cinquant'anni. Era Il Prete!

«Ma finalmente ho avuto la dispensa per ritornare in questo paese che amo, dove ho trascorso diversi anni della mia gioventù», continuò Boris. Tornava al vecchio convento di Montevergine, dove aveva pronunciato i voti da frate, ma prima era stato a Torino per pregare sulla Sindone, «per un voto di penitenza».

«Davvero? Quindi lei conosce bene l'Italia», chiese Copy.

«Abbastanza».

«E dove è stato?».

«Attento! Stai giocando col fuoco». Era la voce di Emma che se ne stava in silenzio, nel buio, in disparte. «Sto solo cercando la conferma definitiva che si tratti del nostro uomo», le ribatté il Copista sottovoce per non farsi sentire dal passeggero.

«Qua e là», rispose Korsakov evasivo.

«Scusi la mia curiosità, ma di cosa si occupa?», rilanciò il Copista.

«Sono uno studioso, almeno da quando sono andato in pensione».

«Lei in pensione? Scusi il mio stupore, ma quanti anni ha?».

«Sono nato nel 1928».

«Perbacco! Lei dimostra meno anni di quanti ha realmente. Avrei giurato che ne avesse pressappoco sessanta. Complimenti, se li porta bene!».

«Mi aiuta molto tenermi in allenamento con la mente. Ho la fortuna di avere una buona salute mentale», disse compiaciuto; e riprendendo il discorso: «Forse qualcuno le avrà raccontato la famosa storia della Madonna di Vladimir».

«Non saprei. Probabilmente l'avrò letta da qualche parte. O sarà stato il mio amico Daniele a raccontarmela. A lui piacciono molto le storie dei Santi. Anzi, se l'avesse conosciuto, ne sarebbe rimasto affascinato. Lui è, o potrei definirlo, uno studioso d'immagini sacre».

Il Copista scrutò sul volto di Korsakov qualche reazione a sentire quel nome. Aveva sperato di ascoltare una frase del tipo: «Ho conosciuto anch'io, tanti anni fa, un Daniele che si occupava d'immagini sacre», ma rimase deluso. Il prete non si scompose più di tanto, disse solo: «Mi fa piacere avere una cosa che mi accomuna al suo amico Daniele, lo studio delle icone». Poi, riprese a parlare della sua città: «Sa, Vladimir è famosa proprio per un'icona della Madre di Dio. La storia dell'icona della Madonna, detta di Vladimir, è molto interessante; se le fa piacere, gliela racconto brevemente».

Più il Copista ascoltava la sua voce e più quella di Boris gli veniva alla mente in tutti i suoi particolari. Con tutte le sue inflessioni. Era inconfondibile. Era proprio come gliel'aveva dipinta Danny. «Soddisfatto? Adesso però smettila di provocarlo», gli disse Emma. «Sì, mi piace giocare come il gatto col topo. E poi, bisogna prendere tempo e aspettare il momento propizio per agire», le rispose il Copista.

«Allora, la vuole ascoltare? La vedo distratto», lo sollecitò il prete.

«È che in certi momenti mi passano mille cose per la testa e mi assento. Mi scusi. La prego, mi racconti la storia».

«Bene. Secondo la tradizione, la Madonna di Vladimir è stata dipinta dal primo pittore d'icone in assoluto, San Luca. Il dipinto risalirebbe all'epoca in cui la Madonna era ancora in vita».

«Conosco anch'io la credenza secondo la quale San Luca è stato il primo ritrattista della Madonna», gli rispose il Copista.

«Sì! È una leggenda nota. Tra l'altro, mi ha sempre affascinato la similitudine del racconto con quello della Madonna di Montevergine. Comunque, se anche fosse davvero esistita una tale icona, quella di Vladimir può esserne solo una copia, poiché fu dipinta a Costantinopoli, da uno dei migliori artisti bizantini, all'inizio del XII secolo. Il ritratto della Purissima ben presto diventò un'icona miracolosa e nel luogo, presso Vladimir, dove fu collocata, fu fondato un monastero dedicato alla Madonna. E nello stesso luogo, da allora, nacque anche la tradizione dei copisti: pittori che avrebbero avuto il compito di riprodurre fedelmente l'icona bizantina della Madonna di Vladimir e diffonderne il culto nel mondo intero».

«Ecco spiegato il mistero!», esclamò il Copista.

«Quale mistero?», chiese perplesso il prete.

«Voglio dire, adesso capisco Daniele da dove pescò il mio soprannome», rispose il Copista sorridendo. «M'incuriosisce la storia dei copisti. Pensavo fossero amanuensi, cioè chi copiava testi antichi per tramandarli ai posteri. Non immaginavo che lo stesso termine fosse usato per definire i riproduttori di dipinti famosi. È un'altra incredibile coincidenza!».

«Non ho capito la coincidenza cui fa cenno».

«Un fatto mio personale. È che il mio amico Daniele mi chiamava Copista. E da allora tutti mi chiamano così. Adesso mi sto chiedendo se l'amico mio sapesse dei copisti di Vladimir!».

«E come mai amava chiamarla così?».

«Era convinto che io copiassi i suoi disegni. Invece era il contrario, lui copiava me».

«Ah, ecco perché parla di coincidenze!».

«Anch'io, in verità, lo chiamavo diversamente il mio amico Daniele: lo chiamavo Boris!».

«Questa invece la trovo proprio una coincidenza interessante. Perché anch'io mi chiamo Boris», rispose il prete.

Il Copista rimase per un attimo ammutolito. Gli prese un colpo sentendo quel nome. Ma nello stesso tempo fu pieno di soddisfazione. Anche questa volta aveva fatto centro. Quell'uomo certamente era il suo obiettivo.

«Sei ridicolo. Ti avevo detto di smetterla. E tu invece che continui a far finta di non capire!», intervenne Emma.

«Per favore taci. Ci mancavi solo tu a complicarmi le cose», le rispose Copy immediatamente. «Se seguissi sempre i tuoi consigli, avrei già eliminato decine di persone per il solo fatto che si chiamano Boris! Perciò taci!».

Era il momento di mantenere i nervi saldi.

«Questa effettivamente è una coincidenza strabiliante. Chiamavo il mio amico Boris perché aveva i capelli lunghi, biondi e gli occhi azzurri, come un frate che veniva dalla sua stessa città! Non trova incredibile questa fatalità?».

«Ha detto bene: fatalità. Di Boris con i capelli biondi e gli occhi azzurri ce ne saranno molti in giro per la Russia. E anche a Vladimir ce ne saranno un certo numero. È probabile che il suo amico Daniele abbia conosciuto uno di loro».

«È vero, la mia è una forzatura. Ma c'è qualcosa in questi suoi racconti che ci avvicinano molto: i copisti, Boris, la Sindone, le immagini sacre. Deve ammettere che c'è qualcosa di unico in tutto ciò».

«In verità ho l'impressione che lei stia cercando forzatamente, in questo viaggio, coincidenze che in realtà non ci sono».

«Non sono del tutto convinto».

«Si convincerà...».

MARTEDÌ 25 NOVEMBRE 1986

TRIESTE

35

Trovare il quarto uomo fu faccenda più complicata delle precedenti missioni, anche se, dopo sei anni dall'ultimo rito, la Banda degli Angeli si era specializzata in quel tipo di ricerca. Erano le otto del mattino e la sala dei passeggeri era già affollata. C'erano impiegati, studenti, operai, tutti attorno ai treni della linea in partenza e in arrivo alla stazione di Trieste. Danny si aggirava sulle banchine, tra i tanti passeggeri in attesa di salire a bordo o che scendevano dai treni in arrivo, in attesa di scorgere qualcuno che sapeva. "Finalmente l'ho trovato!", pensò appena lo vide. Si avvicinò a lui con discrezione. Non aveva idea di dove stesse andando, se stesse aspettando qualcuno o se era lì solo per adescare. Treni e stazioni affollate erano luoghi ideali dove più facilmente poteva trovare la persona giusta. E fortuna volle che fosse lì proprio per quello, quella mattina.

Per Danny, invece, era uno dei sistemi per avvicinare l'Uomo Nero. Fare da esca al suo pescecane. Anche a questo, come agli altri, piacevano i bambini, ma non disdegnava di andare con gli adulti.

Era un sacerdote di una chiesa greco-ortodossa. Era stato difficile scovarlo, ma fu poi facile fare il resto. Il sacerdote faceva servizio in una chiesa-convento isolata ai bordi di un magnifico bosco. La missione richiedeva un viaggio oltre confine, ma in compenso il bersaglio era facilmente eliminabile. Aveva modi gentili, parlava a voce bassa, diceva le stesse cose che amava ripetere Padre Boris ed era identico a lui.

«La gente non capisce che il diavolo esiste e che per combatterlo la medicina è inutile. Mio caro Danny, occorrono la preghiera e i rituali, perché per tenere fermo un indemoniato non bastano venti persone ed è necessaria la croce», gli disse dopo aver preso confidenza con quello che credeva il suo nuovo amico.

Sotto il cielo azzurro scuro, i campi di mais e i filari di vite sembravano più verdi e i boschi più bui. Il piccolo convento doveva avere il tetto rivestito di lamine metalliche, perché, dalla foto, quest'ultimo sembrava d'argento sotto la luce del sole. Ma per raggiungerlo si doveva cercarlo e avere fortuna, abbandonare l'unica strada asfaltata che attraversava quel territorio da nord a sud, lasciarsi alle spalle un misero villaggio e avventurarsi verso est su una strada sterrata. Sul ciglio, gente che raccoglieva qualcosa tra i cespugli, qualche pecora, oche e sgangherate carrette. Nessuno lavorava, i campi erano deserti.

Il Copista imboccò un viottolo che saliva tra le colline lasciandosi alle spalle il paese, attento a evitare le ferite profonde incise nella terra dalle ruote dei carri. Dopo alcuni chilometri, al limitare di un bosco, incrociò una croce bianca piantata in un prato. Era stata segnata regolarmente anche sulla sua mappa, poi la stradina continuava in discesa. Uscì dal bosco e risalì di nuovo. In cima alla collina apparve il piccolo convento.

Un monaco giovane, alto, magro, più bello di un santo bizantino, comparve all'improvviso e all'improvviso scomparve, dietro la palizzata verniciata di bianco che circondava gli edifici. Una casa di legno dipinta di marrone scuro: era tutto lì il monastero. Aveva una gran voglia di fare l'amore e lo invitò a una passeggiata tra gli alberi del bosco vicino. Il monaco appariva particolarmente eccitato mentre gli parlava della bellezza di quel luogo che lo avvicinava a Dio.

Ma non avrebbe mai immaginato che l'aver nominato il nome di Dio in quel momento avrebbe scatenato la furia omicida dell'atteso ospite. «Non pronuncerai invano il nome del Signore tuo Dio», gli gridò in faccia il Copista, che poi aggiunse: «E il

Signore parlò a Mosè, e gli disse: "Conduci quel bestemmiatore fuori dal campo; tutti quelli che lo hanno udito posino le mani sul suo capo e tutta la comunità lo lapidi"». E concluse: «Porgi l'orecchio alla mia preghiera: sulle mie labbra non c'è inganno. Venga da te la mia sentenza o Signore, i tuoi occhi vedano la giustizia».

Il giovane monaco, sorpreso da quella reazione dell'ospite, non ebbe il tempo di capire il senso di quelle parole urlategli a muso duro che una mazzata violenta gli procurò un acuto dolore nella zona parietale destra. Poi calò il buio davanti ai suoi occhi.

Il sangue sgorgava dalla testa del monaco, lungo il lato del viso. Il solito. I capelli lunghi e anche la barba. S'inginocchiò e il Copista gli appoggiò un dito sul collo, per cercare il battito nell'arteria principale e fare in modo che si gonfiasse di più. Gli piaceva vederla scoppiare. Il monaco era vivo. Bene. Era solo svenuto. Lo rigirò sulla schiena e cominciò a spogliarlo come se fosse un manichino. Era curioso di vederlo nudo.

Gli tolse il cappotto. Gli tolse il saio, il maglione, la camicia, la maglia intima e poi le scarpe e i calzini bianchi. Alla fine gli tolse i pantaloni e le mutande lunghe di lana. Si rese conto che aveva il pene piccolo rispetto agli altri sacerdoti che già aveva eliminato. Ma forse era il freddo. Raccolse i panni in un mucchio. Appoggiò la borsa di cuoio a terra, l'aprì ed estrasse un lungo pezzo di spago. Gli annodò le mani, dietro la schiena, e i piedi, e con calma si allontanò fino a un albero vicino. Voleva guardare la sua reazione da lontano quando rinveniva.

Il monaco aprì gli occhi e mise a fuoco il cielo grigio e i rami degli alberi spogli. Sentì la testa dolorante e appiccicosa di sangue. Ma non poteva toccarla. Non poteva alzarsi. Era legato. Era nudo. Che cosa era successo? Cominciò a tremare. Sentiva freddo. Era confuso.

Forse pensò a qualche gioco erotico del suo amico. Ma poi avvertì la paura di sapere quell'uomo accanto a sé. Era sicuro che fosse vicino. Lo sentiva. Ma per il momento non vedeva altro che cielo. Non poteva rimanere lì, nudo per terra. Gli tremavano le labbra, tutto il suo corpo era un brivido. Riuscì a drizzarsi a sedere guardando a destra e a sinistra, osando appena respirare, alla ricerca del suo aguzzino che non si vedeva da nessuna parte. Scrutò ancora. Dietro, di lato. Il Copista era sparito. Il monaco cercò di tirarsi in piedi ma non ce la fece ad alzarsi. Era solo, abbandonato e con le mani legate, ma stette in silenzio, non chiamò aiuto. Forse perché provava vergogna a farsi scoprire da qualcuno in quello stato. Non capiva. Non voleva capire.

Si guardò ancora intorno come in cerca di qualcosa. Forse i vestiti, che erano spariti. Si stese lungo e cominciò a rotolare sull'erba verso l'albero. Quello più vicino alla strada. Non appena si rigirò, sopra di lui, all'ombra dei rami, si ritrovò il Copista.

Quando gli vide il coltello in mano, il sacerdote capì che per lui era finita. Non ebbe la forza di parlare, lo supplicò con gli occhi terrorizzati. Una mano gli afferrò i lunghi capelli, alzandolo da terra con una forza inaudita. Si ritrovò in ginocchio, ed ebbe solo il tempo di vedere un attimo di cielo quando la sua testa ruotò all'indietro. Fu un'azione veloce. Sentì la lama penetrargli nella gola e poi qualcosa che lo soffocava. La stessa sensazione di chi si sente strozzare da qualcosa che va di traverso e cerca disperatamente aria o anche un bicchiere d'acqua a portata di mano.

Ma non ci fu aria, né acqua, ma solo una coppa vuota che il Copista pose sotto il collo del frate, per raccogliere il sangue. Poi dalla borsa prese una striscia di tela di lino e la poggiò sul volto della vittima. Infine, prese la solita figurina della Sacra Sindone e la pose accanto al cadavere. Anche il morto, notò il Copista, corrispondeva per fattezze, capelli lunghi e barba alla Sindone.

Fece per andar via quando vide ai piedi di un albero, poco più in là, una serie di rami dritti, ripuliti dalle foglie e con un verso appuntito. Forse servivano nel lavoro dei campi. Si fermò un attimo a pensare, un flash gli balenò nel cervello e gli fece cambiare programma. E tutto ciò gli procurò un moto di compiacimento.

Scelse il più solido e lungo di quei bastoni appuntiti. Non c'era cosa migliore di un ramo alto e dritto che poteva assimilarsi a una picca. Perché questo gli serviva, una lancia!

Tornò indietro e sistemò il cadavere nella posizione giusta. Le braccia aperte, i piedi uniti. Quando fece per inclinargli il capo sulla spalla, vide due occhi sbarrati che lo fissavano. Trasalì, per un istante. Poi allungò la mano foderata dal guanto di lattice e chiuse gli occhi senza luce del monaco. Afferrò la lancia e prendendo la mira lo trafisse nel costato. Poi, con la stessa precisione, lo colpì negli altri punti voluti. Le palme delle due mani e il collo di un piede, che poi poggiò sopra l'altro. Il sangue fuoriusciva ormai fioco, ma era sufficiente per la messa in scena.

Il Copista appariva invasato. Si era talmente compenetrato nella Passione del Cristo che sperò in cuor suo che il monaco potesse rimanere in quella posizione per tre giorni, prima che lo ritrovassero. Gli sarebbe piaciuto, anzi, avvolgere perfettamente quel cadavere in un telo bianco e aspettare l'alba del terzo giorno per vedere l'impronta che il corpo lasciava sul lino. Avrebbe voluto riprodurre la Sindone, ma sarebbe stato troppo rischioso mettere in pratica l'esperimento. Fu così che lasciò il cadavere in quello stato e andò via.

E fu sera e fu mattina: quarto giorno.

6 OTTOBRE 2008

MONTEVERGINE

36

La Biblioteca di Montevergine, una delle undici biblioteche cosiddette pubbliche statali annesse ai Monumenti nazionali, era ospitata all'interno del palazzo abbaziale, ma aveva un proprio ingresso sulla via Domenico Antonio Vaccaro. Sorta unicamente come strumento di sussidio e supporto all'attività di studio e di ricerca dei monaci, era divenuta progressivamente un istituto statale. Le sue origini rimandavano inevitabilmente al fondatore della Congregazione, San Guglielmo da Vercelli, il quale, dopo aver dato avvio alla vita della nuova famiglia monastica sulla sommità del monte, ne ridiscese per recarsi a Bari dove, aderendo a una richiesta di culto divino più diffuso da parte dei suoi confratelli, acquistò paramenti sacri ma soprattutto manoscritti greci e latini. L'attività di copia di questi manoscritti, che anche a Montevergine s'intraprese, diede il via alla vita illustre e prestigiosa di quello che sarà lo *Scriptorium* verginiano, vale a dire la Biblioteca, il cui primo nucleo era costituito da una raccolta di settemila pergamene e più di centomila documenti sciolti. La Biblioteca contava al suo interno una sezione di archivio in cui erano custoditi i documenti della Congregazione che, innanzitutto, costituivano una testimonianza della presenza dei monaci benedettini – fortemente radicata nel territorio di Montevergine e di tutta l'Irpinia dall'Alto Medioevo in poi – e, più in generale, rappresentavano uno spaccato attendibile e inevitabile per qualsiasi studio sull'argomento che avesse come obiettivo una ricostruzione storica rigorosa e fedele della vita religiosa e civile dell'Irpinia e delle zone limitrofe. Così spiegava frate Guido a memoria durante il cammino, col tono solerte con cui un cicerone vince la noia di dover ripetere sempre le stesse cose.

«L'archivio è aperto al pubblico?», chiese il commissario al frate, ma più per dare l'impressione che seguisse le sue spiegazioni che per effettiva curiosità.

Quello a cui pensava invece Tortora, mentre si avviavano in quel tempio antichissimo di cultura religiosa, era un giovane frate Boris che lì aveva coltivato i suoi studi sulle icone bizantine e il Volto Santo, una vera passione, come gli aveva rivelato un monaco in una precedente visita. Passione di cui era a conoscenza, evidentemente, anche il suo assassino, se gli era stato così facile attirarlo a Torino con la scusa di un convegno sulla Sacra Sindone. "E se l'omicida fosse proprio un lontano frequentatore della Biblioteca?", venne da pensare al commissario. "Magari un ragazzino, a quei tempi molestato dal giovane frate Boris?". L'idea non gli parve del tutto estemporanea.

Sì, l'archivio di Montevergine costituiva un tutt'uno con la Biblioteca, nella cui sala di lettura era possibile consultare agevolmente gli inventari delle pergamene e dei documenti, aveva risposto frate Guido.

Attraverso il portone d'ingresso, sormontato dall'insegna di marmo della Biblioteca, alla vista del commissario si offrì, immediatamente sulla sinistra, un'antisala, in cui erano collocati i cataloghi, che proseguiva in una sala di lettura. Sempre dal portone d'ingresso, prendendo invece verso destra, un'insegna segnalava l'ufficio di segreteria e altri locali di lettura. Varcata la soglia, però, il frate fece strada in direzione della scala di granito rosa, che li condusse al piano superiore. Tortora si soffermò un attimo a leggere la targa sulla parete di fronte al pianerottolo.

«Su questo piano si trovano la sala L e la sala H», precisò il frate.

«L'*Auditorium*?», disse il commissario, leggendo.

«Sì, l'*Auditorium*. Vuole vederlo?».

«Perché no», rispose Tortora che seguì il passo svelto del giovane verso un'elegante aula impreziosita da poltroncine rosse, utilizzata, oltre che dal personale per le proprie riunioni, in occasione d'importanti convegni, o per la presentazione alla stampa delle mostre organizzate dalla Biblioteca.

Una seconda rampa di scale li condusse al secondo piano dove attraversarono una delle più importanti sezioni della Biblioteca. Il commissario si soffermò ammirato a osservare la serie di eleganti scaffalature di legno che percorrevano sui tre lati la grande sala, occupata anche nel centro da tre capienti scaffali.

«È questo il *Sancta Sanctorum*?», chiese Tortora.

«Non proprio. È l'archivio delle pergamene e di oltre centomila documenti sciolti ancora adesso oggetto di studio», ribatté sbrigativo il frate, riprendendo il suo passo fino a quella che un cartello annunciava come la sala Q.

E a quel punto, il suo volto si accese: «È qui che è custodito il materiale più antico e prezioso. "Seicentine", ma anche libri moderni di particolare pregio».

«E lì cosa c'è?», domandò Tortora indicando un armadio metallico.

«I codici. Venga, siamo arrivati», sollecitò il frate introducendo il commissario nella sala della direzione.

La sala era vuota, tranne che per un vecchio monaco che se ne stava seduto a un leggio. Frate Guido gli diede un'occhiata fugace e poi indicò al commissario da sedere davanti all'antico scrittoio. Preso posto, Tortora si voltò incuriosito a osservare quel frate che se ne stava, col capo canuto e con gli occhiali spessi, chino su un libro, forse di preghiere, a giudicare dal labiale con cui sembrava salmodiare in silenzio.

«È frate Anselmo. Purtroppo non ci sente più e ci vede poco», disse frate Guido sedendo in cattedra. Quel giovane non aveva certo lo sguardo dimesso e l'aria intonata al contegno umile degli altri frati, pensò il commissario, ma l'occhio vispo e quella luce che accende ogni intelligenza aperta alla conoscenza, persino con qualche marcatura di presunzione, forse dovuta all'età. Si portava sui trent'anni, giudicò il commissario ascoltando la sua domanda: «Allora, cosa vuole sapere?».

Già! Che cosa voleva sapere?, rifletté il commissario. Dal frate non voleva certo sapere come si spiegavano quella serie di omicidi con simili vittime, tutti preti o monaci. Semmai il senso, diciamo teologico, se ci poteva essere, di quelle modalità di esecuzione (che il commissario spiegò), di quelle similitudini e delle loro varianti, di quel loro pronostico fisso di esecuzione, il martedì 25 novembre. E poi, di quel coccio pieno di sangue lasciato accanto al corpo delle vittime. Da questi soli elementi chiunque avrebbe potuto dedurre che c'era un'intenzione, «come posso dire... sacrificale».

A ogni delitto l'assassino sembrava imbastire come una messa nera. In verità, il punto era un altro, ossia la modalità raccapricciante di quegli assassini: da dove veniva tutto quell'odio, quella collera omicida. Però sarebbe stato anche importante capire a quale oracolo demoniaco s'ispirava l'assassino, continuò il commissario. Perché, a Tortora, in tutta quella messa in scena, gli sembrava che l'assassino interpretasse un ruolo, come il personaggio del giustiziere, di un angelo vendicatore. Lui non era un esperto, ma non c'era bisogno certo di uno specialista, di un *profiler*, per dire che quello che l'assassino provava, tradiva un genere di pulsioni che andava ben oltre la semplice e brutale esecuzione di un omicidio efferato.

Frate Guido lo ascoltava assorto senza tradire particolare sconcerto per quel racconto. Era evidente che il frate sapesse dell'omicidio di Boris Korsakov e probabilmente era stato informato anche delle indagini che riguardavano gli altri casi. Al commissario, invece, faceva una certa impressione riferire dei delitti in quel luogo, ma in un certo qual modo gli appariva congeniale.

Nel suo operare, continuò Tortora, l'assassino seguiva come un compito preciso che si era dato. C'era una storia segreta dietro, che tutti avevano ignorato o taciuto, e che probabilmente risaliva a un autunno di molti anni prima, a giudicare dalle date dei precedenti omicidi. Ma c'era anche un filo rituale che l'assassino seguiva nelle sue azioni criminali, che forse nascondeva qualche significato religioso, qualche rimando teologico che a lui, francamente, sfuggiva.

Il frate lo seguì fino in fondo in quella sua esposizione. Poi, senza dire nulla, si levò in piedi, dirigendosi verso la libreria che occupava l'intera parete destra dell'enorme stanza con copertura a volta. Da una mensola tirò fuori uno di quei vecchi volumi con rilegatura in pelle e con i caratteri intarsiati, che poggiò poi su un leggio posto sotto il grande finestrone sull'altro lato della stanza.

Il commissario lo raggiunse e lo seguì sfogliare le belle pagine impreziosite da pregiatissime miniature colorate.

LUNEDÌ 24 NOVEMBRE 2003
VIGILIA DEL GIORNO DEDICATO A SANT'ANNA

TRENO ESPRESSO 1941
Treno del Sole

37

Boris Korsakov, ormai, era un fiume in piena, continuava a parlare. Sfiatava come la valvola di una pentola a pressione. Sembrava che tutti i silenzi cui lo avevano costretto anni di clausura, volesse sfogarli lì, su quel treno. Ma a infastidire il Copista era anche la medaglia che Boris portava appesa al collo. Spesso la stringeva tra le mani o se la portava alle labbra come volesse baciarla. Il luccichio del monile colpiva gli occhi del Copista, che doveva tenere lo sguardo abbassato per evitarlo. Lampi di luce come di un'imbarcazione alla deriva nella notte, flash che riportavano alla mente di Copy avvenimenti passati. E questo lo innervosiva.

Distese allora le gambe e sprofondò nella poltroncina del compartimento 11. Voleva dare l'impressione di stare rilassato. In realtà sentiva montare dentro di sé l'umore cattivo; e doveva placarlo, trattenerlo in ogni modo. Il Copista conosceva quel suo modo di essere, la sua tendenza a estraniarsi. Una perdita di senso di realtà, magari intermittente o anche solo per qualche secondo, ma quel lasso di tempo striminzito poteva essere anche un'eternità.

"Controllo. Controllo. Controllo", ripeteva nella sua mente come una filastrocca. Non poteva spaventare Boris con i suoi repentini cambi di umore, doveva mantenere i nervi saldi per non far saltare la missione.

Si concentrò, come sapeva fare. Fece un profondo respiro e, rivolgendosi al prete, gli chiese: «Ho notato che lei porta al collo qualcosa che luccica. Sono incuriosito dalla luce che continua a venirmi negli occhi, come fossero segnali marini. Deve essere una medaglia preziosa, perché lei continua a stringerla in mano durante i suoi ragionamenti».

«A lei non sfugge niente. In effetti, la storia di questa medaglia è antichissima».

«Mi piacerebbe sentirla».

«È un lungo racconto. Non vorrei stancarla».

«Sono disposto a correre il rischio».

Boris allora se la tolse dal collo e la passò al Copista. La sua espressione, più che sorpresa, fu di soddisfazione nel riconoscere la medaglia. «Queste due effigi io le conosco! Le ho viste su un'altra medaglia», disse girandosi la medaglia tra le mani.

«Non sono più sorpreso di niente, ormai le coincidenze delle nostre esperienze si moltiplicano sempre di più», gli rispose Boris, riprendendosi la medaglia.

«Veramente sono stupito. La stessa medaglia ce l'ha conservata il mio amico Danny, mi raccontava che la portava al collo un frate benedettino che aveva conosciuto molti anni fa».

«Molti frati la indossano per protezione. Questa è la medaglia di San Benedetto ed è unica nel suo genere. Presenta su un lato l'immagine del Santo Patriarca e sull'altro una croce, al cui interno e attorno si trovano le lettere iniziali di un'orazione».

«Interessante! E cosa significa?».

«È una specie di esorcismo».

«E cosa intende per una specie d'esorcismo?».

«Più che spiegarle il significato, sarebbe meglio viverlo in prima persona un esorcismo. Anzi, se vuole, se lei è disposto a fare questa esperienza, mi segua. Vedrà, non può che farle del bene e la proteggerà dal male».

Gli pizzicavano gli occhi come se fossero stati punti da un ago. Il Copista fece uno sforzo immane per reprimere la reazione a quel malessere che lo aveva preso ascoltando il prete. Era un *déjà-vu*, qualcosa che già aveva vissuto. Ma la voce di Korsakov s'intromise nei suoi pensieri: «Va tutto bene?».

Ci fu un momento di assoluto silenzio. E fu necessario affinché il Copista ritornasse in sé. Sorrise: «Sì, va tutto bene. È che stavo pensando alle sue parole. All'esorcismo che mi proteggerà dal male. Ma di quale male parla?».

«Del male che ci sta accanto. Sempre», rispose Korsakov che, tenendo le mani appoggiate al bastone, avvicinò la faccia a quella del Copista. Si scrutarono fin dentro l'anima.

Le fattezze del diavolo, il prete, ce le aveva tutte! Era la personificazione del Maligno. E, fissandolo negli occhi, il Copista vi si riconobbe, come in uno specchio. Fu allora che Boris, alzando il tono della voce in un roboante suono gutturale, gli gridò in faccia e per un attimo il Copista rimase attonito.

«Allora glielo dico io: il male sta dentro di noi e fa parte del nostro essere. Lei ha sempre tentato di difendersi, perché non riesce a controllarlo».

"Non voglio più ascoltarlo. Basta! Se continua ancora così a stizzirmi, sarò costretto ad ammazzarlo prima del tempo!". Il Copista aveva una gran voglia di zittire per sempre quell'uomo.

«Devi controllarti. Non puoi tradire quello che senti. Potrebbe spaventarsi e scappare. Devi evitare di manifestargli il tuo malessere». Alle parole di Emma, Copy rimase in silenzio, e cercò in pochi istanti di mettere ordine nel groviglio dei pensieri. Ricordi confusi. La verità era che quell'uomo faceva parte del suo passato! Si legava ai tempi dell'orfanotrofio, quando il Copista si era talmente compenetrato nelle vicende di Danny che le amare esperienze del bambino avevano finito per essere vissute direttamente anche da lui, in prima persona. Era una realtà che nemmeno adesso poteva nascondere. Anche se aveva creduto di aver cancellato per sempre quei ricordi, non era così. Purtroppo quel volto che adesso aveva di fronte affiorava con potenza inaudita dal buio della sua mente. Doveva mantenere la calma.

«Ricorda! La missione prima di tutto», fece Emma prima di dileguarsi. «Sì», convenne lui. Deglutì. Si voleva così concentrare. Cercò la cosa che gli passava con forza nella mente e rivolgendosi a Boris disse: «Lei è un esorcista?».

«Sì», rispose Boris immediatamente come stesse aspettando quella domanda da tempo. Poi aggiunse: «Noto che questi discorsi la innervosiscono, possiamo anche porre fine alla discussione e cambiare argomento».

«No! Sono molto interessato al tema».

«Ascolto i peccati delle persone e le aiuto a mettere fuori il male che hanno dentro. Faccio solo del bene».

"Fa solo del bene!", ripeté tra sé il Copista. A quelle parole il sangue gli salì vertiginosamente alla testa. Le tempie gli sembrarono scoppiare. In quel momento era come se ci fosse qualcuno dentro di lui che voleva uscire per forza e lui lo doveva tenere a bada. Adesso, però, non poteva commettere errori. Doveva avere pazienza e attendere che il treno rallentasse per entrare in stazione per cominciare ad agire. Ma ci voleva ancora quasi un'ora. Per questo, ritornò di nuovo sulla questione dell'esorcismo. Aveva bisogno di ingannare il tempo residuo e non insospettire oltremodo Boris.

«Vorrei ritornare all'esorcismo e alla medaglia, se non le dispiace», disse allora il Copista rivolgendosi a Boris, il quale, estratta dalla sua borsa una teca di legno, l'aprì e prese un'ampolla contenente un liquido trasparente. Quindi tirò fuori dalla scatola l'aspersorio d'ottone lucido. Con fare cerimonioso, asperse prima la testa del Copista, che ebbe un sussulto; poi, girandosi intorno, asperse l'intero compartimento, recitando frasi incomprensibili. Il Copista lo guardava...

Gli sembrava tutto così ridicolo.

«Stia bene attento, allora. È una preghiera che recita così. Lei ripeta con me le stesse parole. Questa è una sequela che per nessuna ragione deve essere interrotta! Ripeta con me: *Crux Sancti Patris Benedicti*, cioè Croce del Santo Padre Benedetto».

«No. Non voglio fare alcun esorcismo. Si fermi per favore!», disse al prete quasi implorandolo. Ma Boris fu perentorio! Questa volta, con un piglio di comando, fu lui a imporre al Copista di seguirlo nella preghiera. E questi restò ammutolito, stranamente non ebbe la forza di reagire. E cominciò a ripetere la sequela.

«*Crux Sancti Patris Benedicti*».

Nel frattempo in cuor suo pensava: "Che strano, un uomo che pochi istanti fa volevo ammazzare, adesso m'impartisce ordini cui non so dire di no!".

«*Crux Sacra Sit Mihi Lux*».

«La Santa Croce sia la mia luce».

Nel ripetere quelle formule avvertiva un subbuglio in corpo, come se un'altra persona si stesse impadronendo delle sue membra.

«*Non Draco Sit Mihi Dux*».

«Non sia il demonio mio condottiero».

Un'entità gli stava penetrando le ossa, le budella, le vene, il cervello.

«Ripeta con me e non si distragga», gli gridò Boris.

«*Vade Retro Satana*».

«Fatti indietro Satana».

«*Numquam Suade Mibi Vana*».

«Non mi attirare alle vanità».

«*Sunt Mala Quae Libas*».

«Sono mali le tue bevande».

«*Ipse Venena Bibas*».

«Bevi tu stesso il tuo veleno».

Si sentì invasato. La sua indole mutava in quella di un altro. Non era la prima volta che gli capitava, conosceva bene quei sintomi. Stava subendo una metamorfosi. Un fenomeno che non aveva saputo mai spiegarsi fin da quando era piccolo. Il Copista stava diventando un altro.

38

Il treno imboccò all'improvviso una galleria. Si spensero le luci nel vagone, mentre sul finestrino ricomparve la Sacra Sindone. Il compartimento 11 s'infiammò di uno strano magma, eruttato da alcune fessure del pavimento, che s'allargava come una melassa appiccicosa. Colava sangue dappertutto. A rivoli scorreva anche lungo il viso del Copista, sulle spalle, su tutto il corpo. E sangue veniva giù copiosamente anche dal soffitto. Era tutto un delirio. Quel liquido denso sangue che gocciolava fastidioso sugli occhi lo svegliò di soprassalto. Sentì come una lama piantata profondamente nella carne, all'altezza del torace, e un'altra che gli stava segando il collo. Ma più del dolore, era la nausea che lo faceva star male, quella sensazione di vomito a sentirsi a testa in giù. C'era qualcosa che lo reggeva in tutto il suo peso. E in quell'oscurità che lo avvolse cercò Emma, ma gli occhi erano vuoti, inutili. Doveva fare qualcosa, doveva muoversi, ma non ci riusciva. Il cuore pompava veloce, non capiva. Non sentiva nessun rumore, solo un silenzio gelido.

Cominciò a gridare, o forse immaginò di farlo, ma non era la sua voce. Era la voce di un bambino, poi di una donna. Infine riconobbe le voci dei suoi amici. Danny, Isabel, Emma. Ma con loro c'erano altre voci, dieci, cento, ma queste uscivano dalla sua bocca. Una babele di lingue diverse. E gli passò davanti agli occhi quel 25 novembre di sette anni prima, il suo quinto omicidio. Quando bevve per la prima volta il sangue della sua vittima. E trovò pace dentro di sé.

Anche adesso sentiva il bisogno di bere sangue, ne aveva l'assoluta necessità. Ma, all'apice del delirio, perse conoscenza.

6 OTTOBRE 2008

MONTEVERGINE

39

«Ecco qua: l'agnello immolato dell'*Apocalisse* di San Giovanni. Come lei sa, nel rito, l'agnello viene sgozzato e il suo sangue impuro viene fatto colare prima di offrirlo a Dio», disse frate Guido indicando la figura in miniatura che illustrava il sacrificio sulla pagina in cui aveva aperto il libro. Al commissario venne subito in mente la ciotola piena di sangue trovata accanto alle vittime. «Chiaro il messaggio di Giovanni», proseguì frate Guido; che aggiunse: «Il castigo divino colpirà chi commette il male e combatte la Chiesa di Cristo, sia esso giudeo o pagano». Poi prese a leggere: «Appena il primo angelo suonò la tromba, grandine e fuoco mescolati a sangue scrosciarono sulla terra. Un terzo della terra fu arso, un terzo degli alberi andò bruciato e ogni erba verde si seccò».

«Un momento. Lei prima ha detto che il castigo divino colpirà chi commette il male contro la Chiesa. Il nostro assassino, che crede di essere lo strumento del castigo divino, uccide, però, proprio uomini di Chiesa. Si tratta forse di uomini di Chiesa che, a suo giudizio, hanno commesso il male contro la Chiesa stessa?».

«Non so dire se proprio di questo si tratta. Io, dietro questi delitti, avverto solo un grande dolore», disse piuttosto evasivo il frate.

«O una grande follia?».

«O la follia a cui conduce un grande dolore».

«E non potrebbe trattarsi dell'opera di un fanatico, uno che interpreta con rigore assoluto la Bibbia, e che vede nella Chiesa di oggi una sorta di tradimento del messaggio biblico e perciò si vendica su frati e sacerdoti?».

«Un invasato religioso, lei dice? Lo escluderei», disse il frate storcendo la bocca. «La cosa che più mi colpisce in questa serie di delitti, pur nella loro ritualità e nella presenza di quegli elementi simbolici, è che non si tratta di una vendetta tesa a punire una devianza religiosa, un'eresia, ma un comportamento umano», aggiunse, sfogliando ancora il libro sul leggio.

«Aspetti, aspetti», lo bloccò l'ispettore. Che più che la spada fiacca sui trombettieri infernali, voleva chiarire quel punto. «Si spieghi meglio».

«Voglio dire, certamente la messa in scena dei delitti sembra dimostrare che l'assassino intendesse seguire una specie di liturgia. In realtà, tutto l'armamentario che mette in opera nei suoi omicidi efferati fa pensare più alla macelleria che a una liturgia».

«Uhm!», fece l'ispettore pensoso. «C'è però l'uso di tutti quei riferimenti biblici. Li ha riscontrati lei stesso».

«Anche qui, possiamo dire che, più che di un uso, si tratta di un abuso dei riferimenti biblici».

«In che senso?».

«Vede, l'abuso da parte di tanti consiste nell'adoperare il termine "apocalittico" come sinonimo di "immane sventura". Si tratta in realtà di un bagaglio d'immagini, di valore metaforico, desunte dalla letteratura profetica e usate – a dire il vero anche da Gesù stesso – per rappresentare il Giudizio di Dio sulle vicende umane; non va certamente inteso in senso letterale, come fanno molti ancora oggi».

«Compreso il nostro assassino».

«Compreso il suo assassino», precisò il frate.

«In altre parole, tocca a noi occuparci dei reati, perché voi vi occupate solo di peccati», disse il commissario, interpretando con una punta polemica quella demarcazione di compiti e di ruoli fatta dal frate. Il quale, alle parole di Tortora, allargò le braccia con un sorrisetto enigmatico.

«Cosa intendeva sostenere, però, quando ha detto che l'assassino più che un peccato di Chiesa o di eresia intende punire un comportamento degli uomini?», aggiunse Tortora.

«Come diceva bene lei, commissario, la legge degli uomini persegue i delitti e quella di Dio i peccatori», ribatté il frate, che a Tortora non parve più enigmatico o sfuggente, ma reticente. Sospettò che sapesse, o avesse capito, intuito, più di quanto fino a quel momento gli aveva riferito di quella storia.

«Senta frate Guido, con tutto il rispetto per la sua funzione, le ricordo che, oltre ai suoi doveri verso la Chiesa, ha anche doveri verso la Legge», venne di dire al commissario, che però si pentì subito di avere usato quel tono. Perciò aggiunse, correggendo quella durezza da questurino: «Insomma, si tratta di catturare un assassino, che compie delitti efferati, per giunta a danno di sacerdoti e di frati».

Il frate si prese un po' di tempo di silenzio riflessivo, come se stesse valutando cosa rispondere. Poi disse: «Questa condotta inspiegabile del suo assassino…».

«Neanche tanto inspiegabile».

«D'accordo. In ogni caso deve farci veramente riflettere». Il commissario Tortora puntò l'attenzione su quel «veramente». «In tutta l'Apocalisse, infatti, le punizioni di Dio non sono mai fini a se stesse, ma hanno un evidente carattere di ammonizione a non commettere il male e quindi, pur nella loro apparente durezza, sono manifestazioni di misericordia».

Il commissario rimase esterrefatto a quelle parole: «Cioè vuole dire…».

«Niente! Niente! Dio mi perdoni per quello che ho detto. Basta così, commissario. Basta così», disse il frate chiudendo il libro sul leggio.

«Va bene, va bene. Solo un'ultima cosa, Padre. Cosa simboleggia, secondo lei, la data del 25 novembre?».

Il frate si fermò un attimo a riflettere; poi, scuotendo il capo, sorrise: «Santa Caterina d'Alessandria! Martirizzata dall'imperatore Massenzio che per lei fece costruire uno strumento di tortura consistente in quattro ruote fornite di punte acuminate e poi ve la gettò dentro. Ma le ruote si ruppero e provocarono la morte di molti soldati romani. Potrebbe essere una data legata all'assassino, ma anche a qualcosa che è successo in quel giorno».

«Anche a me questo è parso evidente, prendendo in considerazione la cronologia dei delitti».

«Mi spiace se non ho potuto aiutarla, commissario», disse frate Guido lasciando la stanza. Sembrava fosse inseguito dai demoni.

«Al contrario, Padre. Tutto al contrario. Lei mi è stato di grande aiuto», gli disse dietro il commissario, che prese ad avviarsi anche lui verso l'uscita. Aveva già messo un piede sulla soglia, quando si fermò. Voltò la testa all'indietro come se avesse avvertito un richiamo, ma non riusciva a capire da dove provenisse.

Girò i tacchi e si avviò verso il leggio. Qui aprì il libro, cercando la pagina in cui frate Guido l'aveva chiuso. La riconobbe dalla miniatura che ritraeva l'angelo trombettiere che suonava la caduta alle anime dei peccatori. Là dove frate Guido aveva messo la mano lesse: «Il resto dell'umanità che non perì a causa di questi flagelli non rinunziò alle opere delle sue mani; non cessò di prestar culto ai demoni e agli idoli d'oro, d'argento, di bronzo, di pietra e di legno, che non possono né vedere, né udire, né camminare; non rinunziò nemmeno agli omicidi, né alle stregonerie, né alla fornicazione, né alle ruberie».

MARTEDÌ 25 NOVEMBRE 1996

NAPOLI, STAZIONE CENTRALE

40

Con gli anni Danny era diventato un formidabile cacciatore di uomini neri. E i gabinetti pubblici delle stazioni ferroviarie erano una fonte inesauribile di quel fecciume. Anche il quinto sacerdote Danny lo adescò in quei luoghi.

Era un prete con movenze molto femminili. Piuttosto alto, giovane, robusto, indossava abiti borghesi e non sacerdotali, come, del resto, tanti altri suoi confratelli. Portava i capelli lunghi e anche la barba. Ma non era solo quello il suo torto. Era un depravato e frequentava peccati di perdizione, come aveva scoperto Danny. E questo lo rendeva perfetto per essere identificato come uno dei sette volti santi da eliminare per la missione.

Quando Danny ebbe modo di appartarsi con lui nella sua auto, vide con stupore che il prete indossava biancheria intima femminile. E questa scoperta gli diede ai nervi, tanto che fuggì dall'auto gridando. Nei giorni seguenti, però, dovette ritornare sui suoi passi. Riconsiderò la sua stupida reazione. Non era pensabile che un perizoma di pizzo facesse saltare l'intera quinta missione. Perciò riallacciò i contatti con il sacerdote. Era quasi tempo di agire. La data del martedì 25 novembre si avvicinava. E proprio per quel giorno gli fissò appuntamento fatale. L'ennesimo incontro, questa volta su un treno fermo in deposito, su un binario morto della Stazione Centrale.

Quel giorno il Copista trovò una busta al suo solito posto. Dentro c'era la foto di un tipo che non gli piaceva per niente: giovanile, sui quarant'anni, bella presenza, seduto su un divano. Nella busta, oltre all'indicazione del luogo e dell'ora dell'appuntamento, non c'era altro; e andava bene così. Doveva prendere familiarità con quel viso, osservare i dettagli che ne avrebbero rivelato la forza o la debolezza. Il volto umano non mente mai.

Guardò l'orologio. Era in anticipo, mancava un'ora all'appuntamento. Diede un'occhiata fuori dal finestrino del treno, imbruniva. L'ultima luce cadeva fredda sugli altri treni parcheggiati su quei binari morti come carcasse abbandonate. Si sdraiò sui sediolini dello scompartimento.

«Il sonno è stato lungo?», chiese Copy.

«Breve ma profondo», rispose Emma, che lo fissava in modo compiaciuto. Aveva ancora l'agenda aperta sulle gambe e, con un pennarello, continuava a segnare e sottolineare. Era l'agenda dove segnava tutti i particolari dell'operazione che il suo uomo doveva portare a termine. All'improvviso, alzando il tono della voce, gli chiese del fuoco. Lui non rispose alla richiesta di Emma, ma poi, ancora sdraiato come stava, allungò la mano con l'accendino e lei la imprigionò fra le sue. Voleva battaglia, la puttana. Ci sono donne che sanno comunicare le loro voglie senza bisogno di parole. Pensò subito a questo, il Copista. «Vuoi fumare o scopare?», le chiese tirandosi su a sedere.

«Fumare e scopare nell'ordine che preferisci». Emma era così, perciò Copy l'amava: flessibile in qualunque momento!

Non se lo fece dire un'altra volta. Si tirò giù i pantaloni e le mutande, restando seduto. Allungò una mano sulla maniglia della porta scorrevole e la spinse per chiuderla. Emma tirò le tendine e il compartimento precipitò nella penombra. Poi, senza fiatare e in modo semplice, abituata a quel gesto, si alzò il vestito sui fianchi con le due mani e si mise prona. Sotto era completamente nuda.

Il Copista tacque, incantato da quel sesso che gli veniva lentamente verso la faccia. Lo eccitò alla follia. Fu un gioco da ragazza, per Emma, sedersi sulle gambe di Copy facendosi penetrare fino in fondo. Ma non lo fece venire. Si alzò di scatto e si sedette di fronte a lui, lasciandolo col membro gonfio di voglia insoddisfatta. Riaprì l'agenda, lo guardò e gli domandò se era pronto all'azione. Il Copista in verità non era stupito, la conosceva troppo bene. Emma faceva sempre così. Lo mandava in bianco nel momento topico, per fare in modo che durante l'azione fosse più aggressivo. Alla fine della missione, si sarebbe prestata e lo avrebbe fatto svuotare della tensione accumulata. Il Copista capì che era arrivata l'ora.

Quando sentì chiamare in fondo al corridoio del vagone, riconobbe subito la voce del prete, che però appariva esitante. Lo tranquillizzò garantendo che nessuno avrebbe potuto trovarli o sentirli sul quel treno fermo, nel compartimento 11.

Emma, dal canto suo, sapeva sparire al momento opportuno, e infatti si dileguò nella penombra del vagone, lasciando il Copista alla sua missione.

A indispettire il Copista non fu solo la voce effeminata del prete, ma anche il fatto che per, un mero errore, lo aveva chiamato Danny, scambiandolo per l'amico. In verità, non era la prima volta che gli capitava. Già altre volte era stato scambiato per il suo amico. E la colpa era tutta di Danny, che si acconciava in modo da somigliargli. Ma lui, invece, era la prima volta che appariva nella vita di quel prete. E sarebbe stata anche l'ultima.

Quando l'Uomo Nero lo vide in piedi fuori dal compartimento stringere una pistola nella mano destra, capì di non avere scampo.

«Vuoi uccidermi, vero?», gli chiese.

«Proprio così. Sei il quinto della lista e lo sai», rispose il Copista.

«Tu sei malato di mente, hai bisogno di farti curare».

Il Copista non gli diede neanche il tempo di scuotere il capo che gli sparò un colpo di pistola a bruciapelo diritto in mezzo agli occhi, preoccupandosi solo che il primo pezzo di piombo lo cancellasse subito dalla lista dei vivi. Dopodiché, diede inizio al Settimo Rito. Non aveva mai sbagliato un taglio con il suo stiletto preferito, del quale aveva l'accortezza di affilare la lama prima di ogni missione. E nemmeno in quell'occasione la sua precisione venne meno. Un solo taglio, deciso e profondo, e il sangue copioso iniziò a scorrere nel cratere che appositamente aveva posto sotto la testa reclinata del sacerdote.

Prese dalla borsa di cuoio il solito pezzo di tessuto bianco rettangolare che pose sulla testa della vittima. Sempre dalla borsa, tirò fuori un grande sacco di tela che stese sul pavimento del corridoio. Uscì dallo scompartimento, si spogliò di tutti gli indumenti e, piegandoli a uno a uno, li mise in una busta di cellofan, insieme alle scarpe. Nella borsa aveva anche un ricambio. Ma prima, con i panni sporchi, si pulì bene la faccia. Le mani invece erano coperte, come sempre, dai guanti di lattice che solo alla fine della cerimonia tolse.

Si rivestì dei panni puliti, poi prese l'immaginetta della Sacra Sindone e la pose ai piedi del cadavere. Prese la busta con i panni sporchi e mise tutto nel sacco di tela. Si appoggiò il sacco sulla spalla e andò via. Nel freddo di novembre s'incamminò verso la stazione confondendosi tra i barboni.

E fu sera e fu mattina: quinto giorno.

6 OTTOBRE 2008

MONTEVERGINE

41

Al commissario – che durante la discussione con frate Guido aveva avvertito solo qualche suo sguardo furtivo – quasi venne un colpo dalla sorpresa, vedendoselo improvvisamente davanti, dopo che ebbe alzato gli occhi dal leggio. L'anziano frate dalla lunga barba portava sul capo canuto un berrettino di lana. E di lana grossa erano pure i guanti che calzava e che lasciavano libere le dita callose. Quell'aspetto lo faceva assomigliare al personaggio del vecchio Laerte di uno sceneggiato televisivo dell'*Odissea* che il commissario aveva visto da giovane. Il naso lungo e storto passava in mezzo a due occhi neri e profondi. A dargli un'aria corrusca erano le sopracciglia cespugliose e quella barba ispida in cui si apriva una bocca larga atteggiata a un'espressione dolente. Indossava un saio sformato e scolorito che si afflosciava sulle spalle strette, chiuso in vita dalla cordicella bianca che portavano i frati.

«Lei è il commissario Tortora, vero?».

«Sì», rispose lui, rimanendo fermo.

«Fuori sembrava buono, sa, ma dentro era guasto», disse il frate tenendo il capo chino.

«Chi?», chiese il commissario, confuso.

«Boris. Frate Boris».

«Lei si ricorda di frate Boris?».

«Certo», fece il frate, sollevando la testa. «Come le sembra Montevergine?», aggiunse, cambiando discorso.

«È un posto bellissimo», rispose il commissario con un complimento di circostanza.

«Ah! Quindi le piace?».

«Ma allora lei ci sente bene», constatò con una certa sorpresa il commissario.

«Me la cavo», rispose frate Anselmo, con un mezzo sorriso.

«Lei da quanto tempo è qui?».

«Da quasi settant'anni».

«Allora lei deve essere frate Anselmo. L'unico, come ho saputo, ad aver conosciuto personalmente frate Boris».

Il monaco si limitò ad annuire con le palpebre.

«Scusi, ma in che senso frate Boris dentro era guasto? Che intendeva dire?».

«Niente. Solo dicerie», minimizzò il frate.

«Beh, mi accontento delle dicerie», lo incalzò il commissario.

«Una di queste riportava la storia di una relazione tra frate Boris e una giovane di nome Maria, morta suicida dopo o, come sosteneva qualcuno, proprio a causa del ritorno di frate Boris al monastero di Montevergine. La chiacchiera parlava anche di un figlio frutto di quella segreta relazione, un bambino di nome Daniele».

«Era davvero suo figlio?».

«Nessuno poteva esserne certo. Nessuno era venuto a saperlo all'inizio, qui in convento. Ma c'era qualcuno che diceva di sì, che il bambino gli assomigliava. Di questo Daniele, Boris teneva una fotografia che lo riprendeva insieme al piccolo, scattata durante una gita in montagna. La teneva nascosta nel suo cassetto, dove casualmente la vide frate Emilio».

«Mi scusi un momento, frate Anselmo, non conosce per caso anche il cognome del bambino?».

Il frate scosse la testa e il commissario fece cenno con la mano di continuare pure.

«Il sospetto portò frate Emilio a informarsi con Don Crispino, il nuovo parroco del Sacro Cuore di Sant'Anna, il quale gli riferì che dopo la morte della madre e dei nonni il bambino era stato chiuso in un orfanotrofio. Era stato Don Crispino stesso ad accompagnarlo in quella casa per l'infanzia abbandonata».

«Non si ricorda quale orfanotrofio?», chiese il commissario.

«Credo l'orfanotrofio *Casa dei figli di Maria*, che stava a qualche chilometro da qui. Purtroppo, però, è stato chiuso da decenni. Già ai tempi della permanenza di Daniele era fatiscente. Comunque, Don Crispino aveva promesso al bambino di andare a trovarlo ogni tanto. Cosa che poi, a dire il vero, come riferì a frate Emilio, fece più volte durante la permanenza del ragazzo nella Casa, venendo informato dei suoi successi scolastici. Per quanto lunatico e introverso, infatti, il ragazzino rivelò subito una predisposizione agli studi, tanto che, unico nell'orfanotrofio, gli fu concesso di frequentare la scuola. Dei suoi eccellenti risultati universitari a Torino, dove il ragazzo si trasferì, Don Crispino venne in seguito a sapere dallo stesso Daniele, fino a che non ne perse completamente le tracce».

Torino! Ancora Torino! C'erano altri due importanti indizi, infatti, che conducevano a quella città. Primo, il treno su cui viaggiava Padre Boris proveniva proprio da Torino. Lì si era recato, appena giunto dalla Russia dopo tanti anni, per visitare la Sacra Sindone. E la Sacra Sindone era quella che compariva nell'immaginetta posta accanto ai cadaveri delle sei vittime, compreso il suo.

«E frate Emilio è ancora al convento?», chiese il commissario nella speranza di saperne di più.

«È stato chiamato lassù già molti anni fa», disse frate Anselmo indicando l'alto soffitto ligneo a cassettoni, con un sospiro. «E anche Don Crispino è morto», aggiunse, ma questo lo sapeva già, il commissario, per averlo scoperto nella sua prima visita a Sant'Anna.

«Anche a me, la morte mi gira intorno, e prima o poi la spunterà, ma non voglio che mi trovi con questi peccati. Non è più bene tacere».

«Perché, prima lo era?», gli scappò di chiedere al commissario.

«Vede, commissario, neanche a quei tempi lo era. Ma certi peccati non si avvertivano come tali. L'intenzione e la disposizione degli animi allora erano diverse».

Il commissario non trovò quelle considerazioni sbalorditive. Che i preti fossero vissuti per secoli in una sorta di convivenza *more uxorio* con le loro perpetue, non gli faceva certo specie. Qui, però, la questione era un'altra. Si trattava di collaborare con la giustizia per risalire alle cause di una serie di omicidi cruenti. Anche se nessuno si era esposto attivamente per ottenerla quella collaborazione, era qualcosa che in coscienza doveva essere data dalla Chiesa, dalla Congregazione, spontaneamente, per dei fatti così gravi. Non che il commissario pensasse che la coscienza fosse di necessaria spettanza della Chiesa.

«C'era una lettera che avevo scritto per lei, commissario», gli disse frate Anselmo come intuendo i suoi pensieri.

«Una lettera per me?».

«Sì, è dall'ultima volta che è venuto qui in convento che avevo pensato di scriverla. Il nome di frate Boris mi aveva suscitato ricordi intensi e drammatici. Io lo conoscevo bene sin dai tempi del noviziato. Occupava l'altra branda nella mia stessa cella, sentivo tutte le notti i suoi gemiti sotto la coperta pesante di lana marrone».

«In altre parole... si toccava, si masturbava?», chiese esitante il commissario.

«Di nascosto, o almeno così credeva, in continuazione e con una foga. Una volta mi ero messo a chiacchierare con lui. Me lo ricordo come se fosse adesso. Seduto sulla sua branda, con quei capelli di un biondo maturo, le gambe penzolanti, la schiena appoggiata alla parete, aveva un'aria sfrontata che non mi piaceva. Gli chiesi se aveva veramente scelto di prendere i voti in piena coscienza religiosa, nella gioia della vocazione. Gli dissi anche che era ancora libero di seguire le sue intime aspirazioni, di fare quello che il suo spirito gli suggeriva. Mi rispose solo che era soddisfatto della scelta compiuta. Ancora un'altra volta gli chiesi perché avesse scelto di venire qui a Montevergine. Mi rispose che venendo in Italia non sapeva cosa sarebbe avvenuto, sapeva solo che sarebbe finito da qualche parte, in qualche luogo dove sarebbe stato utile a Dio, oltre che agli altri.

Gli chiesi se era certo di non sbagliare, perché certi piaceri non si addicevano a un frate, accennando così a quel suo peccato solitario, ma lui troncò la discussione sul nascere. Disse che sentiva di essere stato scelto da Dio e di dover vivere quella vita, che aveva completa fiducia nella sua vocazione e che in convento si sentiva come un uccello nel suo nido, convinto che lì non ci sarebbero stati veri pericoli».

«Che pericoli? Cosa temeva?», chiese Tortora.

«Non lo so, ma credo che avesse passato un'infanzia difficile, forse pure terribile. Un'altra volta mi confessò che aveva sofferto profondamente durante la sua vita in Russia. Io pensavo si riferisse alle persecuzioni a cui erano sottoposti i nostri confratelli in quel paese in quegli anni. Ma lui diceva che solo adesso si sentiva sicuro nel mondo, consapevole della sua missione».

«Quale missione?», chiese Tortora.

«"Aiutare gli altri, in qualsiasi maniera", mi rispose. E in questo, occorre riconoscerlo, si mostrava infaticabile. "Aiutare gli altri è aiutare se stessi", gli dissi io. "Aiutare gli altri senza trascurare se stessi", ribatté lui ridendo».

Doveva ripartire da Sant'Anna, sulle tracce del soggiorno di frate Boris in quel paese, e da lì tirare il filo che portava a quel bambino, Daniele, pensò il commissario uscendo dal convento. Sì, perché ormai Tortora sembrava nutrire pochi dubbi sul fatto che quella feroce scia di sangue partiva da dei fatti accaduti tantissimi anni prima nel piccolo paesino di Sant'Anna. E tutto sembrava portare a quello che allora era solo un bambino, Daniele, di cui, a quel momento, non sapeva neanche il cognome. Questo sarebbe stato facile saperlo. "Ma se poi avesse cambiato identità? Come scoprirlo, come riconoscerlo a distanza di così tanti anni?", si chiese Tortora mentre prendeva rapidamente la discesa del cammino dei pellegrini per raggiungere la sua auto giù al parcheggio.

Daniele avrebbe dovuto avere quasi sessant'anni ormai. "Un momento...", si disse il commissario bloccando il filo di quei pensieri. "La somiglianza!".

Se si era notata davvero quella somiglianza di Daniele da piccolo con il monaco assassinato, poteva darsi che una certa somiglianza con frate Boris la conservasse anche da grande. E non doveva essere molto difficile cercare di definire un identikit alla luce della foto del frate che compariva sul passaporto, probabilmente scattata qualche anno prima.

Ma non era questo il dubbio più grande del commissario. Le sue perplessità riguardavano il movente di quella serie di tragedie. Era possibile che tanta furia omicida, nel caso in cui si fossero confermate le sue ipotesi su Daniele, fosse mossa da semplice vendetta per il tradimento di frate Boris verso la madre? Tradimento che aveva portato al suicidio di questa, è vero, ma che non bastava a spiegare quel tipo di reazione, di odio esacerbato. Oltretutto sfogato con sacerdoti estranei a quel genere di vicende, ma che avevano avuto il solo torto di somigliarsi.

In verità, anche il sospetto che si trattasse di frati o preti coinvolti in casi di pedofilia sembrava accomunare le vittime. E in quel momento qualcosa di terribile si affacciò nei suoi pensieri. Ma non era possibile ipotizzare quelle cose. Non era possibile spiegarle.

LUNEDÌ 24 NOVEMBRE 2003
VIGILIA DEL GIORNO DEDICATO A SANT'ANNA

TRENO ESPRESSO 1941
Treno del Sole

42

Ritornò il luccichio della medaglia e l'incalzante ritmo del treno sulle rotaie. Il Copista pensò di aver ripreso conoscenza, dopo lo svenimento avuto durante l'esorcismo. Ma davanti ai suoi occhi ora c'era un caleidoscopio d'immagini in movimento. Erano spezzoni della sua vita, trascorsa con personaggi orribili e grotteschi. A un tratto le figure si deformarono e furono risucchiate in una grande fenditura che si aprì nel pavimento del treno... Era tutto molto strano.

Vide allora un bambino biondo, con le mani insanguinate, che, per non essere inghiottito nel vortice del vagone, tentava con tutte le sue forze di scappare dal gorgo. Con un grande sforzo riuscì ad annullare la forza d'attrazione e scappò via. Poi, come uno zombie che fa capolino dalla tomba, fuoriuscì la testa dell'Uomo Nero. Si guardò intorno come in cerca di qualcosa e, uscito anch'egli dal pozzo, prese a inseguire il bambino. E tentando di afferrarlo, a gran voce gli gridava: «Fermati! Ti ho tolto il male che avevi dentro, adesso sei libero e santo».

Copy sentì un forte bisogno di gridare di fronte a quell'incubo, ma si trattenne dal farlo perché riconobbe di non stare più su un treno, bensì in una chiesa. L'aria gelida bruciava la pelle e condensava ogni alito. Si sentiva un puzzo tremendo. I miasmi di cadaveri decomposti ammorbavano l'aria e toglievano il respiro.

Il Copista sentì forte la presenza di Satana, quello che l'amico Danny chiamava l'Uomo Nero.

«Nel nome di Dio e di Gesù Cristo va' via! Nel nome di Dio e di Gesù Cristo ritorna all'Inferno!», fu quanto riuscì a dire. Poi vide un'ombra avvicinarsi. Aveva un crocifisso tra le mani che gli schiacciò con forza sulla fronte. La piccola croce gli trasmise prima una sensazione di gelo, poi diventò rovente fino a ustionargli la pelle. Un forte tremore iniziò a impadronirsi del suo corpo e cadde in una *trance* profonda. Dalla bocca del Copista cominciarono a uscire parole sconnesse, frasi che suonavano di una lingua straniera incomprensibile. Ricomparvero le figure che poco prima erano state inghiottite dal vortice. Orribili immagini che ritornavano dalla sua infanzia. E proprio in quell'istante tanti volti dannati si liberarono dalle pareti e volarono via per il compartimento 11.

«Si calmi! Non è successo niente. Per favore, si calmi».

Riaprì gli occhi e si ritrovò viso a viso col signore dello scompartimento. Per un istante gli sembrò di vedere il Volto Santo. Poi prese coscienza di ciò che era successo: una delle sue solite crisi epilettiche.

Era disteso per terra e i suoi occhi guardavano fissi il soffitto. Trovò la forza di alzarsi e di pulirsi il viso dal sudore e dalla saliva densa che fuoriusciva ancora dalla sua bocca. Era stata una scena pietosa, tra l'altro alla presenza di un estraneo. E di questo il Copista non si dava pace.

«Mi scusi, mi sono fatto prendere dall'atmosfera dell'esorcismo, non so cosa ho combinato», disse alzandosi e tornando a sedere al suo posto. «Ho avuto una visione di brutte immagini. Adesso è passato, mi scusi ancora...», ripeté, mentre in qualche modo cercava di ricomporsi.

«Non si preoccupi. Sono abituato ad assistere i sofferenti di spirito. E poi, era il minimo da aspettarsi dopo aver recitato la professione di fede e d'amore verso Cristo, oltre che una rinuncia al maligno. Spero che adesso si senta meglio».

«Sì, sto meglio adesso, grazie. Ma ho l'impressione di aver partecipato a una vera seduta esorcistica».

«In parte è come dice lei. Ma più propriamente è l'eco della consacrazione battesimale, dove s'impone la croce di San Benedetto al neofito che è lavato con l'acqua della rigenerazione e riceve la luce del Cristo Risuscitato; nello stesso tempo pronuncia le parole di rinuncia al demonio e conferma la fede».

«Allora è un battesimo?», chiese il Copista, mentre cercava di mettersi composto aggiustandosi i panni che aveva addosso.

«Bravo! È proprio così. Grazie al battesimo, il cristiano che porta la medaglia non lo fa per superstizione, ma con l'intento di allontanare gli spiriti maligni da sé. È cosciente che per la presenza del Signore Gesù Cristo, e tramite una vita improntata alla grazia, potrà tenere lontano il diavolo e le sue tentazioni. Il frutto di questa pratica di devozione, la protezione di Dio, si ottiene con una vita coerente al Vangelo. Dove c'è la grazia di Dio, il demonio non si può avvicinare».

«Ma lei chi è?».

«Non è importante chi io sono, la mia storia è troppo lunga da raccontare. Diciamo che mi sforzo di essere un buon cristiano, ma è difficile esserlo. In passato ho fatto soffrire tante persone, senza capire il male che facevo loro. Ero malato nel corpo e nell'anima. Poi mi sono redento e ho punito la mia carne».

Boris Korsakov si sbottonò la camicia e mostrò al Copista le ferite cicatrizzate che aveva sul petto. Richiuse la camicia, ma l'impressione che destò nel Copista fu che tutto il suo corpo fosse pieno di cicatrici analoghe.

«Mi sono fustigato per anni e questo per me ha significato punire la carne. Non si spaventi perché non sono un folle. Ho cercato di essere un uomo di Dio!».

Il Copista ebbe un momento di assenza. Poi fu scosso dal movimento del treno in partenza dopo la sosta. Guardò fuori dal finestrino e riconobbe, dal cartello con la scritta «Termini», che il treno aveva lasciato la stazione di Roma. Era giunta l'ora. Si alzò dal suo posto e prese la sua borsa di cuoio. La poggiò sul sedile accanto al suo e l'aprì.

12 OTTOBRE 2008

NAPOLI

43

Alcide Raimondi era un anziano dottore che aveva superato da poco gli ottanta, sebbene più che ben portati nel fisico e nello spirito. Era nato nel 1927 e si era laureato nel 1951 alla facoltà di Medicina e Chirurgia dell'Università di Napoli, dove era stato studente interno dell'Istituto di Psicologia dal 1946 al 1951, come si desumeva dai tantissimi diplomi e attestati appesi alla parete del suo studio. Sotto una chioma bianchissima aveva la faccia abbronzata di un vecchio lupo di mare. Di statura alta, di aspetto distinto, portava un paio di occhiali piccoli con la montatura rossa che avevano tutta l'aria di un vezzo eccentrico. Dal 1959 era stato direttore dell'Ospedale Psichiatrico Materdomini, meglio conosciuto come manicomio di Nocera Inferiore. Ma prima ancora, da giovane medico, era stato il primo a introdurre alla metà degli anni Cinquanta la pratica clinica dell'elettroshock per i pazienti psichiatrici. Continuava a dondolarsi senza sosta su e giù sulla poltroncina del suo studio di casa, uno stanzone ricolmo di libri che coprivano fino al soffitto tre delle quattro pareti. Quando era venuto ad aprirgli la porta del suo appartamento, al terzo piano di un vecchio palazzo sulla collina di Posillipo che dava su un parco bellissimo, il commissario era rimasto sorpreso nel vedere quel vecchio signore indossare con disinvoltura blue jeans e una camicia azzurra a righe gialle. Oltre che eccentrico gli parve un po' vanitoso.

«Sì, fu il nonno, Raffaele D'Angelo, ad accompagnarlo da me una prima volta. Il vecchio era preoccupato perché, da quando era morta la mamma, il bambino, che era l'unico figlio, si era chiuso in un ottuso mutismo. La verità fu che il nonno un giorno rimase esterrefatto sorprendendolo mentre giocava a fare il macellaio».

«Il macellaio?!», chiese sorpreso il commissario, ricordando le parole di frate Guido, al quale tutto l'armamentario messo in opera dall'assassino nei suoi omicidi efferati faceva pensare più alla macelleria che a una liturgia.

«Sì. Aveva vivisezionato da poco un gatto, forse addirittura da vivo! Il nonno lo redarguì dicendogli che era stata una pura crudeltà. Ma lui gli aveva risposto che si era sbagliato. Che non era stato lui a vivisezionare il gatto, bensì un suo amichetto. Con me si era giustificato dicendo che il nonno, tra l'altro, non aveva nemmeno capito che lui e il suo amico non giocavano a macellaio, bensì ripetevano una lezione d'anatomia animale».

«Per quanto tempo l'ha avuto in cura?».

«Per quasi un anno. In realtà non sono stato il primo e il solo a vedere il bambino. Prima di me c'era stato un altro collega, il quale mi aveva riferito di un'altra versione del bambino a proposito della vicenda del gatto. Daniele gli aveva detto che il nonno aveva scambiato la sua identità con quella di un ragazzino perché si somigliavano».

«E qual era il parere clinico del suo collega sul bambino?», chiese Tortora.

«Non trovò alcuna forma di perversione nel comportamento del ragazzino. Anzi, concluse l'ultima visita con una battuta che fece molto arrabbiare il nonno: "Il pazzo è lei, non è certo questo ragazzo!". E questo fu il motivo per cui cambiò medico e venne da me».

«Ma mi scusi, dottore, lei, dopo tanti anni, come fa a ricordare tutte queste cose?», chiese Tortora, incuriosito dalla memoria ferrea che mostrava l'anziano psichiatra.

«Niente di straordinario, commissario. Vede, a quei tempi usavo registrare le sedute dei miei pazienti per poi poter analizzare meglio i casi. Non tutti, naturalmente, ma solo quelli che presentavano un particolare interesse terapeutico. E quando lei mi ha chiamato al telefono chiedendomi se avessi avuto tra i miei pazienti un ragazzo di nome Daniele, sono andato a cercare tra quelle bobine in archivio e ho rimesso in funzione quel vecchio registratore. Non le nascondo che dopo tanti anni riascoltare la voce del piccolo Daniele, e la mia stessa voce, mi ha fatto molta impressione. Ricordi, immagini, persino profumi di un tempo, sono tornati a galla. Ma è normale. Memorie così precise di un'età e di fatti lontani ci procurano rapimento e inquietudine».

Il dottore chiuse le palpebre come a lasciar scorrere velocemente quelle sue immagini lontane davanti ai suoi occhi. Continuava a dondolarsi, come cullandosi nei suoi pensieri. Eppure c'era sofferenza nella sua mente. Sembrava che non riuscisse a trovare la posizione giusta.

«Comunque, soffriva di sonnambulismo», disse il dottore riaprendo gli occhi dopo una lunga pausa.

«Chi?», chiese Tortora.

«Daniele», rispose rimanendo disteso sulla poltroncina, una posizione che forse gli procurava un maggiore sollievo. «E questo suo essere sonnambulo a quei tempi a volte veniva scambiato per dell'altro».

«Follia?», domandò il commissario.

«Era quello che pensava il nonno. E stranamente anche lui, Daniele. Certe volte si ritrovava fuori di casa, da qualche parte in strada. Perciò quando si svegliava, si preoccupava di cosa avessero potuto pensare di lui».

«Che fosse semplicemente un bambino affetto da sonnambulismo, o che altro?», disse Tortora.

«O che invece fosse pazzo come la nonna».

«Perché, la nonna era pazza?».

«Chissà! In realtà era stato il nonno Raffaele a parlarmi della pazzia della moglie e a dirmi per primo di quegli strani modi del nipote di alzarsi e vagare durante il sonno. Solo che il nonno era convinto che lui non fosse sonnambulo, ma che soffrisse, appunto, della stessa malattia mentale della moglie. Diceva che il seme della follia lui ce l'aveva nel sangue. E fu a causa di questa convinzione che il vecchio ebbe qualche dubbio circa la disgrazia che aveva provocato la morte della moglie. Ci vide lo zampino delittuoso del nipote in quella che invece, secondo i rilievi dei carabinieri, fu solo una disgrazia».

«Che cosa successe? Lei lo sa?».

«So quello che mi fu riferito e quello che mi raccontò lo stesso Daniele durante le sedute d'ipnosi».

«E non potrebbe raccontarmelo?».

«In verità, non è deontologicamente corretto. Siamo tenuti a non riferire quanto il paziente rivela sotto ipnosi. Oltretutto, non si può considerare una vera confessione quel che si dice in quello stato». Il commissario capì subito che sarebbe stato inopportuno sollecitarlo in qualche modo, con l'effetto di far scattare la difesa orgogliosa del segreto professionale. Aspettò che il dottore si prendesse il tempo di tradirlo da solo quel segreto. Glielo leggeva negli occhi che aveva una gran voglia di parlarne. Non gli pareva vero di tornare in pista come psichiatra, almeno per qualche ora.

Il dottore tirò fuori dalla cartella un foglietto zeppo d'appunti e, dopo un breve ripasso, iniziò a raccontare quella storia con una dovizia di particolari che affioravano man mano dalla sua mente con da una forza misteriosa.

«Quella della morte fu una delle rare volte che la nonna di Daniele si alzò dal letto di notte. Il marito, ormai, non temendo più per la sua incolumità, non la legava come faceva un tempo. E lei, quando si accorgeva di essere libera dai legacci, si alzava dal letto e girava per la casa. Vagava di stanza in stanza, senza meta, con passi affrettati e discontinui. Il pallore del viso, negli anni, aveva assunto sfumature ancora più spettrali, mentre la luminosità del suo sguardo si era completamente spenta. La voce aveva perso la consistenza aspra di una volta; si era fatta tremula, come spezzata da un terrore estremo. C'erano momenti in cui Anna pensava che la sua mente fosse combattuta e lottasse con se stessa per trovare il coraggio di svelare un divorante segreto. Altre volte, però, era costretta a tornare a credere che tutto fosse dovuto alle divagazioni inesplicabili della follia. Daniele la sorprendeva spesso a fissare nel vuoto per lunghe ore come se fosse in ascolto di un suono immaginario. Questo suo stato terrorizzava il bambino e anzi invadeva anche lui. Lentamente e inesorabilmente, Anna aveva sentito durante la sua esistenza di essere posseduta dalle fantastiche influenze delle sue stesse superstizioni, strane e coinvolgenti. Era vissuta schiava della sua follia».

A giudicare da quanto mostrava di saperne, il caro Alcide Raimondi aveva indagato a fondo su quel caso, pensava il commissario ascoltandolo. Altroché se aveva indagato.

«Maria, sua figlia, era morta tragicamente da qualche tempo. E da allora, lei si era persa completamente nella sua pazzia, continuava a ripetere che la morte della figlia non era stata una disgrazia ma omicidio. Il nonno Raffaele mi riferì che la pazza, Anna, era convinta che la figlia fosse stata spinta sotto il treno dal nipote. Per lei il bambino era un piccolo demonio e per questo gli aveva dato l'appellativo di *farfariello*».

«Ma come prese Daniele la morte della mamma?».

«Dalla morte della mamma il bambino non aveva voluto abbandonare la stanza che aveva condiviso con lei fin dalla nascita. E non aveva assolutamente paura di stare lì da solo. Una notte, però, fu svegliato dal rumore dei passi che faceva di solito la mamma, quando si preparava per andare alla prima messa».

«E questo glielo riferì sotto ipnosi?».

«Sì, un trattamento che però applicai per poche sedute, data l'età del paziente, e anche perché lui dopo la morte del nonno non si fece più vivo», quasi si giustificò Raimondi.

«Continui, la prego», lo sollecitò il commissario.

«Daniele disse che quella notte vide un'ombra. Non fece in tempo a pronunciare "Chi è?" che riconobbe la figura spettrale della nonna avvicinarsi al suo lettino. Questa, naturalmente, è la ricostruzione che ho potuto fare io secondo quanto mi aveva detto lui sotto ipnosi».

«Ho capito, continui», lo pregò un Tortora ansioso di sentire il seguito.

«Lui s'infilò sotto il letto mentre la nonna inveiva come un'ossessa contro di lui accusandolo di averle ammazzato la figlia».

«Lo aveva spaventato, immagino», notò Tortora.

«No. Daniele conosceva le crisi a cui era soggetta la pazza e non si spaventava più di tanto. Anzi, sapeva che passata la crisi che le dava quell'aggressività, la nonna ritornava a essere intimorita da lui. E, infatti, dopo qualche minuto, Daniele, così mi raccontò, si alzò da terra e si avvicinò alla nonna per tranquillizzarla. Poi, però, all'improvviso, cominciò a intimare alla vecchia di andarsene: "Vattene Satana, ritorna all'Inferno!", continuava a ripetere come un ossesso. Quando si riprese dall'ipnosi, provai a capire perché si fosse rivolto alla nonna in quel modo, come se avesse visto il diavolo. Mi disse che aveva ascoltato quella cosa dal prete che una volta l'aveva esorcizzata».

«E come si chiamava quel prete l'ha detto?».

«Questo non lo ricordo. Ma aspetti un attimo...», disse Raimondi scorrendo i fogli della grossa cartella ingiallita in cui aveva raccolto tutto il fascicolo clinico del piccolo Daniele. «Boris. Padre Boris».

Il commissario questa volta non riuscì a trattenersi e gli scappò un «Ah!», che era una via di mezzo tra un moto di meraviglia e un ululato strozzato. Ma il dottore non si scompose, limitandosi a sorridere. Comprese il senso di quell'esclamazione. Tortora stava trovando conferme alle sue ipotesi investigative.

«Mi scusi ancora, continui», lo invitò il commissario.

«A quelle parole del bambino la vecchia si allontanò impaurita rotolando per le scale fino al piano sottostante».

«Quindi, secondo la ricostruzione dell'accaduto fatta da Daniele, fu una disgrazia?», chiese il commissario.

«Oppure un suicidio».

«Come un suicidio?», disse sorpreso Tortora.

«Daniele mi riferì che la nonna cadde come un peso morto senza opporre alcuna resistenza, senza fare alcun tentativo di aggrapparsi alla ringhiera. Semplicemente si lasciò andare».

«E immagino che per lui fu una scena allucinante vederla precipitare giù».

«Lui mi disse che fu tutto molto veloce. Secondo l'autopsia la nonna si spezzò l'osso del collo, rimanendo peraltro incastrata nella scala in una posizione innaturale per un corpo umano. Era come si fosse piegata in tre parti. La testa completamente piegata all'indietro, tanto che con la nuca toccava le spalle. Le ginocchia, invece, le schiacciavano il petto. Non c'era sangue in giro, se non un piccolo fiotto che le fuoriusciva dalla bocca. Insomma, morì sul colpo».

MARTEDÌ 25 NOVEMBRE 2003

TRENO ESPRESSO 1941
Treno del Sole

44

Nella penombra del vagone, Boris Korsakov guardava in silenzio e incuriosito il Copista, che armeggiava intorno alla borsa, cercando di capire cosa stesse facendo. All'iniziò pensò che si volesse preparare per dormire. Era mezzanotte e mezza passata, ormai, e – anche se avevano detto al cuccettista che non era il caso di tirare giù le cuccette per loro, visto che lo scompartimento, come d'altra parte tutto il vagone, era libero – Boris pensò che stesse cercando qualcosa che servisse per la *toilette*. Invece, lo vide prendere qualcosa di bianco e indossarlo, restando sempre di spalle.

Come se stesse seguendo un copione a memoria, il Copista prese dalla tasca interna della borsa un paio di guanti in lattice. Se li infilò con gesto rituale, facendo schioccare l'elastico intorno ai polsi. Boris avvertì chiaramente il sinistro rumore e, quando il Copista si girò, cominciò a comprendere che quell'uomo di fronte a lui, che aveva da poco indossato un camice bianco e infilato un paio di guanti di gomma, non era certo uno in vena di scherzi o che amava stupire travestendosi da chirurgo, ma un pazzo. E a quel punto iniziò a temere per la propria incolumità.

«Piacere di rivederla Padre Boris», lo salutò il Copista con un ghigno sinistro. Per lui, infatti, non c'erano più dubbi, l'uomo che aveva di fronte era Padre Boris Korsakov.

«Ammazzalo, ammazzalo!!», gli dissero in coro Emma e Isabel, come se fossero spuntate dal nulla.

Boris, a sentire pronunciare il suo nome, si levò in piedi in un gesto di reazione. «Via da me Satana!», gli urlò in faccia il Copista, costringendolo a tornare a sedere con una spinta violenta. Boris, approfittando di un brusco sussulto del vagone, che fece perdere per un attimo l'equilibrio al Copista, tentò di lanciarsi fuori dallo scompartimento, ma i suoi movimenti erano lenti. Il Copista era già riuscito a impugnare la pistola che aveva nella borsa, la sua amata *44 Charter Arms*, dotata di silenziatore, e a puntarla alla fronte di Boris Korsakov. Senza dargli il tempo di alcuna reazione, lo colpì alla tempia col calcio della pistola e Boris si accasciò privo di sensi sul sedile.

«Ammazzalo, il maledetto! Ammazzalo!», lo incitò Emma.

«So bene quello che devo fare. Taci per favore!». E con molta calma e determinazione trasse fuori dalla borsa un nastro adesivo di quello che serviva per imballare i pacchi e, strappandone una striscia, chiuse la bocca del frate, per evitare che ripresosi si mettesse a urlare. Poi lo tirò su di peso sul mezzo busto e iniziò a spogliarlo fino a lasciarlo a torso nudo. Infine accomodò il corpo inerte a pancia in giù lungo tutto il sedile. Dalla borsa tirò poi fuori due pezzi di corda con cui legò le mani dietro la schiena e i piedi, tirando i nodi ben stretti. A quel punto tirò fuori uno scudiscio di pelle. E presa posizione, rivolto di lato, chiese a Isabel di iniziare a leggere.

«Bestia di Satana, avvolgo il tuo capo nel *mandylion*, cosicché non potrai più vedere la luce del sole né l'immensa volta del cielo. Oramai non fai più parte della società civile, non sei più un essere umano, ma solo una belva feroce, un demone da allontanare, da eliminare in modo terribile e definitivo. Bruci la tua schiena per sempre, tutto il tuo corpo venga ancora una volta piagato dalla flagellazione».

La prima scudisciata si abbatté sulla schiena con violenza rabbiosa. Il colpo svegliò il frate, che ebbe un sussulto di dolore, mentre i suoi occhi si spalancarono in uno stupore terrorizzato.

«Queste sanguigne verghe feriscano le tue carni per purificarle e così avviarti verso la tua ultima, orrenda dimora».

Il secondo colpo segnò la carne bianca del frate, che emise un gemito soffocato.

«Un sacco di pelle ti aspetta per portarti fin nel regno degli Inferi e in esso galleggerai sulle onde del mare fin quando non precipiterai negli abissi profondi».

E fu la volta della terza piaga.

«E neppure in quell'ultimo sprazzo di vita potrai godere del silenzio della solitudine, perché quattro animali prodigiosi saranno cuciti insieme con te nel sacco...».

E fu la volta della quarta piaga.

«... Un maiale immondo, un feroce gallo, un infido caprone e un coniglio orripilante. Quattro esseri ferini, pronti ad aggredire e a straziare le tue carni; quattro portenti, cui il tuo destino è legato per l'eternità».

E fu la volta della quinta piaga.

«Questa è la tua condanna. Questa la terribile sorte per chi commette abominio».

E fu la volta della sesta piaga.

«Il tuo cuore è freddo e il buio sotto questo panno ti opprime. Non puoi più scappare e sottrarti al supplizio finale, non puoi sfuggire alle tue responsabilità. La tua colpa è grave e affronterai la pena che è stata decisa: l'Inferno».

E infine l'ultima piaga si abbatté più feroce che mai sulla pelle ormai lacera e sanguinolenta del frate, il quale, perdendo ancora una volta i sensi, aveva smesso i suoi lamenti.

Il Copista lasciò cadere a terra lo scudiscio. Aveva l'aspetto provato di un carnefice esausto.

«Ricordati della missione. Devi portare a termine la missione. Non hai ancora finito», gli ricordò Isabel.

Il Copista annuì. Dopo aver girato il corpo del frate sulla schiena, non percependo alcuna reazione, per un attimo temette che fosse morto di crepacuore. Gli pose due dita sulla giugulare e ne sentì ancora il battito. L'Uomo Nero era solo svenuto. E il fatto che non fosse morto fu motivo di compiacimento per il Copista. Le sette piaghe del giudizio non erano bastate. Voleva vederlo morire lentamente e tra i più atroci tormenti. In quell'istante Boris iniziò a lamentarsi. Il suo corpo, gravando sulla schiena, aveva ridestato il dolore per la carne lacerata dalle ferite. Il Copista con forza, dopo avergli sbottonato la cinta, gli abbassò i pantaloni e gli tirò giù le mutande fino alle ginocchia. Poi, preso lo stiletto dalla borsa, si accinse a consumare l'olocausto.

Si avvicinò alla vittima e con un taglio netto gli evirò il pene e i testicoli, scansando con un gesto rapido il fiotto di sangue che fuoriuscì zampillando dalla ferita. Boris si scuoteva emettendo mugugni lancinanti, che però lasciavano indifferente il Copista, preoccupato solo di sincerarsi che il sangue del frate non avesse sporcato il camice bianco. Copy aveva il terrore di contaminarsi col sangue di quel demonio.

Quando strappò dalla bocca di Boris il nastro adesivo, il prete non ebbe neanche il tempo di gridare il suo dolore: il Copista gli cacciò il pene in bocca, facendolo tacere nuovamente.

«Alleluia! Alleluia! L'Angelo del Signore ha fatto giustizia», esclamò Isabel come in estasi.

«Finiscilo! Ammazza il maiale! Ammazzalo!», gli urlava Emma eccitata.

45

Erano altre però le voci che il Copista sentiva nella sua testa. E una strana sensazione cominciò lentamente a impossessarsi del suo corpo e della sua mente. Non avrebbe potuto dire quale dei suoi sensi fosse stato colpito; la sentiva piuttosto come una consapevolezza, una misteriosa affermazione mentale di qualche schiacciante presenza, qualche soprannaturale essere malevolo, differente per natura dagli esseri invisibili che pullulavano intorno a lui, ormai da anni, e superiore a loro in potenza. E ora sembrava che si avvicinasse, ma da quale direzione non sapeva né osava pensarlo. Tutti i suoi terrori precedenti erano dimenticati o sommersi in una gigantesca paura che ora lo teneva del tutto asservito. Anche se già immaginava chi fosse, perché un solo essere malvagio poteva essere superiore in potenza a tutti gli altri demoni. Glielo aveva detto tante volte Danny: colui che un giorno si sarebbe liberato dal corpo del frate.

La voce profonda e cantilenante di Mastroboris scandì le parole del sacro rito, che rimbalzarono tra gli alti muri di quella che al Copista sembrò essere una chiesa. Vide allora intorno a sé una folla d'uomini e animali che, silenziosa, attendeva il sacrificio. L'officiante alzò le braccia al cielo come volesse mostrare l'ostensorio, ma aveva stretta tra le mani una lama d'acciaio che brillava sprigionando bagliori di fuoco. E fu grande la sorpresa quando scoprì chi era la vittima che veniva sacrificata in quel rito. Era lì, raggomitolata sull'altare dell'olocausto a guardarsi intorno. Non era un animale e nemmeno un uomo, bensì un bambino in posizione fetale con la testa inghirlandata per la festa. Con le mani legate e un orrendo tampone a tappargli la bocca. La vittima attendeva il compiersi del suo destino. E solo i suoi occhi azzurri e sbarrati manifestavano, in quell'istante, tutta la paura della morte. Era la vittima predestinata e il Copista non poteva cambiare il volere di Dio.

Il sacerdote evocò allora la potenza generatrice della natura, che solo la morte purifica e rinnova; e mentre con voce roca concludeva il lungo rituale, le sue dita si strinsero attorno allo stiletto. Chiuse gli occhi con forza, quasi a trattenere in sé il potere di quell'arma letale. Solo un istante. E lo stiletto squarciò la gola della vittima sacrificale liberando un fiotto di sangue che imbrattò la sua candida veste. Un urlo di giubilo si liberò dalla folla, insieme all'odore acre del sangue. La sua eco risuonò nel tempio quando, nel brevissimo spazio di pochi attimi, Mastroboris presa la mannaia, vibrò un secondo, deciso fendente, e la testa della vittima si staccò dal corpo ruzzolando per terra.

A quel punto, il Copista, ripresosi dalla cruenta visione, con espressione intensa e sofferta, si avvicinò a Boris, che continuava a dimenarsi come i maiali appesi al paranco nel mattatoio di Mastroemilio, e con un gesto rapido infilò lo stiletto nella gola del prete. Come aveva fatto Mastroboris poco prima col bambino. Il sangue che fuoriuscì dal collo squarciato creò una grossa pozza di sangue sul pavimento.

«L'ampolla, cazzo!», urlò Emma al Copista, che era rimasto come paralizzato alla vista del sangue che fuoriusciva dal collo squarciato. Emma imprecava mentre la pozza di sangue si allargava sul pavimento.

«Prendila tu, stronza, invece di ricordarmelo!», le rispose il Copista nervoso, dopo essere tornato in sé definitivamente.

E fu lei a prendere il vaso e a deporlo in direzione del sangue che continuava a sgorgare. Il Copista allora si calmò e, tirandolo fuori dalla borsa, pose sul volto di Padre Boris il solito pezzo di stoffa bianco e rettangolare. Tutto era rientrato nella normalità delle altre missioni. Prese la foto della Sacra Sindone e la lasciò ai piedi del morto. Poi prese dalla borsa il pennello da barba e, intingendolo nel sangue di Padre Boris, rafforzò i contorni di un'immagine comparsa sulla parete del treno. Gli bastarono poche pennellate e il suo disegno prediletto fu completato: era il ritratto del Volto Santo di Gesù. Infine, spossato, si mise a sedere, abbandonandosi con la schiena al sedile e il capo all'indietro. Sfilarono allora davanti ai suoi occhi socchiusi i volti santi che aveva già eliminato. Erano tutti uguali allo stesso Volto appena comparso. E improvvisamente, come se si fosse chiuso un interruttore nella sua mente, perse conoscenza. E sprofondò in un sonno profondo.

E fu sera e fu mattina: sesto giorno.

MARTEDÌ 25 NOVEMBRE 2003

TRENO ESPRESSO 1941
Treno del Sole

46

«Basta! Basta!! Non ne posso più di questi sogni!», gridò Danny, sicuro che ci fosse Isabel accanto a lui, mentre il suo respiro, ritmicamente affannoso, lo scuoteva. Era confuso e impaurito dalla visione del sangue che imbrattava lo spazio circostante.

«Mi voglio lavare le mani», gridò, guardando il soffitto, ma non riuscendo a muoversi. «Non posso più sentire quest'odore, mi fa schifo. Aiuto! Aiuto! Aiuto!!! Isabel ti prego, aiutami».

Ci volle poco per comprendere quei sintomi. Gli avevano diagnosticato una malattia respiratoria e la crisi d'asma che si scatenava ne era la conseguenza. Gli avevano spiegato che la sua grave difficoltà respiratoria era un inequivocabile segno di allergia. Emofobia da contatto. Aveva paura che il sangue, una volta venuto a contatto col suo corpo, gli potesse trasmettere qualche grave malattia. Una fobia che precipitosamente era in grado di invadergli e scompigliargli non solo la mente, ma anche i polmoni. *Edema di Quincke* era stata la diagnosi precisa. E, infatti, puntualmente compariva lo stridore delle vie aeree, con rumori inspiratori da boccheggiamento, e la conseguente diminuzione dei livelli d'ossigeno: i sintomi dell'*Edema di Quincke.*

«Aiutatemi vi prego!», gridava con la voce soffocata dal singhiozzo. «Qualcuno mi aiuti! Non voglio stare al buio». In suo soccorso, però, non arrivava nessuno. Né c'era anima viva che lo ascoltasse. Nemmeno Isabel, che stranamente era uscita senza far più ritorno. Danny sapeva che l'unica soluzione era di attendere che passasse la crisi, che di solito durava pochi minuti.

Si guardò intorno e, meravigliato, si rese conto di stare seduto in un compartimento ferroviario, accanto a un finestrino. Guardò l'orologio. Il quadrante dei giorni segnava una data, martedì 25 novembre. Era la data che da sempre lo perseguitava, come se tutto fosse rimasto allo stesso giorno di quarantacinque anni prima. Cercò di darsi una risposta specchiandosi nel finestrino, ma rimase sorpreso nel vedere il suo volto ancora da bambino. Danny era confuso ed evitò di guardarsi di nuovo. Non poteva essere vero tutto ciò.

Forse l'unica cosa vera era stata la crisi d'asma che l'aveva colpito, e ci doveva essere una ragione scatenante. Di solito era il risultato di visioni funeste che gli annunciavano qualcosa di tragico. Qualcosa che sarebbe dovuto accadere proprio in quel luogo dove si trovava adesso seduto. O che addirittura era già accaduto e che lui, per una qualche ragione, aveva dimenticato. Qualche volta gli era successo anche che la crisi d'asma gli venisse a seguito di un sogno, dove il sangue l'aveva fatta da padrone. Di solito erano sogni che innescavano un meccanismo nella sua mente che non poteva fermare. Era coinvolto in eventi delittuosi di cui non riusciva a darsi spiegazioni. Diventava spettatore di scene crudeli. Testimone di omicidi raccapriccianti. Purtroppo non dimenticava niente di tutto ciò. Specialmente gli odori erano difficili da scordare. In particolare, il puzzo del sangue fresco misto allo sperma che olezzava di ferro. Era lo stesso che sentiva ora in quel puzzolente compartimento ferroviario numero 11. E ci doveva essere una ragione.

Sulle pareti del treno non c'erano schizzi di sangue, come nel mattatoio di Mastroemilio, ma uno strano affresco dipinto col sangue. Stava proprio di fronte al suo posto. Era un volto con una scritta impressa a margine che in mille rivoli si stava però disfacendo. Era il solito viso. Il ritratto di un uomo che Danny vedeva dappertutto. Barba e capelli lunghi, tutto dipinto di rosso.

"Qualcuno avrà pensato di farmi uno scherzo mentre dormivo", fu la prima cosa che gli venne in mente, mentre ammirava il dipinto di sangue sulla parete del compartimento. Era il solito

Volto Santo! Ecco perché Danny sentiva l'inconfondibile odore del sangue e su questo, difficilmente, si sarebbe sbagliato. Era incredibile tutto quello che gli stava succedendo, non riusciva a ricondurre quell'esperienza alla realtà. Era stato catapultato su un treno in un anno che non riconosceva. Sembrava tutto non avere senso, senz'altro spazio, senz'altro tempo.

Ma fu una questione di minuti, poi iniziò a ricordare. Non era un sogno ciò che lo circondava. Il viaggio in treno era vero. E lui, come sempre, a fare da esca per le missioni. Si guardò intorno e riconobbe la sua borsa di cuoio riposta sul portabagagli. Ormai cominciava a ricordare tutto, ma specialmente l'obiettivo di quel viaggio: Padre Boris.

Una strana nebbiolina iniziò a scendere nello scompartimento. Forse era fumo, ma non aveva alcun odore. Fu in quell'istante che Danny si accorse di non essere solo. C'erano altre persone nel suo scompartimento, ma a causa del fumo non riusciva a capire chi fossero.

«Lo dovevamo assolutamente fermare per non fargli commettere altre malvagità sui bambini», gli disse Isabel, che intanto era rientrata anche lei nello scompartimento. «Era un uomo malato nel corpo, nella mente e anche nello spirito», aggiunse sedendogli vicino.

«Ah, sei tu!», rispose Danny singhiozzando.

«Sì, ci siamo tutti», disse Isabel.

Altro, sentendo la voce di Danny, fu preso da una crisi nervosa.

«Che c'è, ti senti male?», gli chiese Emma.

«Non io, quello stronzetto che ti sta accanto. Si è messo a piangere disperatamente», rispose lui.

«È il solito cacasotto. Uno che tira ancora il moccio dal naso», considerò con tono sprezzante Emma.

«È sempre così. La sua fobia del sangue lo porta a un'eccitazione eccessiva».

Danny continuava a fissare il corpo di quell'uomo disteso sui sedili, con la testa ripiegata all'ingiù, proprio ai piedi dell'affresco di sangue. Alla sua destra c'era Isabel. Alla sua sinistra, invece, era seduto Altro. Quest'ultimo aveva la testa poggiata alla porta e stringeva un coltello in una mano. Era tutto imbrattato di sangue e fumava. La scena comparve nella sua crudeltà in un attimo, quando si diradò la nebbia ed emersero particolari per niente visibili appena qualche minuto prima.

L'uomo disteso ai piedi dell'affresco aveva i pantaloni abbassati fino alle ginocchia. Non aveva più il pene né i testicoli, ma solo sangue e carne maciullata al loro posto. Era ancora vivo e si lamentava. Almeno questa fu la sensazione che Danny avvertì. O forse erano i suoi ultimi respiri che davano la sensazione del lamento. Sembrava una bestia appena scannata da Mastroemilio!

Colpì l'immaginazione di Danny la medaglia lucente appesa al collo del moribondo. Era sporca di sangue. E le gocce che scorrevano lungo la catena cadevano a terra e non centravano il vaso posto sotto la testa dell'uomo. Erano le uniche a non essere raccolte dal vaso che, invece, raccattava il sangue proveniente dalla gola squarciata. Le gocce cadendo generavano cerchi concentrici in una piccola pozza di sangue che intanto si era allargata a macchia d'olio sul pavimento.

In quel vagone non c'era alcun buco nero per far defluire il sangue, come invece avveniva nel vecchio mattatoio. Perciò ben presto s'inzaccherò tutto il pavimento. Danny notò che la vittima aveva il proprio membro evirato e conficcato in bocca! Poi un sottile lamento si confuse al ritmo delle rotaie e il corpo del prete ebbe un sussulto.

«È ancora vivo quel fottuto prete schifoso?», disse Emma scattando.

L'uomo disteso ai piedi dell'affresco era ancora vivo, ma stava morendo soffocato dal suo stesso membro. Ora rantolava vistosamente, quando a un tratto un resto di vita comparve nei suoi occhi sbarrati. Aveva terrore. Cercò disperatamente di supplicare Danny, ma non riuscì a dire una parola. Era evidente che cercasse una morte istantanea, voleva che qualcuno ponesse fine alle sue sofferenze. Ma il piccolo Danny impietrito dalla scena non riuscì a muoversi. E si strinse il pisellino tra le mani per paura di farsela addosso.

Riconobbe i lineamenti del moribondo. Era un Uomo Nero con la barba e i capelli lunghi, come tutti gli altri che aveva visto uccidere. Quel frate era già morto altre volte, ma erano sette le sue vite e, dunque, sette volte doveva morire.

«È stato molto cattivo», disse Isabel, «perciò gli tocca morire in questo modo».

«Non immediatamente, deve soffrire come ha fatto penare tanti bambini», precisò Altro.

Danny, tra l'altro, non poteva intervenire nel destino del frate. Perché non sarebbe mai stato capace, anche volendo, di farlo morire in fretta. Lui era solo un bambino impaurito e in quelle cose solo Altro sapeva come muoversi.

«È scritto che sarà lunga la sua agonia. Il dolore che ha dato un giorno gli si ritorcerà contro dieci, cento, mille volte di più. È questa la punizione divina», disse Isabel, che poi aggiunse, leggendo dal *Libro di Ezechiele*: «La tua immondezza è esecrabile: ho cercato di purificarti, ma tu non ti sei lasciato purificare. Perciò della tua immondezza non sarai purificato finché non avrò sfogato su di te la mia collera. Io, il Signore, ho parlato! Questo avverrà, lo compirò senza revoca; non avrò pietà, né compassione. Ti giudicherò secondo la tua condotta e i tuoi misfatti. Oracolo del Signore».

"Devo assolutamente andare via da questo compartimento", pensò tra sé Danny, "sta arrivando la crisi d'asma, la sento dal 'fischietto'...".

Era il sibilo del suo respiro. Si fece forza. Saltò letteralmente dal suo posto. Ma si accorse in quell'attimo che stava per calpestare la pozza di sangue sotto i suoi piedi. La scansò e pensò di scappare via, ma si sentiva incapace di prendere una decisione.

«Non devi calpestare il sangue», gli disse Isabel. «Si vedrebbero le orme delle tue scarpine sul pavimento e qualcuno potrebbe risalire a te per accusarti dell'omicidio del sacerdote».

"Adesso basta! Voglio uscire da quest'incubo, mi voglio svegliare", si disse. Ma rimase sorpreso quando scoprì che lo stagno di sangue sotto i suoi piedi non andava via. Era reale! Chiuse gli occhi di nuovo e poi li riaprì varie volte, ma il giochetto non funzionò. Fu preso dal panico. Iniziò a venirgli il respiro grosso, con il classico sibilo proveniente dai polmoni. Gli stava per venire la crisi d'asma. Voleva gridare, ma non ci riuscì perché era terrorizzato e senza voce. Un dolore insopportabile gli comprimeva il petto. Le tempie sembravano scoppiargli. Sentì di essere arrivato ormai al culmine della sua solita crisi. Doveva correre ai ripari. Cominciò a fare dei respiri profondi. Poi dalla tasca dei pantaloni tirò fuori l'inalatore per le crisi d'asma, che portava sempre con sé, vista la necessità di doverlo usare ogni giorno, e pigiò per tre o quattro sbuffi in fondo alla gola. L'azione del broncodilatatore fu rapida. Danny attese che si calmasse la tachicardia che gli causava sempre l'inalatore. Il battito cardiaco diminuì in fretta.

«Sei stato bravo! La missione che dovevamo compiere l'abbiamo portata a termine», gli disse Isabel all'orecchio.

«Ma quale missione? Io non so niente, non ho fatto niente. Io sono un bambino! Io non c'entro con questa mattanza. Io sono un bambino, come potrei commettere queste cose?», rispose Danny.

Alzatosi si precipitò fuori dallo scompartimento e, seguito da Isabel, continuò a correre lungo il corridoio del treno. Entrò di forza nella *toilette* del vagone a corto di fiato. Mise la testa sotto il rubinetto per trovare le risposte. Il lavandino si riempì di sangue: le sue mani, rivestite di guanti di lattice, ne erano completamente imbrattate. Ci pensò l'acqua, come nel retrobottega di Mastroemilio, a ripulirlo del sangue, che finì nel buco nero del lavandino.

Gli scossoni della vettura intanto lo fecero vacillare. Sullo specchio apparve il volto di Isabel. Le voleva dire che, in realtà, non era lui l'uomo della notte. Lui era solo un bambino che soffriva di sonnambulismo e che durante i sogni diventava un'altra persona. Isabel, come intuendo i suoi pensieri, gli sorrisc.

Sì, ora sapeva. Il morto, che aveva visto nel compartimento, disteso in una pozza di sangue, era il sesto: Padre Boris. Ma non l'aveva ucciso lui. Forse l'aveva toccato e per questa ragione aveva le mani sporche. Menomale che aveva messo i guanti di lattice, perché il contatto col sangue gli avrebbe procurato un'altra crisi allergica. Adesso mancava solo il settimo. Con il settimo sigillo di sangue tutto sarebbe finito in gloria. Lui si sarebbe guadagnato il Paradiso tanto agognato e avrebbe raggiunto la mamma tra le schiere degli Angeli.

Immerso in questi pensieri, tornò allo scompartimento. Cercò di orientarsi nella penombra del corridoio, quando vide, in piedi, appoggiato alla porta scorrevole, un uomo che fumava. Anche quest'ultimo era lo stesso personaggio che aveva sognato nella notte trascorsa.

"È matto a fumare qui dentro? Non vede che è un compartimento per non fumatori? Tra l'altro è una carrozza tutta chiusa, e con questo fumo tra poco non si potrà più respirare. Adesso gli insegno io la creanza. È uno scostumato".

Questo pensò Danny in quel momento, deciso a richiamare l'uomo alle regole dell'educazione. Ma prima che gli rivolgesse la parola, notò tra le sue mani, oltre alla sigaretta, qualcosa che rifletteva la luce proveniente dal finestrino. Sembravano forbici o un coltello, non era chiaro. Ed ebbe per un attimo timore di parlare.

Il fumatore, intanto, doveva essere assorto nei suoi pensieri, perché non si degnò nemmeno di fare un cenno con la testa ai continui colpi di tosse che faceva il bambino per attirare la sua attenzione. Anzi, era immobile, mentre guardava nel vuoto. Poi, dopo una frazione di secondi, girò la testa verso Danny rompendo il silenzio e iniziò a parlare, come lo stesse facendo già da tempo.

«Adesso mi riconosci? Hai finito di fare finta di non vedermi? Ti ho visto con la coda dell'occhio che continuavi a sbirciare».

«No! Non ho voglia di riconoscerti! Sei un assassino. Che altro dovrei sapere di te?», rispose Danny.

«Ti ho chiesto se mi avevi riconosciuto, non ti ho chiesto di giudicarmi».

«Ti ho appena detto che non ti conosco».

«Guardami bene che resterai sorpreso dalla novità». Lo disse spostandosi verso il finestrino dove c'era più luce. E finalmente Danny lo guardò in viso.

"Chi sarà mai quest'uomo, e perché lo dovrei riconoscere? Forse perché anch'egli è un Volto Santo?", pensò Danny. L'uomo, infatti, aveva la barba e i capelli lunghi biondi, e aveva gli occhi azzurri. "È un demonio con le sembianze del Volto Santo. Questo pazzo non mi farà mai uscire vivo da questo compartimento. Mi crede testimone di un omicidio che non ho visto compiere materialmente", considerò, mentre fantasticava la fuga dal compartimento temendo per la propria incolumità. "Potrei tirare il freno di emergenza, ma è troppo vicino alla porta e mi dovrei alzare per azionarlo".

Iniziò ad avere paura. L'uomo che fumava era armato e appariva deciso. L'unica soluzione per uscire indenne da quell'incubo era di assecondarlo e prendere tempo. La speranza per Danny era che nel frattempo ci fosse un imprevisto. Cioè, che arrivasse qualcuno in modo da consentirgli di scappare dalla trappola. Per questo doveva parlargli, perdere tempo. Essergli anche simpatico, in modo che l'assassino potesse fidarsi di lui.

Danny rivolse lo sguardo verso l'uomo riverso sulle poltrone e rivide alle sue spalle, dipinto sulla parete, l'affresco del Volto Santo. Era uguale a quello che credeva di aver sognato. E, allo stesso modo, dipinto col sangue.

"È tutto come l'ho sognato", rifletteva tra sé il bambino, ricordando e riscontrando che quello fatto nella notte trascorsa era stato un sogno premonitore. "Forse è meglio parlare al fumatore, voglio vedere se riesco a capirci qualcosa di quello che è successo realmente".

Fu così che, preso coraggio dalla disperazione, Danny rivolse la parola al fumatore: «A guardarla bene lei mi ricorda qualcuno.

L'avrò vista da qualche parte. Lei ha un viso che difficilmente si dimentica», disse, quasi balbettando per il timore.

«Voglio vedere se ci arrivi da solo a capire chi sono veramente. E poi, smettila di fare lo gnorri e dammi del tu, perché tu e io siamo molto legati».

«Che cosa vuoi dire?», gli rispose Danny, che intanto cercava di inquadrare la persona che aveva di fronte tratteggiandone il profilo. "Questo è veramente pazzo. Entra in un compartimento, ammazza il primo che gli capita a tiro e pretende di essere molto legato a me. Non devo perdere la calma", ripeteva all'infinito nella sua mente come una tiritera.

«Guarda che veramente sto facendo uno sforzo di memoria, ma non riesco a collocarti nei miei ricordi», gli rispose Danny con sincerità.

«Per questo posso sicuramente darti una mano. Mi chiamano Copista: non ti dice niente?». Lo disse con una voce imperiosa, quasi aggredendo il bambino.

«È il nome di chi ha ucciso quel poveretto?», rispose Danny indicando con la mano il morto disteso.

Il Copista scattò come un ossesso e si avventò su Danny, puntandogli il coltello alla gola. «Chi ha detto che l'ho ucciso io questo vecchio decrepito, eh? Come fai a dire che l'ho ammazzato io se tu dormivi?».

«Mi fai male con questo coltello. Ho sbagliato, hai ragione, non ho visto chi l'ha ucciso. Adesso lasciami, ti prego».

«Lasciami, ti prego. Ah, la femminuccia ha paura del sangue ed è pure bugiardo», disse il Copista facendogli il verso.

«Ma chi sei?», chiese Danny.

«Te l'ho detto, mi chiamano Copista. Anzi, tutti quelli della mia Banda mi chiamano così, tranne te, che invece sei proprio quello che mi ha messo questo nome!».

«Tu sei matto completamente!».

All'improvviso il Copista con una mano afferrò i capelli dell'uomo morto e gli girò la testa in direzione di Danny: «Chi pensi che sia quest'uomo, guardalo bene».

«L'uomo che ha viaggiato con me tutta la notte», gli rispose Danny senza alcuna esitazione.

«Guardalo bene, non vedi che mi somiglia?».

«È vero, ti somiglia in modo impressionante... È tuo padre?».

«Bravo! Ma non è quello che pensi tu. Quest'uomo è anche tuo padre, stupido che non sei altro. Questo bastardo è nostro padre!!».

«Non è vero! Mio padre non è quest'uomo e tu non sei mio fratello!».

«Ah no? E chi è tuo padre, sentiamo; non è forse il russo con gli occhi azzurri e i capelli biondi che diceva messa a Sant'Anna?».

«Vattene, lasciami in pace. Tu sei il demonio, ecco chi sei. Vattene all'Inferno!».

«Non vado da nessuna parte se prima non ti dico tutto quello che ho da dirti. La verità!».

«Non la voglio ascoltare. E poi tu sei un sogno, vattene!».

«Tua madre sapeva bene chi era tuo padre! Era l'Uomo Nero, questo farabutto!», disse il Copista, continuando a tenere stretti i capelli del morto in una mano.

«Era la sua amante e tu sei frutto di quel peccato grave!».

«Vattene, non voglio più ascoltarti».

«Maria era una puttana. Fingeva di essere una donna pia andando tutti i giorni in chiesa, ma andava a letto con Padre Boris!!».

Danny si portò le mani alle orecchie, comprimendole per non sentire, e cominciò a ripetere: «Non ti ascolto, non ti ascolto. Vattene via... Non ti ascolto».

Ma il Copista continuò imperterrito: «La puttana non sapeva che quel bastardo ti usava violenza. Lei continuava ad amarlo! Questo maniaco ti violentava, ma non sapeva nemmeno che eri suo figlio!!».

«Basta! Basta!! Basta!!!».

«Basta?! Basta lo dico io! È giunto il momento di sapere chi sei. Devi accettare la verità».

«Sei un lurido bastardo! Un menzognero, come tutti i demoni. Ma io ti ammazzo, perché non ti sopporto più!».

Danny sentì dentro di sé una gran voglia di ammazzare quell'uomo che continuava a diffamare e infangare il nome della mamma. Si avventò su di lui come una belva e i due se le diedero di santa ragione. Si rotolarono sul pavimento del treno, sporcandosi nel sangue dell'uomo ucciso.

Fu la prima reazione violenta della sua vita. Danny scaricò in quel corpo a corpo la tensione accumulata da anni. Reagì con la lotta ad anni di paure, di violenze e di soprusi subiti. E in quel lavacro di sangue si purificò. Ebbe la stessa identica sensazione del giorno in cui nacque il Settimo Rito: martedì 25 novembre 1958.

I due si fermarono, esausti. Sdraiati nella pozza di sangue. Il Copista si riappoggiò con la schiena alla porta scorrevole.

«Allora», disse con la voce rotta dall'affanno, «ancora devi capire? Questo è tuo padre!!».

«Non capisco... Non capisco... Non capisco...». Con le mani sulle orecchie e il capo chino, dondolandosi velocemente, Danny continuava a dire sempre la stessa cosa: «Non capisco... Non capisco».

«Adesso mi riconosci? Sono il capo della Banda degli Angeli!».

«Non è vero. Io non ti conosco... Non ti conosco!».

«Sono il Copista, quello che hai sempre chiamato Altro!».

«Vattene!! Sei un bugiardo. Io non ti conosco. Lasciami in pace! Non vedi che sono un bambino? Lasciami in pace. Basta! Non voglio più ascoltarti!! Esci dalla mia vita, ti prego! Voglio dimenticare tutto».

«Non puoi dimenticare proprio adesso che è l'ora della vendetta. La dobbiamo assaporare fino in fondo. È stato il nostro unico obiettivo fin dalla morte della mamma. Sì, perché tu fai finta di non saperlo, ma Maria era anche la mia mamma. La odiavo, è vero, ma era sempre mia madre!».

«Basta, ti prego!!».

Danny arrivò al culmine dell'agitazione e cominciò a gridare e a ripetere sempre la stessa frase fino ad avere la voce rauca: «Basta, ti prego... Basta, ti prego... Basta, ti prego...».

Poi chiuse gli occhi e si portò di nuovo le mani alle orecchie. Gli sembrava di stare su una barca in balia delle onde. Gli girava la testa... Svenne.

La visione del sangue lo aveva fatto gridare allo stesso modo di quando lo faceva di nascosto, dietro il casotto della latrina, sui gradini del pozzo delle "case vecchie".

Era quel maledetto retrobottega di Mastroemilio che scatenava in lui la fobia del sangue. Si reprimeva per mantenere la calma durante le esecuzioni del martedì. Non reagiva urlando davanti a tutti, per non essere considerato una femminuccia.

Conteneva, con uno sforzo immane, la fobia che gli sconquassava l'animo durante lo scannamento delle bestie. E faceva lo stesso anche quando rimaneva da solo con Padre Boris nella vecchia canonica. Nel buio stringeva tra i denti la manica del golfino, la lacerava ma non urlava, mentre il prete lo violentava. Solo dopo correva a perdifiato fino ai gradini del pozzo. E lì si scatenava in un rito liberatorio: gridava, gridava, gridava e poi ancora...

Per sentirsi meglio.

Spesso lo faceva anche in treno. Quando stava da solo e il convoglio ne incrociava un altro a gran velocità. In quel preciso istante, nel fracasso del virtuale impatto, faceva perdere le sue grida. E dopo, si sentiva meglio, anche se senza voce.

Il treno intanto lo sballottava e lui d'istinto chiuse gli occhi, per poi riaprirli un attimo dopo. Ma, a lungo andare, finì per riaddormentarsi e riprese lo sballottamento, questa volta tra la realtà e i sogni.

12 OTTOBRE 2008

NAPOLI

47

«Quella morte della nonna di Daniele destò sospetti? Furono svolte indagini, che lei sappia?», chiese il commissario a Raimondi.

«No, nessuna indagine. Immagino si sia pensato pacificamente a una disgrazia. Il nonno Raffaele però, in seguito, cercando di far luce su quella tragedia, arrivò alla conclusione che Daniele avesse di proposito spinto la moglie per le scale. E, nei giorni successivi alla disgrazia, iniziò anch'egli a lasciarsi andare al delirio della sua demenza senile. Cominciò ad accusare il nipote di aver ammazzato prima la mamma, facendola scivolare sotto il treno, poi la nonna, buttandola per le scale dal sottotetto. Ma nessuno dava credito a quelle farneticazioni. Dopo pochi mesi anche il nonno Raffaele, prostrato dagli avvenimenti che si erano avvicendati nell'arco di poco tempo, con il suicidio della figlia e la tragica scomparsa della moglie, morì».

«Come?», domandò Tortora.

«Fu trovato nel suo letto, morto di crepacuore, almeno secondo il medico del paese che ne accertò il decesso. Questi, alla luce delle condizioni in cui trovò il cadavere, vale a dire con gli occhi sbarrati, la bocca aperta, la fronte livida, parlò di arresto cardiocircolatorio provocato dalle crisi d'asma, di cui il nonno soffriva sin da giovane. Ma anche in questo caso circolarono voci fantasiose sulla morte di Raffaele. Addirittura ci fu uno degli amici che presentò una denuncia contro ignoti presso il comando dei carabinieri, perché convinto che si trattasse di omicidio».

«Si sospettava di nuovo di Daniele?».

«No. Secondo l'amico, qualcuno, penetrato nottetempo nella casa del vecchio per rubare, scoperto da Raffaele, gli avrebbe messo un cuscino sulla bocca per tacitarlo. Sopraggiunta poi la crisi d'asma, il nonno sarebbe morto d'asfissia. Ma nella casa non furono trovate tracce di scassinamento né di furto. E poi, il nipote Daniele che viveva nella stessa casa, non aveva sentito assolutamente niente. Almeno così dichiarò il bambino».

«Di cosa soffriva il bambino, per quanto ha potuto accertare lei?», chiese il commissario.

«A parte il sonnambulismo, dice? Di emofobia. Daniele ne soffriva fin da quando era piccolo».

«In altre parole, aveva paura alla vista del sangue. Strano però. Come si spiega allora la storia del gatto squartato con la sua emofobia?», chiese il commissario, pensando soprattutto a ben altro in quel caso.

«Non solo. Le dico che il nonno mi riferì che il bambino era morbosamente attratto dalle macellazioni di animali, cui insisteva per assistere, quando il beccaio del paese scannava i maiali e gli agnelli».

«E quindi? Lo attraeva la vista del sangue durante le macellazioni, anche se ne era fortemente allergico? Continuo a non capire», disse Tortora.

«Già! Per questo avevo ipotizzato a quei tempi una sindrome di dissociazione», rispose il dottore.

«Se ho capito qualcosa, ciò che vedeva e sentiva in quei momenti non era reale per lui», disse il commissario.

«Esatto!», rispose Raimondi. «Vede commissario, la dissociazione è una delle caratteristiche preminenti dell'isteria, la quale è da mettere in relazione con delle esperienze traumatiche...».

«Per esempio un abuso sessuale subito?», chiese Tortora all'improvviso, lasciando l'anziano psichiatra come folgorato da quello che gli parve un lampo d'intuizione del commissario. In realtà, quella era un'ipotesi che Tortora aveva già preso in considerazione, ma dentro di sé continuava a scartarla perché la sola idea che Boris Korsakov, il quale certamente sapeva di essere il padre del piccolo Daniele, giungesse a quel genere di violenza sul figlio, gli ripugnava.

«Sì, in effetti, anche Freud attribuiva i sintomi fisici dell'isteria a traumi sessuali subiti nell'infanzia. Almeno nei suoi primi scritti sull'argomento. In seguito abbandonò tuttavia questa teoria, dopo aver deciso che i racconti dei suoi pazienti di episodi di seduzione infantile erano in gran parte un prodotto della fantasia».

«Quindi lei ritiene che anche i racconti di Daniele bambino potessero essere frutto della sua fantasia?».

«Non è da escludere, ma a tal proposito mi viene in mente Ferenczi, quando si domanda: "Che cosa succede quando la sofferenza aumenta e supera la capacità di sopportazione del bambino? Il bambino è in simili casi fuori di sé; ma se non è in sé, allora dov'è? Là dove si trova, non c'è il tempo". È quest'ultima la risposta che dà alla sua stessa domanda».

«E di tutto questo, dottore, possibile che non sia emerso niente durante le sedute d'ipnosi?».

«Bravo, commissario, vedo che ha colto subito il punto. La reazione al dolore appartiene all'ordine del non rappresentabile ed è inaccessibile alla memoria e al ricordo. Deve sapere che il ricordo del dolore di un trauma, imprigionato nel corpo, lo trasforma in schiavo del suo ruolo di portavoce e martire di parole che hanno perso la voce, ma rimangono "sotterrate vive". Infatti, basta la pressione di altri eventi traumatici per produrre una frammentazione della personalità che, nella fattispecie, rappresenta una vera e propria difesa dalla sofferenza».

«Frammentazione della personalità...», ripeté perplesso il commissario.

«Sì. E una di queste forme è la personalità multipla. Ma queste sono mie ipotesi, fra l'altro successive al trattamento di Daniele bambino. In verità, devo confessarle che tutte queste considerazioni ho potuto svolgerle successivamente, studiando il caso di Daniele ragazzo. Infatti, la mia prima diagnosi, devo ammettere, era stata frettolosa, anche perché si riferiva a un bambino. Nella successiva "apertura del caso", come direbbe lei commissario, la mia diagnosi fu che Daniele soffriva di allucinazioni. Prima che scomparisse dalle mie sedute, gli prescrissi alcuni farmaci psicotici: le *fenotiazine*, il litio. Che avrebbe dovuto assumere per il resto della sua vita, per evitare di cadere nel tranello delle visioni».

Il commissario ascoltava ormai in silenzio il vecchio psichiatra. E non perché non avesse altro da chiedergli, ma perché si accorse che gli mancava la forza di parlare. Non riusciva a muovere nemmeno un dito delle mani che ancora stringevano i braccioli della sedia, come se stesse seduto su un ottovolante. Si sentiva paralizzato. La verità, pensava, era che da bambino Daniele aveva visto cose che gli umani non dovrebbero vedere. Aveva subito cose che nessuno dovrebbe mai subire. In quel momento però, gli mancava la necessaria concentrazione per riflettere su cosa fosse accaduto.

Il dottor Raimondi, nel frattempo continuava a parlare.

«Una volta gli domandai se avesse cercato di uccidersi qualche volta. E Daniele, sa, candidamente lo ammise. Mi disse: "Ho più che cercato. Anzi, ufficialmente sono morto per alcuni minuti. Ma quando ho compiuto il passo, il tempo si è fermato, tanto che quei minuti all'Inferno sono stati una vita. Quando sono tornato, sapevo che tutte le cose che vedevo erano reali. Paradiso e Inferno sono qui. Il mondo dietro il mondo. E noi siamo presi nel mezzo, tra angeli e demoni che ci suggeriscono all'orecchio cosa fare. Ma una loro parola può darti coraggio o trasformare il tuo piacere preferito nel tuo peggiore incubo". Io allora cercai di calmarlo con una battuta banale: "Attento Daniele, se uno si convince di essere pazzo, vuol dire che se ne vuole andare a morire". E lui mi rispose: "Sa cosa diceva frate Boris? 'Credo che Dio abbia un piano per tutti noi'. Io invece credo che Dio ci guardi come delle formiche. La verità è che Lui non ha alcun piano"».

MARTEDÌ 25 NOVEMBRE 2008

IN TRENO
COMPARTIMENTO 11

48

"Mi sarò addormentato mentre leggevo un libro senza le prime pagine", fu la prima cosa che venne in mente al professore appena sveglio.

I suoi occhi si posarono sulla poltroncina di alcantara azzurra proprio di fronte al suo posto. Ricordò di averlo trovato lì il volume, accanto al finestrino. Lo aveva trovato la sera prima, per caso, non appena aveva messo piede nel compartimento numero 11 di quel treno diretto al Sud. Erano anni che faceva lo stesso tragitto ferroviario da Torino a Napoli e prenotava sempre lo stesso posto, lo stesso compartimento, lo stesso numero. Fin da quando il treno era chiamato *Il treno del Sole*. Il professore era quello che si usa dire un abitudinario.

Il sonno lo aveva sorpreso che leggeva, appena dopo la partenza. La sonnolenza era stata fulminea e non gli aveva dato il tempo di lasciare un segno nel libro di quanto già letto. Adesso non ricordava a quale pagina fosse arrivato. Anzi, non rammentava niente di ciò che raccontava il libro. Gli toccava sbirciare tra lo scritto per ricordare qualche frase già letta. Gli sarebbe bastato per ricordare il resto. Voleva riprendere dall'ultimo ricordo e non ricominciare a leggere il libro da capo. Non ne aveva voglia. La speranza era che, nei meandri del suo cervello, fosse rimasta conservata qualche debole traccia. Ma, con il passare dei minuti, e mentre lo sfogliava, cominciò ad avere la sensazione di aver appreso, da quella lettura, qualcosa di molto interessante. Si convinse di aver fatto un lungo e misterioso viaggio in una fantastica storia a cavallo tra due racconti. Aveva fatto un viaggio nei panni di un libro-nauta molto curioso, quello che poi si sentiva di essere quando leggeva. Lo faceva per ingannare il tempo nei suoi frequenti viaggi. A un tratto, però, un *flashback* gli fece passare davanti agli occhi l'immagine, seppur annebbiata, di un volto proveniente dalle misteriose vicende narrate nel libro. Forse un'immagine sacra. E fu la scintilla giusta, perché quell'immagine, apparsa dal niente, era proprio il *fil rouge* di tutto il manoscritto. Provò e riprovò a ricordarla nei dettagli, sfogliando le pagine del testo, ma fu inutile. Poi, istintivamente, stringendo il libro tra le mani, senza alcuna plausibile ragione, si fece il segno della croce: "Nel nome del Padre, del Figlio e dello Spirito Santo". Non seppe darsi una spiegazione. Ma fu come se avesse ricevuto un comando interiore. Una voce dentro di lui, che aggiunse: "Me l'ha insegnato mia madre e io so essere ubbidiente".

Era semplicemente una frase che si ripeteva nel libro. Ma era la stessa espressione che aveva sentito spesso da ragazzo e che ogni tanto gli ritornava alla mente. E ora come allora la sentiva allo stesso modo. Era un'espressione magica. Una password che gli consentiva di aprire la porta dell'archivio della sua memoria. Era la sua "apriti sesamo". C'era qualcosa nelle pagine del libro che richiamava avvenimenti remoti. Arrivavano, però, confusi; e in quel momento, lui non aveva nemmeno la giusta concentrazione per comprenderli. Si era fatto il segno della croce come se le sue mani avessero seguito gli ordini di un altro cervello. Restò sorpreso per il gesto che aveva appena compiuto. Tanto che si sforzò di ricordare se avesse fatto qualcos'altro "costretto", per così dire, dalla lettura del libro; come il segno della croce poco prima. Ma fu inutile, non ricordava niente. Pensò, allora, che sarebbe stato meglio richiudere il manoscritto. C'era solo da perdere la testa ostinandosi a ricordare. Era meglio provare a riprendere sonno, oppure godersi lo spettacolo del panorama dal finestrino. Quel libro gli infondeva timore, come se contenesse sconcertanti rivelazioni scritte in modo criptico. Oppure avesse il potere di creare immagini in movimento, come un medium che chiama spiriti dall'aldilà. E il professore ne era irrefrenabilmente attratto e ansioso di apprendere. Ma dopo poco si tranquillizzò pensando che il viaggio era ancora lungo e che, con la calma e la dovuta attenzione, avrebbe ripreso a leggerlo magari più tardi. Richiuse il libro e lo ripose sulla poltroncina d'alcantara, di fronte a lui, accanto al finestrino.

Il panorama, intanto, sfilava inesorabilmente al di là del vetro. Alberi, montagne, distese di verde e poi case che si perdevano alla vista in un niente. In un treno in movimento era meglio guardare, perché lo aiutava a non pensare. Per lui era come assistere alla proiezione di un film su di un grande schermo.

Il torpore del sonno gli era passato da un pezzo. E la consapevolezza di quel viaggio, di dove stesse andando e di cosa dovesse fare, venne ben presto a galla nella sua mente. Gli ritornò la memoria, anche se non a pieno ritmo. Per l'ennesima volta, però, aveva avuto bisogno di ascoltare quella voce dentro di lui per ricordare: "Me l'ha insegnato mia madre e io so essere ubbidiente".

Si rese conto che tutto quello che aveva fatto e pensato fino a quel momento era stato solo un espediente del suo cervello. Aveva tentato in tutti i modi di distrarsi, per non pensare sempre la stessa cosa. E per questo si era immaginato addirittura di vedere un film dal finestrino. Purtroppo c'era un tarlo nel suo cervello che non lo abbandonava. E non l'avrebbe abbandonato fino a quando non avesse portato a termine un'importante missione. Ormai aveva la consapevolezza che doveva fare qualcosa di speciale, ma non ricordava assolutamente cosa. La migliore sarebbe stata quella di aspettare, anche perché non poteva fare altro. Si trovava nella condizione di chi non riesce a ricordare un nome comune, che magari pronuncia dieci volte al giorno. Era inutile fare tentativi, il suo cervello aveva problemi di memoria. Doveva avere pazienza. Così si mise a girare e rigirare il libro tra le mani per ingannare l'attesa, quando si accorse della presenza di una macchia sul suo frontespizio. Era sorprendente! Perché, quando la toccò, si trovò la mano imbrattata di rosso. E la sua meraviglia fu ancora più grande quando constatò che le macchie non stavano solo sul libro, ma dovunque. Non solo sulle sue mani, ma anche sulle maniche della giacca, sul pantalone, sulle poltrone d'alcantara! Saltò dalla poltrona, come se un animale velenoso gli stesse salendo lungo le gambe. Era una cosa terribile! Il compartimento gli apparve tutto imbrattato di sangue! Sentì un inconfondibile odore, che gli fece aumentare ancor più l'agitazione. Sentiva l'odore del sangue della preda avvicinarsi. Sudava e gli girava la testa, ma continuava a fare l'andirivieni dal finestrino alla porta scorrevole. Cercò istintivamente di urlare, ma le sue grida, stranamente, non le sentì. Come se le pareti del treno le avessero assorbite. E anche i suoi movimenti a un tratto rallentarono fin quasi a fermarsi. Si ritrovò seduto stringendo con le mani i braccioli della poltrona. Fu una scena al rallentatore e senza suoni, ma durò poco. Provò anche ad assaporare il liquido rosso dalla sua lurida mano con la punta della lingua. Non ebbe più dubbi: era sangue! Era una brutta visione! Chiuse gli occhi e aspettò che passasse. Fece una pausa. Poi, tirando un lungo sospiro e raddrizzando le spalle, riaprì gli occhi. Vide solo immagini che si susseguivano al di là dell'oblò di un treno. Poi si girò con lo sguardo intorno e vide la sua borsa di cuoio sempre riposta sul portabagagli. Era di nuovo tornato tutto molto banale. La sua vita di sempre. La visione che aveva appena avuto del sangue era stata una breve allucinazione. Ma fu sufficiente per fargli ricordare tutto quello che aveva visto e sognato durante la notte trascorsa. Lo avevano spaventato personaggi mostruosi, teste roteanti e facce diaboliche. Erano i postumi della scena di sangue che aveva vissuto poco prima nel compartimento? Perché adesso cominciava a ricordare. Era stata una visione cruenta, e qualcosa di sicuro l'aveva procurata. Qualcosa legata al libro. C'era sempre un elemento scatenante, all'origine delle sue frequenti allucinazioni. Poi, all'improvviso, tutto scompariva nel nulla, inghiottito da un buco nero. Adesso, infatti, quel che vedeva il professore non aveva più niente di rosso. Per fortuna non c'erano più macchie di sangue in giro per il compartimento 11, tranne quella sul frontespizio del libro.

49

Passata la visione, il professore ritornò a godersi il panorama. Case e casolari gli venivano incontro svanendo velocemente ai lati del finestrino. Poi, sfiorando i bianchi muri di alcuni edifici, il treno rese ancor di più tangibile il senso del moto. Il contrasto che ne venne fuori con l'immobilità dei recinti imbiancati delle abitazioni fu inevitabile. Seguì con lo sguardo la testa del convoglio che sembrò smarrirsi, per poi scomparire nel ventre di una montagna. Che cosa rappresentava il fuggire del treno se non una possibile salvezza dalla sua solita vita? Erano questi i pensieri nei quali si perdeva. Il professore rincorreva una vita diversa, mentre stava seduto al suo solito posto accanto al finestrino. Guardava panorami e il cullare del moto lo assopiva. E così si ripeteva la storia di ogni viaggio: guardava, leggeva, si addormentava e alla fine si risvegliava. Ci sarebbe mai stata una vita diversa? A lui piaceva ammirarli anche dall'esterno i vagoni che sfrecciavano veloci davanti ai suoi occhi, e non solo starci dentro. Lo faceva sempre da bambino, davanti al passaggio a livello vicino casa sua. Era il suo passatempo preferito quello di contare il numero di vagoni che passavano in velocità. Un treno che passava rappresentava ciò che lui avrebbe voluto fare nella sua vita: fuggire per risvegliarsi altrove. Ma dove? Questo era il dilemma! Viveva con la speranza del cambiamento, ma, in cuor suo, sapeva che quella era, e sarebbe stata per sempre, la sua esistenza. Si affidava al treno perché era movimento e il movimento era vita, mentre i muri imbiancati non lo erano. Erano ambiti chiusi e lui non li sopportava, perché ci viveva dentro da troppo tempo. Pensava in quel momento all'opposizione tra i muri e il treno, che non era un fatto esclusivamente legato alla distanza e alla velocità, ma per lui era esistenziale. Nella condizione di recluso in cui si sentiva, il treno che passava era quella possibilità di "rottura" di cui aveva bisogno. Ma, inesorabilmente, il convoglio dei suoi desideri si allontanava velocemente, fino a svanire nel ventre di una montagna e senza che lui riuscisse ad acchiapparlo. Così erano anche i suoi fenomenali sogni, di cui afferrava difficilmente il senso che gli sfuggiva come il treno. Viveva nei sogni tanti spezzoni di vite diverse; e in ognuno si racchiudevano piccole storie. Si consumavano velocemente, in un lasso di tempo breve che non gli consentiva di capirli. Li doveva accettare per quello che erano.

La fuga lungo i binari, da lui sognata tante volte, era in uno spazio-tempo che non si poteva esaurire in un tratto limitato, bensì in un lunghissimo viaggio senza soste. Voleva andare lontano senza fermarsi. Un treno in movimento era la dialettica tra la realtà e la finzione, era un film che gli rendeva l'idea della vera immagine-movimento. Anche quando attraversava le gallerie al buio, il finestrino del treno gli rendeva immagini. Proprio come adesso. Pensò che fosse la sua immaginazione a fargli vedere, tra le striature dello sporco di un vetro, un volto umano. Anzi ne vedeva tanti di volti, che gli ricordavano quelli dei santini. Poi, all'improvviso, sull'oblò ne comparve uno più grande: era il Volto Santo di Gesù. Ma, quando finì la galleria, scomparve anche quel volto. «Peccato!», esclamò il professore. Avrebbe voluto approfondire l'origine di quella traslucida manifestazione iconografica. Gli restò, però, impressa l'immagine scomparsa, perché gli era sembrata più quella della Sacra Sindone che non del Volto Santo. E lui conosceva bene la differenza. Ma non ebbe il tempo di godersi le nuove immagini provenienti dal finestrino, fatte di alberi e prati che s'inseguivano velocemente, che sopraggiunse il classico rumore di una nuova galleria a sorprenderlo. Attese di rivedere le immagini sacre sul finestrino, quando una piccola luce iniziò a pendolargli davanti agli occhi. Una faccia nella penombra, comparsa dal nulla, si avvicinò a lui. Gli sembrò di sentire anche una voce. Poi i suoi occhi, abituatisi al crepuscolo, videro un volto sofferto con i capelli lunghi fin sopra le spalle. Erano bianchi, com'anche la barba lunga e fluente. Portava gli occhiali neri.

50

Il punto luce continuava a pendolargli davanti agli occhi, quando nella sua mente presero corpo i ricordi legati a un lettino, a una penombra, a una medaglia, a una voce: "Adesso rilassati, riposati figliolo, veglierò io sul tuo sonno. Raccontami senza paure quello che ti passa per la testa, quello che vedi intorno a te. Le voci che senti dentro di te. Non aver timore, non ti lascerò da solo. Parlami dell'Uomo Nero. Senza timore...".

Il professore la riconobbe, era la voce del Signore. Ed era la stessa che aveva ascoltato un tempo lontano, attraverso la bocca del dottor Raimondi, quando lo sottoponeva a ipnosi. Dopo tanti anni da quella prima visita, il professore ascoltò di nuovo la stessa voce del dottore, ma nel compartimento 11. Poi, ascoltandola, i ricordi, le immagini, i profumi di un tempo, lo rapirono. E lentamente il sonno s'impadronì dei suoi sensi. Forse erano troppe le *fenotiazine* che prendeva.

"Adesso mi sento meglio", pensò tra sé. "Anche se è strana questa sensazione che avverto di stare sdraiato su una lastra di ghiaccio. Sento freddo alle spalle. Magari la verità è che sto sognando di stare in treno, invece dormo in un letto. Ma qual è la verità? Quale vita sto vivendo adesso? Magari è proprio l'ultima, la settima. Mia nonna diceva sempre: 'Tu hai sette vite come i gatti, sei un bambino speciale'. Ma cosa ci vedesse di tanto speciale in me quella pazza, non l'ho mai capito".

Quando si risvegliò, trovò lo scompartimento immerso nel buio. Lentamente capì che il treno si era fermato in una galleria. Allungò la mano nella semioscurità del vagone e tastoni individuò il libro che poco prima aveva poggiato sul sedile di fronte. Poiché non riusciva a dormire, pensò che fosse giunto il momento di capire cosa raccontava di tanto eccezionale quel libro. Si sentì pronto per affrontarlo. Era convinto che tutto quello che aveva sognato fino a quel momento, tutti gli incubi cui aveva assistito e partecipato, erano stati semplicemente frutto di quella lettura. Il libro lo aveva suggestionato in modo drammatico fino a fargli confondere la realtà con la finzione. Era sicuro che proprio la macchia rossa, visibile sul frontespizio del manoscritto, gli avesse scatenato nella testa tante visioni terribili di sangue. Era giunto il momento di mettersi gli occhiali e leggere tutto da capo. Provò ad accendere la lucina di lettura posta sopra la spalliera di ogni posto a sedere, ma non funzionò. Non c'era corrente nel vagone e i caratteri del manoscritto erano troppo piccoli da leggere nella penombra. Cercò gli occhiali ma non riuscì a trovarli. Credeva di averli appoggiati sul tavolinetto, ma non c'erano. Si alzò di scatto e iniziò a frugare nella sua borsa di cuoio, tra le sue cose, ma nemmeno lì c'erano. Si rigirò verso il finestrino, poi si sedette al suo solito posto. Il libro, intanto, era anch'esso sparito. Con le mani, tentoni, cercò nella penombra del vagone sui sedili vicini, per terra: niente! Il libro era sparito nel nulla come anche gli occhiali.

Poi risentì una voce: «Non si dia pensiero per gli occhiali che non trova, posso leggere io qualche pagina dal libro. Se non le dispiace, ovviamente».

Era la voce di un uomo che sedeva sul sedile di fronte, accanto alla porta d'ingresso dello scompartimento. Non l'aveva visto o sentito entrare. Evidentemente aveva preso posto mentre lui dormiva. «Questa sì che è bella!», esclamò con tono di stizza il professore, che nella penombra del compartimento non riusciva a vedere un bel niente. "Sarà proprio un bel tipo questo signore che irrompe all'improvviso nella quiete del mio scompartimento, e senza chiedere permesso alcuno prende il mio manoscritto. Ma chi si crede di essere!", considerò tra sé.

«Mi scusi tanto. Non mi piace approfittare delle cose degli altri senza permesso, ma lei stava dormendo», disse la voce senza volto.

Il professore non riusciva a identificare il suo interlocutore nel buio del vagone. Sentiva solo la sua voce forte e chiara. Il buio della galleria, quella imboccata dal treno da qualche tempo, continuava a celare l'immagine della persona che parlava. Non c'era luce nella carrozza, solo quella lucina d'emergenza proveniente dal corridoio. Vedeva solo un'ombra e un punto luminoso seguirla, null'altro. Il passeggero doveva avere addosso qualcosa che luccicava.

Il professore prima balbettò, poi riuscì finalmente a dire qualcosa: «Quando mi servono gli occhiali, non li trovo, spariscono. Ho la cattiva abitudine di non mettere il laccetto per tenerli appesi al collo. Ma cos'è successo, perché il treno è fermo in galleria?».

«Lavori d'emergenza. Pare che una frana sia venuta giù per il maltempo invadendo i binari e danneggiando la linea elettrica. Per sicurezza, ha detto un controllore, hanno dovuto staccare la corrente su tutto il convoglio».

«Capisco», si limitò a dire il professore.

«Comunque non dovrebbe mancare molto alla ripartenza», disse la voce, che aggiunse: «Mi scusi ancora se ho preso il libro. L'ho visto accanto al mio posto e ho pensato che fosse stato dimenticato da qualcuno».

«Infatti, è così», ribatté il professore. «L'ho trovato qui, in questo compartimento, quando vi sono entrato. Sarà di qualcuno sceso dal treno». Lo diceva mentre continuava a frugare tra le sue cose. Ma, nella sua borsa di cuoio, degli occhiali non vi era traccia. Almeno con le mani non riusciva a riconoscerli.

«Dicevo per davvero», aggiunse l'ombra, «posso leggere ad alta voce qualche pagina. Facevo la stessa cosa per i commilitoni all'epoca del servizio militare: leggevo interi romanzi e loro ascoltavano in silenzio».

Gli occhiali non li trovava e gli sembrò scortese rifiutare l'invito di quel signore che voleva leggergli il libro a tutti i costi. Quindi, anche se non del tutto convinto, il professore accettò. «Va bene», disse rivolgendosi all'ombra, «legga pure se le fa piacere, l'ascolterò volentieri».

«Per dire il vero, è un libro che in gran parte ho già letto, mentre lei dormiva», gli rispose l'ombra.

Il professore pensò che volesse prenderlo in giro e lo interruppe: «Strano, sono io che invece ho visto lei dormire. Addirittura fin dall'inizio di questo viaggio». Lo disse sapendo di mentire, perché ricordava di aver fatto fino a quel momento il viaggio da solo. Ma sapeva anche che spesso la sua mente gli faceva dei brutti scherzi trascinandolo nell'oblio più assoluto, per poi riportarlo di colpo alla realtà.

«Che vuole che le dica», aggiunse la voce nell'ombra, «sarà stato il buio che le ha dato questa impressione. Io sono salito solo all'ultima stazione».

«Sarà di sicuro come dice lei», disse tagliando corto; poi aggiunse: «Adesso veniamo al libro. Cosa ne pensa, visto che ha avuto il modo di darci un'occhiata?».

«Mi sembra una buona idea. Dunque, il manoscritto, da cui leggerò alcune pagine, raccoglie una serie di ritagli di giornali e due racconti. Hanno tutti come protagonista un'immagine: il Volto Santo. Ovvero, un volto che potrebbe essere assimilabile a quello di Gesù Cristo. Non c'è copertina e nemmeno un finale. Non c'è titolo e non c'è autore. La cosa che ho notato è che si tratta di un atipico libro giallo e le dirò perché. Contiene, tra l'altro, postille scritte addirittura a mano, e questo significa che non è stato ancora pubblicato. Se questa ipotesi è vera, vuol dire che chi ha scritto il libro è stato qui e ha dimenticato il suo lavoro in questo compartimento».

«Mi sembra di capire che quello che lei ha tra le mani è semplicemente un lavoro incompleto di uno scrittore ignoto», considerò il professore.

«È così», concordò lo sconosciuto.

«Sarà interessante comunque conoscerne il contenuto», lo incalzò il professore.

E lo sconosciuto, accendendo una piccola pila da lettura notturna che puntò sul libro aperto sulle gambe, propose: «Bene. Adesso fughiamo ogni dubbio e lo rileggiamo».

«È la miglior cosa da fare, l'ascolto con piacere. Ma l'avverto di una cosa», disse il professore rivolgendosi all'ombra come se stesse per emettere una sentenza. «Questo che ha tra le mani è un libro particolare. Ha la forza di creare tridimensionalmente le immagini descritte. Non sorrida di questo, perché almeno a me ha fatto questo effetto».

«D'accordo. Porrò molta attenzione nella lettura», rispose lo sconosciuto, che prese a sfogliare il contenuto di quello strano libro.

La prima parte, infatti, era costituita solo da stralci di vecchi giornali fotocopiati nello stesso formato della rilegatura. Lo sconosciuto cominciò a scorrere i fogli, intonando l'enfasi usata nei titoli a carattere cubitali che parlavano di «efferati omicidi» e «inumana ferocia e crudeltà». Poi, fermatosi su uno degli articoli, lesse:

> Finalpia, novembre 1969. Frate Egidio divideva un'ala del convento benedettino con diversi confratelli. La mattina dello scorso martedì 25 novembre, quando non è sceso per le orazioni, nessuno di loro ha pensato che qualcosa non andasse. Solo con il passare delle ore si sono insospettiti e hanno deciso di controllare che stesse bene. Il frate aveva gli occhi sbarrati e sembrava essere sveglio, quando sono entrati nella sua stanza. Ma, non appena si sono avvicinati, si sono resi conto con orrore che giaceva in una pozza di sangue. Quando hanno scostato le coperte, sono stati colti dal terrore e dal raccapriccio: una delle aste dell'intelaiatura del letto era stata spezzata e usata per picchiare il loro fratello sul viso e sulla testa. Poi l'assassino, non contento del pestaggio, con la stessa asta, lo aveva sodomizzato...

Quella pagina aprì l'archivio dei ricordi del professore. Gli sembrava singolare ascoltare spezzoni di azioni criminose cui era certo d'aver partecipato in qualche modo. Sì, perché era proprio quella la cosa curiosa che gli capitava quando leggeva o ascoltava le parole di quel libro. E la cosa ancora più stupefacente, se tutto ciò fosse stato vero, era che lui stava lì, ancora libero di muoversi, senza che nessuno ancora fosse venuto a cercarlo dopo tanti anni di efferati delitti.

L'articolo finiva parlando del santino raffigurante la Sacra Sindone e del pezzo di stoffa rettangolare lasciato dall'assassino sul viso del morto. "Non è possibile che io abbia commesso tutto questo", diceva tra sé il professore con un moto di compiacimento, mentre lo sconosciuto andava avanti sfogliando le pagine, fermandosi a quella che riportava un'altra missione:

> Rimini, dicembre 1975. Ricostruita a quasi un mese di distanza la dinamica dell'efferato duplice omicidio avvenuto presso il santuario di Santa Maria delle Grazie. È quanto ha affermato il Capitano dei carabinieri Giudici al termine delle indagini per i fatti delittuosi avvenuti martedì 25 novembre...

Il professore ascoltava senza tumulti. Anzi, quella lettura, nel buio dello scompartimento, gli ricordava la mamma quando gli leggeva le storie di Gesù. Gliele faceva rivivere come in un film e adesso gli stava capitando la stessa cosa. Cullato dalla voce dello sconosciuto, immerso nei suoi pensieri, fu preso dalla sonnolenza, ma restò attento alla voce dell'ombra che continuava imperterrita a leggere:

> Torino, novembre 1980. Un raccapricciante delitto è stato scoperto stamani alla periferia nord della città. Una vendetta per motivi passionali collegata ad ambienti omosessuali: è questa l'ipotesi che la polizia sta seguendo per risalire al movente dell'omicidio di un sacerdote, ucciso martedì 25 novembre. Al momento dell'omicidio il prete stava probabilmente andando a dormire e aveva spento tutte le luci della villa in cui viveva...

Il professore era consapevole che in quella carrozza avvenivano cose singolari legate proprio alla lettura del libro. Non appena iniziava a leggerlo, o a farselo leggere, succedevano cose strane. Prendevano corpo dal niente visioni sconvolgenti. Apparivano personaggi curiosi, per poi scomparire nel nulla. E lui si vedeva spettatore, e tante altre volte anche protagonista, di quelle storie.

Trieste, novembre 1986. […] L'anatomopatologo ha parlato di ferite con margini netti e di tagli reiterati. La ferita al petto, provocata da un corpo contundente, è stata inferta con una forza maggiore. Quella all'addome, invece, è andata meno in profondità. Infine l'uomo è stato sgozzato con l'intento di finirlo…

C'erano due cose che lo incuriosivano di quel libro. Una era che quelle notizie non gli suonavano nuove, almeno nella prima parte. Anzi, per il professore era come rivedere un film già visto, rileggere un libro che già conosceva addirittura a memoria! L'altra cosa invece era che il libro mancava di un finale. Cioè, s'interrompeva nel corso della seconda parte che raccontava di alcuni omicidi. Non c'era un assassino!

Napoli, novembre 1996. È caccia all'assassino del sacerdote sgozzato e accoltellato, in varie parti del corpo, su di un treno fermo alla stazione di Napoli, nella notte tra il 24 e il 25 novembre. L'uomo sarebbe stato anche ripreso dalla videosorveglianza. Le immagini mostrano il prete mentre sale a bordo del treno in compagnia di uomo con una borsa…

Il professore più ascoltava delle sue missioni e più voleva che lo sconosciuto ne leggesse altre. Più che altro, era curioso di sapere cosa gli inquirenti avevano ricavato dalle loro indagini. E questo lo divertì molto, insieme al fatto che, come sempre, i giornalisti si erano inventati completamente alcuni particolari che nella realtà erano stati del tutto diversi. Insomma, non era tutto vero ciò che si leggeva sui giornali. Con le orecchie tese a divorare fino all'ultima parola di quei vecchi articoli, nel professore cresceva l'ansia di sapere se le pagine parlassero in qualche misura anche di lui.

Caserta, novembre 2003. Raccapriccianti i dettagli forniti dagli inquirenti che indagano sull'assassinio del frate benedettino russo, Boris Korsakov, il cui cadavere mutilato è stato rinvenuto sul *Treno del Sole*, proveniente da Torino e in sosta alla stazione di Caserta, nella notte tra il 24 e il 25 novembre...

"Sìì!", esclamo tra sé il professore, sorridendo nel buio.

Secondo il commissario Elio Tortora, che segue l'indagine sul feroce delitto, lo spettacolo che si è presentato davanti ai loro occhi è qualcosa d'inenarrabile. Sembra che il diavolo in persona sia sceso sulla terra, per rintanarsi nel mattatoio a cui è stato ridotto lo scompartimento...

Fu allora che un fiume d'immagini cominciò a fluire davanti ai suoi occhi. Il professore ricordava tutto. Ed era sorprendente come le pagine del libro fossero da lui conosciute a memoria. "Com'è possibile?", ripeteva nella sua testa mentre ascoltava lo sconosciuto che leggeva.

«Allora, cosa ne pensa?», chiese il professore eccitato appena lo sconosciuto, finito di leggere, chiuse sulle sue gambe il libro.

«Straordinario. Peccato però che un'opera così notevole non sia stata ancora pubblicata».

«È semplicemente il lavoro di uno scrittore non ancora completato», quasi si giustificò il professore. Però, forse, aveva ragione lo sconosciuto, notò tra sé, era un vero peccato che il libro non fosse stato ancora pubblicato.

«Sa, a questo punto, ho anche un'idea circa il finale del libro», disse l'ombra.

«E cioè?», chiese il professore curioso.

«Che l'assassino possa stare nascosto già nelle prime pagine della storia. Perché ci deve essere un nesso tra il Volto Santo e le gesta del criminale. Ci deve pur essere un rapporto tra i due racconti del manoscritto».

L'assassino, quindi, per lo sconosciuto, si celava tra le prime pagine e non nel finale! L'ombra pensava di aver trovato la soluzione del giallo. Mentre svolgeva stancamente queste considerazioni nella sua testa, il professore si addormentò, quando a un tratto uno strattone gli fece aprire gli occhi. Era il treno che aveva ripreso ad andare, ma solo per un breve tratto, oscillando vigorosamente.

Il professore si rese conto di essersi addormentato e svegliato più volte. Forse addirittura mentre parlava con lo sconosciuto del Volto Santo. Sempre che lo sconosciuto facesse parte realmente del suo viaggio, perché a quell'ennesimo risveglio ricordò di aver fatto molti incubi e forse anche la visione sgradevole dello stesso sconosciuto che gli stava davanti.

Lui ci aveva fatto il callo ai sogni brutti. Sapeva che per porre fine ai tormenti della sua mente, come usava chiamarli, doveva assumere le solite pillole a base di *fenotiazine*. E anche in quel preciso istante, per abitudine, non aprendo nemmeno una fessura tra le palpebre, si portò le pillole alla bocca ingoiandole senza acqua. Non gli andava di aprire gli occhi per nessuna ragione. Stava bene così, nel silenzio e nell'oscurità. Non voleva più dormire né sognare.

51

Lo scompartimento era ancora totalmente immerso nel buio della galleria e il treno non accennava a ripartire, ma gli parve come di distinguere un bagliore laggiù, in fondo alla carrozza, che aumentò rapidamente, riempiendo il vagone di sprazzi di tremula luce verde. Poi d'improvviso questi si affievolirono, cangiando, come fiammelle di candele, in un cremisi cupo e intenso. La luce veniva dalla parete di fondo e si fece sempre più forte, finché l'accecante riverbero gli riuscì intollerabile e rinchiuse istintivamente gli occhi. Trascorsero alcuni secondi, forse, prima che potesse aprirli. Subito notò che il bagliore si era molto attenuato e, mentre scemava ancora, improvvisamente si rese conto che non vedeva più la luce rossa, ma di là da quella, e di là dalla parete retrostante. Lentamente, mentre la vista gli si schiariva, si accorse che il suo sguardo spaziava su una pianura sconfinata, illuminata dallo stesso fosco bagliore che pervadeva la carrozza. L'immensità della pianura era al di là di ogni immaginazione. Non ne vedeva i confini da nessuna parte. Pareva espandersi e allargarsi all'infinito, cosicché l'occhio non poteva coglierne alcun limite. Lentamente, i particolari della zona più vicina cominciarono a precisarsi; quindi, quasi di colpo, la luce svanì e la visione, se visione era, si dissolse e scomparve.

D'improvviso, ebbe coscienza di non essere più seduto sulla poltrona del compartimento 11. Era come liberato in aria sopra di essa e vedeva, giù in basso, una forma imprecisa, come un bambino raggomitolato e sanguinante. Un istante dopo, un soffio gelido lo investì e si trovò fuori nella notte, fluttuante nel buio come una bolla di sapone. Mentre si spostava così nell'aria, un freddo gelido lo avvolse e un brivido lo scosse, facendolo svegliare. Riaprendo gli occhi si ritrovò ancora seduto in una carrozza del treno che andava al Sud. Finalmente dalla sua testa erano spariti per sempre tutti i suoi fantasmi. Finalmente era tornata la luce nel compartimento e non erano più fermi nella galleria. Guardò dal finestrino e vide che gli alberi vicino alla ferrovia e le case e le strade illuminate in lontananza passavano lentamente. Il treno aveva ripreso la sua corsa. Dal panorama riconobbe che si stava avvicinando alla sua stazione. Tra non molto doveva cominciare a prepararsi, il suo viaggio stava volgendo al termine.

«Ha dormito bene?». Era la voce dello sconosciuto che tornava a farsi sentire.

«Scusi, ma non l'avevo più sentita né vista, pensavo fosse uscito dal compartimento a mia insaputa», disse il professore convinto.

«No. Non mi sono mosso di qua. Anzi, ho ascoltato, in silenzio e nel buio, ciò che raccontava di sua madre. Lei forse non lo sa, ma quando dorme parla ad alta voce».

«Ho il vizio di parlare nel sonno? Non lo sapevo, non ci faccio caso quando dormo», gli rispose il professore sorridendo della battuta. Ma poi si soffermò a osservare lo sconosciuto che la luce scopriva ai suoi occhi, per la prima volta. Era un uomo piuttosto massiccio, sui cinquanta, i capelli corti e brizzolati, così come i baffi e il pizzetto, che portava su una faccia pacifica dal profilo leggermente affilato. Anche lo sguardo che emanava dai due occhi scuri era quello di uno in pace con se stesso.

Quello che vide lo sconosciuto, invece, fu il fantasma del volto di frate Boris, solo un po' più giovane ma pesante nell'aspetto, con l'aria pericolosamente vicina a quella di un vagabondo. La fronte stempiata, la folta barba a zenzero e gli occhi azzurri che parevano due piccoli animali intrappolati nel pozzo delle loro orbite. Nessuno dei due però pareva colto di sorpresa alla vista dell'altro. Forse perché avevano avuto modo di familiarizzare a lungo, o forse perché in quel buio in cui erano restati sembravano come l'uno alla ricerca dell'altro.

«Beh, giacché è tornata la luce, mi sembra il caso di presentarci», disse lo sconosciuto porgendo la mano. «Sono il commissario Elio Tortora, lei si ricorderà di me, vero?».

Il commissario pensò a quel punto di giocare a carte scoperte, anche perché sapeva che il suo uomo presto l'avrebbe riconosciuto. La sua foto era sul giornale, negli articoli che riportavano della sua indagine. Oltretutto Tortora era sicuro che fosse stato proprio lui, il professore, a recapitargli quella busta a casa qualche anno prima. Un giorno, infatti, il commissario, rientrando dal commissariato aveva trovato davanti alla porta un piccolo involucro che conteneva un gruppo di articoli concernenti i casi precedenti della lunga serie di omicidi.

«No, sinceramente non ricordo d'averla conosciuta. Comunque, sono il professor Guido Leopardi», disse ricambiando la stretta di mano e chinando leggermente il capo.

«Un professore! Che piacere!». Il commissario non ebbe più modo di nascondere nel buio la sua espressione di sorpresa a sentire quel nome. Non conosceva ancora, infatti, la nuova identità del suo uomo. Le tracce di Daniele D'Angelo si perdevano nella nebbia dopo il suo arrivo a Torino verso la fine degli anni Sessanta. Ogni identificazione era stata impossibile. Era riuscito a intercettarlo grazie all'identikit, ricavato in virtù della somiglianza con Boris Korsakov, che aveva fatto girare in modo riservato presso le stazioni di polizia ferroviaria.

«Perdoni la mia curiosità, che cosa insegna?».

«Teologia morale all'Istituto di Scienze Religiose di Torino. Ma non sono un prete, solo uno studioso, anche se abito in un collegio religioso».

"Ecco dove si era imboscato in tutti questi anni!", pensò Tortora. E con quella nuova identità, che certamente non era stato difficile procurarsi, chi mai avrebbe potuto scovarlo? «Teologia morale? Un po' come filosofia morale, forse?», chiese poi.

«Beh, la teologia morale si occupa in particolare del comportamento etico all'interno della comunità cristiana e cattolica. In altre parole, studia il suo comportamento attraverso la visione del bene e del male».

«Interessante. Davvero interessante!», disse Tortora a mo' di complimento. «E mi dica, se posso permettermi, visto che lei è uno che si occupa di studi religiosi ed è di Torino, crede all'autenticità della Sacra Sindone?», tentò di stanarlo Tortora.

«Beh! Certamente. Anche se il mio campo di studi, come le ho detto, è un altro», cercò come di sviare il professore.

«Credevo ne fosse molto interessato, visto che anche di questo parlava mentre dormiva», disse con garbo il commissario.

«Non so di cosa ho parlato mentre dormivo. In ogni caso, la mia preparazione sull'argomento è tutto merito di mia madre. Fu lei a insegnarmi di religione. Seppur a modo suo».

«Sua madre aveva una particolare devozione per il Volto Santo?», chiese il commissario.

«Sì, lei sì. Io invece, fin da bambino, avevo bisogno di vedere per credere, e questo me lo rendeva possibile esclusivamente l'immagine. Fu per questa mia convinzione che la mamma m'insegnò che il primo artista a ritrarre Gesù fu Nicodemo. Un personaggio del *Quarto Vangelo* che scolpì, su un pezzo di quercia, l'immagine di Cristo ormai morto ma che, anche se bravo, non riuscì a riprodurre il viso».

«Allora non fu lui a ritrarre il Signore?», esclamò con sorpresa Tortora.

«Non è facile rispondere a questo! La tradizione vuole che, addormentatosi durante il lavoro, ci abbia pensato un angelo a terminare l'opera. Dunque, le immagini di Cristo a noi pervenute, secondo la mia mamma, sono copie del legno di Nicodemo».

«La sua mamma deve essere stata una donna in gamba!».

«Sì, lo era. Ma quella che lei raccontava non era l'unica verità sull'immagine di Dio».

«Davvero?», esclamò Tortora sorpreso, seguendo il suo copione.

Il professore ebbe un attimo di esitazione, poi soggiunse: «C'è una sola persona nella tradizione cristiana che tentò di ritrarre Gesù ancora in vita. Fu un certo Hannan, un pittore della corte di Abgar V, re della città di Edessa».

«La prego, vada avanti», lo sollecitò Tortora.

E il professore senza farsi pregare più di tanto, cominciò a raccontargli la storia di Hannan: «Si narra che Abgar V detto il Nero e contemporaneo di Gesù, tentò in vario modo di convincere il Maestro a recarsi presso la sua reggia a Edessa, nel nord della Mesopotamia. Il re voleva che Gesù lo guarisse dalla lebbra. Ma non avendo avuto positivo riscontro alla sua incessante richiesta di averlo ospite, inviò dal Signore, per ritrarlo, il suo pittore preferito: Hannan. Per eseguire il ritratto, il pittore portò con sé, oltre ai colori e ai pennelli, anche dei pezzi di tela. Erano i *mandylion*, dei pezzi di stoffa rettangolari che usavano gli ebrei per porli sul volto dei morti prima della sepoltura. Ma erano anche ideali per dipingerci sopra. Hannan provò e riprovò, ma non riuscì a ritrarre il viso del Maestro perché era intriso di splendore. Gesù allora, impietosito dai vani tentativi di Hannan, si bagnò il viso con dell'acqua, poi prese un *mandylion* e se lo pose sul volto. Miracolosamente l'impronta del Cristo impregnò il tessuto e comparve la sua immagine».

«È una bella leggenda», esclamò il commissario, pensando che il racconto fosse finito.

Ma il professore continuò nella sua esposizione: «Sì, come tante altre. Ma la novità è che il *mandylion* è la Sacra Sindone. Vale a dire il lenzuolo ripiegato in otto strati, in modo da far vedere solo il volto del Cristo. E lo stesso discorso vale per il *Velo della Veronica* o per il "legno di Nicodemo". Sono tutti ritratti del Volto di Gesù riconducibili alla Sacra Sindone».

«Lei allora è convinto che la prima immagine di Gesù sia proprio la Sindone?», chiese Tortora.

«Sì», rispose senza ombra di dubbio il professore, «il sacro lenzuolo è l'archetipo. Peccato che sia lo stesso volto che mi ha ossessionato per il passato!».

«Spero per lei che sia stata un'ossessione di carattere esclusivamente scientifico», insinuò il commissario.

«In parte era così», rispose il professore stringendosi nelle spalle.

«Beh, se l'immagine le procurava un certo disagio, vuol dire che in essa c'era qualcosa di scatenante», commentò Tortora con piglio curioso.

«Lo so bene! È che confondevo il Volto Santo con il viso di una persona molto cattiva. Un prete che nella mia fantasia infantile identificai con l'Uomo Nero. Ma adesso, la prego, vorrei tornare alle immagini sacre e non a quelle dei demoni».

«Quindi era per il volto e non già per la figura che confondeva Gesù con l'Uomo Nero!», insistette il commissario.

«Sì, i capelli lunghi, la barba... era un'identificazione puramente infantile», rispose il professore.

«Spero che con la maturità sia riuscito a scindere di netto le due figure. Il bene dal male», considerò ancora Tortora, che intendeva tenere il punto sull'argomento.

«Lei è andato troppo avanti. La differenza a cui io facevo riferimento era solo d'immagine, non d'altro», disse un po' piccato il professore.

«Non c'è dubbio, ho capito bene a cosa lei facesse riferimento, ma l'immagine che un bambino prende a riferimento, spesso, manifesta un modo di essere. È rappresentazione di uno stato d'animo. Non crede?».

«Forse è meglio cambiare discorso», disse il professore un po' sconcertato, ricorrendo a una risposta evasiva. E aggiunse: «Anzi, vorrei riposare qualche minuto, se a lei non dispiace. Il viaggio è ancora lungo».

«Vada per il riposo», gli rispose il commissario. «Io intanto ne approfitto per dare un'altra occhiata al libro. Permette?».

«Faccia pure. Come le ho detto non è il mio», precisò il professore accomodandosi al riposo.

Al commissario quella linea ostinata di dissimulazione di Daniele D'Angelo – era così che in realtà si chiamava il professore – più che un tentativo maldestro di nascondersi dietro quella falsa identità, suonava come un altro sintomo di schizofrenia del suo uomo. Mentre sfogliava il libro, il commissario si chiese se quella commedia non fosse durata abbastanza, se non era il caso di mettere fine a quella farsa penosa, chiamando i due agenti che aspettavano un suo comando nel compartimento accanto e procedendo subito all'arresto. Ma c'era qualcosa che lo tratteneva: la curiosità di trovarsi finalmente davanti a quell'uomo che aveva inseguito e ricercato per tanti anni, la sorpresa di quell'identità che mai avrebbe sospettato. O forse sì, pensandoci bene.

Daniele D'Angelo non fingeva, era straordinariamente capace di identificarsi con la figura di quel tipo rispettabile che appariva il professor Leopardi, personaggio che probabilmente interpretava da quarant'anni. La sua non era una recita. Difficile immaginare che uno possa starsene acquattato per tutta la vita in una personalità che gli è estranea. O forse, era proprio questa la sua natura: un'indole tranquilla, a parte le parentesi criminali in cui si trasformava, come un Mister Hyde, in un serial killer efferato. Calato in quel personaggio, Daniele D'Angelo, non dava per niente l'impressione di esserlo. C'erano però degli aspetti da considerare, pensò Tortora, che lasciavano intendere che l'altro personaggio, o gli altri, come si poteva sospettare dalla lettura del libro in cui comparivano quel nome strano, il Copista, e quelli femminili di Isabel ed Emma, che prendevano parte ai delitti in modo altrettanto brutale e violento (tutti i mostri, insomma, rintanati dentro di lui), non erano poi così lontani dall'affiorare. Potevano essere lì latenti.

L'ossessione, ad esempio, di prendere ogni anno lo stesso treno, per lo stesso tragitto e nella stessa data del 25 novembre, o il leggere e rileggere quella sorta di romanzo delle sue imprese criminali, era del personaggio Daniele D'Angelo, del professore Leopardi, del Copista o, perché no, di Isabel o Emma?

E allora vennero in mente a Tortora le parole del dottor Raimondi sui soggetti con personalità multipla. Tutti questi aspetti però, ci sarebbe stato modo e tempo di approfondirli con gli specialisti della perizia psichiatrica. A lui, semmai, toccava chiarire molti punti d'indagine ancora del tutto oscuri. Cosa che avrebbe potuto fare solo in questura. Commedia, farsa o tragedia che fosse, Tortora pensò che fosse l'ora di far calare il sipario, bastava attendere ancora un poco, che il treno si avvicinasse alla prossima stazione, per non creare scompiglio nel vagone e non dare troppa evidenza e pubblicità all'arresto. Un'eventuale reazione violenta da parte del suo uomo gli sembrò di escluderla. Daniele D'Angelo, per quanto preso nella sua parte di persona tranquilla e di professore rispettabile, gli era parso consapevole del fatto che si trovasse ormai in trappola e, se non proprio sollevato di mettere fine ai suoi tormenti di una vita, in un certo qual modo rassegnato di essere giunto alla fine del suo drammatico viaggio.

Mentre il commissario era preso da queste considerazioni, il suo occhio cadde su una pagina del libro che continuava a sfogliare:

Si chiamava Danny ed era appena un bambino quando Boris cominciò a infastidirlo con le sue attenzioni morbose: Boris, il diavolo in persona. Da quel momento, un assurdo senso di colpa s'insinuò nel bambino e, per lungo tempo, scavò nella sua anima, causandogli atroci sofferenze e angosce terribili. Ma tutte queste sofferenze non furono nulla in confronto a ciò che sentì quando la madre morì buttandosi sotto il treno.

Vi sono limiti al dolore che si può sopportare. Danny varcò quella soglia invisibile e dentro di lui qualcosa si spezzò irrimediabilmente. Morton gli disse che soffriva di una sindrome: "personalità multipla", che Danny non ha mai capito cosa cazzo significava.

Poi Boris scomparve. In modo del tutto inspiegabile svanì nel nulla. E un atroce dubbio iniziò a torturarlo. Cercò a lungo, ma non riuscì a trovare alcuna prova del rapporto che il prete avesse con sua madre, alcun appiglio cui aggrapparsi per giustificare il gesto estremo che aveva fatto la mamma. Fu solo quando, nascoste in una cassa dello sgabuzzino, trovò le lettere d'amore che sua madre scriveva a Boris, ma che non gli aveva mai inviato, che Danny ebbe la certezza che loro fossero amanti e lui il loro figlio.

Sperò allora che con il suo seme il prete non gli avesse trasmesso anche la sua natura di demone. Tanto che il bambino è stato continuamente a chiedersi chi era in realtà. La sua vita è stata un enigma da sempre. Fin dall'inizio si era posto tante domande, per scoprire ogni volta una voglia insoddisfatta di apprendere. O forse, semplicemente si rifiutava di credere quel che aveva scoperto per caso, tra quelle lettere, di ammettere la verità dalle tenebre che dimoravano in lui...

Suo padre aveva ucciso la madre, lasciandola, e lei aveva preferito la morte alla sua lontananza, non preoccupandosi di lasciare da solo Danny ancora bambino in un orfanotrofio. Suo padre aveva abusato di lui e non si era fatto scrupolo di far tacere per sempre la sua mamma. Questo era il suo torto. Aveva cancellato in un sol colpo tutti i suoi sogni di bambino, rovinato la sua esistenza, ferito il suo cuore; aveva colpito un bambino innocente e lo avrebbe fatto ancora. E ancora...

Il commissario rimase basito nel leggere quelle parole, nel trovare riassunta in poche righe tutta quella lunga e tragica storia. Le cause, il movente di sei assassinii atroci; anni e anni d'inutili indagini su cadaveri squartati di uomini tutti simili tra loro, capelli lunghi e barba fluente: tutto era condensato lì, in mezza pagina di quello che sembrava il passo del diario di un adolescente qualsiasi che parlava in terza persona. E chi era, poi, quel dottor Morton: uno psichiatra a cui Daniele D'Angelo si era rivolto o un altro dei personaggi che prendevano vita nella sua mente malata? Chiunque fosse, però, era arrivato alla stessa conclusione di Raimondi, e cioè che le persone con cui il suo uomo aveva vissuto quell'esperienza paranoica non erano altro che proiezioni di se stesso. Cioè, che nella realtà non esistevano.

E il Settimo Rito, come lesse Tortora in quella che si rivelava sempre più come la sconcertante confessione di un assassino o di un "angelo vendicatore", come si dichiarava lo scrittore, quelle scene di sangue che si ripetevano da quarant'anni, era l'impegno che lui, Daniele, o Danny, forse aveva assunto davanti al letto di morte della mamma. Aveva giurato di sacrificare in onore del Signore sette vite per la redenzione dei peccati di Maria e dei suoi, per quanto fosse un altro il vero responsabile di quella tragedia.

E per un attimo Tortora provò un moto di rabbia e di struggente pietà nell'immaginare quell'uomo che aveva davanti ancora bambino, quando Boris Korsakov, il suo stesso padre, approfittò della sua innocenza per saziare i suoi odiosi appetiti, straziando così il suo fragile corpo e la sua mente, per sempre. Però, con Boris Korsakov era il sesto sacerdote che veniva ammazzato allo stesso modo. E dunque, si doveva attendere la settima vittima per completare la missione. Mentre pensava a questo, il commissario sentì il suo battito cardiaco crescere, e forte l'affanno del suo stesso respiro. Il treno rallentò la corsa, ma senza fermarsi, prima di entrare in un tunnel, ma lui era già in vista dell'uscita.

52

«Questo viaggio, non posso negarlo, è stato stancante. Ma allo stesso tempo rivelatore. Non vorrei dimenticarlo», disse il professor Leopardi, fissando il commissario che se ne stava chino sui suoi pensieri. Tortora sollevò su di lui un'espressione sorpresa. «Anzi, su questo ci vorrei scrivere un libro prima di morire. Sono sicuro del successo», aggiunse alzandosi. Il commissario rimase un attimo perplesso. Non sapeva se in quel momento nel compartimento c'era il professor Leopardi o Daniele D'Angelo a parlargli, o uno di quei tanti fantasmi che forse si erano succeduti nella sua testa, frutto delle sue crisi nervose. Magari, semplicemente un pazzo.

«Cosa fa, va via?», chiese il commissario, alzando il tono di voce quasi fosse un segnale.

«Tra poco dovrò scendere ed è forse il caso di andare prima alla *toilette*», rispose l'uomo con l'aria più normale del mondo. E presa la borsa di cuoio dal portabagagli, si girò pronto per uscire, quando ecco che la porta del compartimento si aprì ed entrarono due uomini, che rimasero fermi sull'entrata come in attesa di ordini.

«Sa professore, stavo pensando a quello che ha detto prima. Ma si sieda ancora un momento, la prego», lo invitò con voce gentile ma ferma il commissario, mentre faceva cenno ai due agenti di aspettare fuori dal compartimento.

«E cioè?», disse il professore sedendosi rispondendo come di riflesso alla richiesta di Tortora, ma continuando a tenere ben stretta in mano la sua borsa di cuoio.

«Il libro che vorrebbe scrivere con quale nome lo firmerà? Con quello del professor Guido Leopardi, o con quello di Daniele D'Angelo?».

«Daniele D'Angelo? E chi è?», ribatté il suo uomo con faccia che pareva davvero sorpresa.

«Lei, caro professore. Figlio di Maria D'Angelo e nipote di Raffaele D'Angelo. Nato a Sant'Anna in Barra il 25 novembre del 1951», precisò il commissario.

«Mi dispiace, forse mi confonde con un'altra persona», disse l'altro con tono convinto di una risposta esaustiva.

«Sarà come dice lei e me ne scuso. L'avrò scambiata per un'altra persona», disse Tortora. «Quindi lei sostiene di essere Guido Leopardi. Il professor Guido Leopardi».

«Sì. E lei?», chiese di rimando.

La domanda lasciò spiazzato il commissario. L'uomo gli appariva sinceramente confuso. «Mi sono già presentato. Dovrebbe fare uno sforzo di memoria. È strano che non si ricordi di me», insistette Tortora. «Comunque, ecco qua, sono il commissario Elio Tortora», disse mostrandogli il distintivo. «E quelli fuori sono agenti della questura di Caserta», aggiunse indicando i due uomini in borghese che attendevano fuori sulla porta. Entrambi magri, alti, ma di fisico atletico.

Il treno rallentò bruscamente e uno dei due appoggiò una mano alla porta scorrevole per reggersi. In quel momento, il professore gli vide spuntare da sotto la giacca il calcio di una pistola. Erano per davvero poliziotti. «Bene. In cosa posso esservi utile?», chiese allora con aria innocente.

Vinto dopo un attimo lo sconcerto per quella battuta, il commissario quasi gli intimò: «Signor D'Angelo, lei è in arresto per l'omicidio di Padre Boris Korsakov e sicuramente di altri cinque, tra frati e sacerdoti».

«Ancora con questo D'Angelo! Come devo dirglielo, non sono la persona che cercate, mi dispiace, e non conosco alcun Padre Boris». Daniele D'Angelo pareva sicuro di sé, forse perché pensava che quella scena fosse l'ennesima visione. E scoppiò in una grande risata. Non ne poteva più delle visioni.

Il commissario per un attimo ebbe il timore che fosse il preludio a qualche esplosione di collera, il prodromo di qualche gesto inconsulto. «Perquisiscilo!», ordinò a uno dei due agenti. E quello, in modo risoluto, gli fu subito addosso, frugandogli nelle tasche. Ma la cosa curiosa fu che il professore lo lasciò fare senza resistenza. Come se non avesse nulla da temere.

«È a posto», disse l'agente rivolto al commissario appena finita la perquisizione. A quel punto l'uomo si lasciò andare a un'altra risata, ma diversa dalla prima. Il suo era un risolino nervoso, soffocato.

«Signor D'Angelo, c'è poco da ridere. Lei adesso, appena il treno si fermerà, dovrà seguirci, venire con noi, d'accordo?», gli spiegò con calma, ma senza mezzi termini, il commissario.

Ma l'uomo davanti a lui fece ancora un'espressione smarrita e sorpresa, come se stesse vivendo un'assurda vicenda. Fu così che, rivolgendosi in modo pacato a Tortora, chiese: «Adesso mi dica la verità! Questa è una delle mie solite visioni? Su, smettiamola con questa storia!».

«Signor D'Angelo, non faccia il finto tonto. Lo so che lei non sta bene e magari è pure innocente e davvero non è lei l'uomo che cerchiamo», concesse il commissario con tono pacato, «ma tutte le sue ragioni avrà modo e tempo di raccontarle in questura. Questo è il nostro compito, la prego di non fare storie!».

«Certo, lo farò, non c'è problema. Però state prendendo un grosso abbaglio, mi creda. Questo non può che essere un sogno e voi siete solo il frutto delle mie visioni. Lasciatemi in pace, vi prego, fatemi svegliare», disse, smettendo la sua risatina sinistra e assumendo un tono serio e innocente.

«Professor Leopardi, va meglio se la chiamo così? Lei comunque è inquisito per omicidio volontario. Forse non si rende conto del capo d'accusa, ma è una cosa grave», ribatté il commissario con tono che voleva apparire gentile.

«E quando avrei commesso quest'omicidio?», chiese l'uomo con calma lasciandosi cadere sulla poltrona.

«Cinque anni fa! Esattamente in questo stesso giorno. Il 25 novembre del 2003. Su questa stessa tratta di treno Torino-Napoli», precisò Tortora.

«Mi devo rivolgere a un avvocato. È talmente assurdo tutto ciò che non so assolutamente cosa pensare. Ho le idee confuse. State parlando di cinque anni fa, mica dell'altro ieri. Io non ricordo nemmeno cosa ho fatto dieci minuti fa». Il professore cominciò a temere che gli agenti fossero reali.

«È vero, sono passati cinque anni dall'omicidio, ma ci sarà modo di rinfrescarle la memoria».

«E a quell'omicidio sarebbero legati altri delitti compiuti addirittura anni prima?», chiese con tono stranito il professore.

«Sì, ma lei non si preoccupi. Visto che si sa innocente, ci penseranno i suoi avvocati a smontare il castello accusatorio: sono pagati per questo, no?», spiegò Tortora, per il quale quella situazione somigliava sempre più alla scena di una commedia dell'assurdo.

«Va bene, commissario, va bene. Basta così, ho capito. Farò tutto quello che vuole, vi seguirò tranquillo in questura o dove vorrete portarmi. Le chiedo solo una cortesia, se è possibile», disse con tono mite l'uomo.

«Mi dica di cosa ha bisogno, e se posso...», disse il commissario, cercando di capire cosa significasse quell'atteggiamento così condiscendente.

«Ho davvero urgente bisogno di andare alla *toilette* e, inoltre, se lei permette, vorrei cambiarmi prima di scendere dal treno».

«Vada pure e faccia in fretta», gli rispose il commissario dopo un lungo silenzio riflessivo, mentre osservava quell'uomo dall'espressione mite che aveva di fronte.

«Grazie. Le chiedo però se posso portare la mia borsa, ho il ricambio dentro, ve ne sarei grato. Potete anche guardarci dentro, non ho niente da nascondere», chiese ancora con aria innocente D'Angelo, rivolgendosi anche agli agenti che osservavano il commissario in attesa di intervenire.

Chissà che subbuglio si era impadronito del commissario nell'acconsentire a quella richiesta. Ripensandoci tante volte in seguito non seppe mai dirsi se fu un errore, il suo, o solo un momento di lucidità. In quell'attimo, però, sentì la sua mente quasi prossima alla deriva. Si vide, in un solo istante, come proiettato in diverse dimensioni.

Tutte quelle storie che aveva letto in quel libro – che parlavano di omicidi di sacerdoti, di rapporti sessuali tra uomini e donne e tra uomini e bambini – e poi quella lunga catena di delitti – oltre cinquant'anni di sangue che chiamava altro sangue – gli passarono davanti in pochi istanti come una folla di demoni. Come pure quelle storie del Settimo Rito, di cui gli aveva parlato frate Guido e che sembravano trovare riscontro nelle pagine del libro, ma che al momento erano solo un'ipotesi investigativa e potevano essere frutto di farneticazioni della latente follia di quell'uomo che lo fissava lì davanti.

Adesso, però, era giunto il tempo di capire, una volta per tutte, se quelle fossero fantasie di un poliziotto, semplice frutto di pazzia visionaria dello scrittore di quel libro o una recita tragica che era destinata a compiersi realmente fino al suo ultimo atto. E quale poteva essere l'ultimo atto? C'era un solo modo semplice per appurarlo definitivamente.

E questa fu la ragione vera della decisione presa dal commissario. Anche se non giunse a confessarselo apertamente, fu solo un atto di giustizia magari, di umana comprensione, che si materializzò nella sua voce.

«Faccia in fretta e si porti pure la sua borsa», gli rispose il commissario, facendo cenno agli agenti, poco convinti della pacatezza di quell'uomo e che non fosse il caso nemmeno di aprirla quella borsa.

«Faccio in un attimo. Scusate», disse rivolto ai poliziotti, incrociando i loro sguardi di perplessità. I due si limitarono a seguirlo, questa era stata la decisione del commissario, restando davanti alla *toilette* ad attenderlo.

Appena entrato, Daniele chiuse la porta alle sue spalle. Girò piano la chiavetta della serratura e, poggiata la borsa, prese a guardare fuori dallo spiraglio del finestrino, come a prendere fiato da quell'aria viziata e maleodorante del bagno o come se fosse l'ultima occasione che aveva di ammirare il panorama. Il treno in quel punto viaggiava a velocità moderata. Ritornò in sé e si ritrovò davanti la sua borsa di cuoio aperta sulla tavoletta del water. Stava nella *toilette* del compartimento 11. Dentro la borsa, un fodero nero aspettava di essere aperto.

53

Il treno riprese la velocità di crociera, dopo aver superato una stazione in cui non si era fermato. Presto sembrò andare addirittura oltre il limite della velocità consentita.

Tu tu, tu tum! Tu tu, tu tum!

Il motivo diventò talmente incessante che a Daniele sembrò di impazzire. «Basta! Basta!», avrebbe voluto gridare, ma fuori c'erano gli agenti ad attenderlo e non poteva farlo. Si portò le mani al volto e si rese conto di essersi infilato i guanti di lattice. Iniziò a piangere, non lo faceva da anni. Avrebbe voluto urlare come un dannato. Avrebbe voluto bestemmiare! Ma qualcuno fermò la sua intenzione. Una voce: «Questo non puoi farlo, è peccato».

«Ma io non ho mai offeso Dio in vita mia», rispose d'istinto.

«Sia fatta la sua volontà», aggiunse la voce.

Si riguardò allo specchio e ricordò le parole della madre: «Gesù si mette a piangere, questo non si fa. Non si bestemmia».

«Me lo ha insegnato mia madre e io so essere ubbidiente», ripeté a Isabel, come fosse ancora una volta accanto a lui. Ma non c'era.

Era solo una vecchia litania che l'aiutava nei momenti difficili. Daniele non voleva offendere alcun Dio, ma non sopportava più quel viso riflesso allo specchio. Una testa che girava su se stessa con quattro facce: era un'ossessione!

"Ma chi sei veramente?", gridò tra sé allo specchio. "Isabel? Emma? Altro? Danny? Chi sei?".

Lo guardarono tutte e quattro con lo stesso sguardo e, all'unisono, dichiararono la loro identità.

«Io sono…».

«Io sono…».

Ma Daniele non riuscì a comprendere cosa dicessero, perché le voci si sovrapponevano. Vedeva solo delle labbra muoversi che emettevano strani suoni.

"Chi sei… Chi sei?", gridò ancora.

La testa nello specchio di colpo fermò il suo ruotare e comparve una sola faccia: il viso della morte.

«Anche tu lo sei», disse la voce dallo specchio; e Daniele specchiandosi in essa rispose: «Lo so. È giunto il mio momento».

Con un fare cerimonioso, si puntò alla tempia la pistola che aveva estratto dal fodero nero. La sua famosa *Charter Arms Bul-*

ldog, calibro 44 *special*, a 6 colpi, con canna di 4 pollici, brunita, con guancette semi-anatomiche in legno: una meccanica perfetta. Avvitò il silenziatore e chiuse gli occhi, poi istintivamente sparò allo specchio, per non vedere più l'immagine riflessa. Ma non lo colpì, gli era mancato il coraggio. All'ultimo istante aveva alzato il tiro e sparato al soffitto. Fuori dalla porta distinsero chiaramente il colpo della pistola. La soppressione di suono del silenziatore, infatti, fu controbilanciata dal rimbombo prodotto dallo sparo nello spazio ristretto della *toilette*. I poliziotti compresero subito cosa fosse successo. Uno, dopo aver provato a girare la maniglia, cominciò a bussare coi pugni e dare spallate alla porta del bagno: «Presto, vai a chiamare il commissario», urlò al collega, ormai convinto che non ci fosse molto da fare. Dentro, invece, un Daniele ancora vivo non fece in tempo a capire cosa fosse successo, quando un baleno trafisse all'improvviso le sue pupille. Le palpebre si contrassero all'istante per un flash partito dalla destra del suo viso. Daniele riprese coraggio chiedendosi se quello ancora riflesso era veramente il suo viso o se invece fosse il Volto Santo. Erano identici. Fu allora che ricordò le parole della mamma, quando gli diceva che da adulto guardandosi allo specchio avrebbe capito chi era suo padre. E in quel momento capì.

Un battito di ciglia; poi, con grande stupore, vide per un istante allo specchio scorrere lungo la sua guancia un rivolo di sangue e il suo viso ormai invecchiato. Era il giorno del suo compleanno, il 25 novembre del 2008, ed era martedì. Si spalancò un baratro dentro la sua mente e un flusso di ricordi affondò nei suoi pensieri. Capì chi era stato da fanciullo. Pensò allora a un tempo, quando era Danny e aveva un fisico atletico. Quando era alto, con gli occhi azzurri e i capelli d'oro. Quando era bellissimo. Quando gli piaceva giocare di nascosto con gli abiti della mamma e tagliarsi le punte dei capelli come faceva lei allo stesso modo.

Lo sparo che improvvisamente era rimbombato nelle sue orecchie e lo specchio andato in frantumi insieme alla sua immagine riflessa lo lasciarono con un'espressione stupita.

“Che diavolo succede qui!”, esclamò Danny tra sé, sorpreso dal colpo di pistola sparato da Daniele. Tutto era avvenuto in un istante. Poi un secondo colpo, sparato dalla stessa mano, gli bucò la tempia. La pallottola si insinuò come una saetta nei suoi pensieri e sibilando gli trapassò la testa. Lo sguardo attonito per un istante in quello specchio vuoto, il cervello che andava in frantumi. Cadde a terra. Il suo corpo si afflosciò scompostamente nello spazio angusto della *toilette*, ma i suoi occhi erano come rimasti lì, riflessi allo specchio, insieme al suo volto. E allo specchio c’era Maria, la sua bellissima mamma, la Madonna di Montevergine. Ma c’era specialmente Danny, nudo, finalmente a scoprirsi l’uomo che era. Non era una donna. Non lo era mai stato. Ma il bambino per farsi una ragione si girava di spalle e si guardava il fondoschiena allo specchio. Voleva capire cosa vedeva di tanto attraente in lui il prete: forse cercava Emma e lo scambiava per una donna. Perché ripensando a quel giorno in canonica si rivedeva sempre con sembianze femminili, quelle di Emma. E questo gli scombussolò la vita. Adesso, però, si vedeva uomo, anche se ormai imbruttito dal tempo.

Con la barba e i capelli lunghi. Come Altro, come il dottor Morton, come il Volto Santo… come l’Uomo Nero.

Non udì la chiavetta del controllore girare per aprire la porta del bagno, ma sentì ch’era disteso sul pavimento del treno fermo a una stazione. Quella di Avellino. Aveva bisogno di aiuto. Non vedeva, ma nella sua testa echeggiava ancora il rumore dell’ultima pallottola, l’urto dello sparo che aveva ridotto il suo volto in tante facce. Ognuna di loro si era rifugiata velocemente in un piccolo frammento di specchio, prima di stramazzare al suolo. Daniele era ormai un puzzle ammattito in una pozza di sangue. Avvertiva una fitta terribile che gli trapanava dolorosamente il cervello. Si sentiva paralizzato, mentre il buio si impadroniva dei suoi sensi.

Sentì come se qualcuno lo toccasse per svegliarlo, ma una voce dentro di lui prese il sopravvento su tutte le altre e disse: “*Noli me tangere nondum enim ascendi ad patrem meum*”.

“Non mi toccare, perché non sono ancora salito al padre mio”.

In quel momento molte voci e figure si rincorrevano per il vagone. Un mormorio concitato si sovrapponeva a facce che si deformavano avvicinandosi ai suoi occhi. Poi, finalmente, ne riconobbe una: «Fate piano, adagiatelo sulle poltrone». Una voce chiara e distinta, quella del commissario Tortora, rivolta ai due agenti che trasportavano il corpo privo di forze di Daniele D'Angelo fino al compartimento dove avevano viaggiato insieme.

«Professore, mi sente? Stia calmo, sta arrivando l'ambulanza».

«Deve rimanere sveglio assolutamente!», disse uno alle spalle del commissario. «Non smetta di porgli domande, lo faccia parlare... cazzo! Non gli faccia chiudere gli occhi».

Il commissario si girò a guardare con cipiglio severo il passeggero saccente alle sue spalle senza degnarlo di una parola.

«Capo, questo se ne sta andando, e senza raccontare tutto quello che sa», disse uno degli agenti, mentre l'altro allontanava quei curiosi che ingombravano il corridoio.

Da parte sua il commissario guardava solo quell'uomo, Daniele D'Angelo, al quale aveva lasciato il diritto di scrivere l'ultimo atto della sua tragedia. “Doveva assolutamente morire”, pensò il commissario al contrario del passeggero. L'unico modo per mettere termine alle sue sofferenze, perché si compisse quella storia.

Anzi, la Storia.

“Sì, perché un unico filo, lungo millenni, ci lega al passato, alla nostra più arcaica e originaria umanità”, venne da pensare al commissario Tortora mentre continuava a guardare il suo uomo morire.

Tutto sembrava ricomporsi, il cerchio si chiudeva; quell'immenso cerchio che partiva dal culto misterico e oracolare di Cibele. La fondazione del Santuario sul monte Partenio, il monte della Vergine, e il culto mariano, l'intervento miracoloso e leggendario della Madonna che salva i due giovani amanti di epoca medievale, la Sacra Sindone ospitata al convento di Montevergine, l'arrivo di Boris Korsakov dalla Russia, portandosi dietro il suo vissuto di tormenti, il delitto d'amore da lui perpetrato verso Maria, quello odioso verso il suo stesso figlio, la serie di quegli omicidi: tutto sembrava riportare all'inizio, rimandare ai riti violenti per la dea Cibele. Tutto pareva entrare a far parte di una dimensione trascendente, oppure profondamente, troppo profondamente terrena, nella quale spazio e tempo apparivano convenzioni insensate, dal momento che millenni di storia aveva mantenuto sostanzialmente uguali a se stessi riti, luoghi di culto e significati. Questo pensò il commissario, mentre con lo sguardo rivolto fuori dal finestrino riconobbe in lontananza le cime del Partenio.

"Sto morendo?", fu la domanda che riuscì a porsi Daniele, quando riaprì appena gli occhi. Poi comparve sul suo viso una smorfia beffarda. «Avrei bisogno di un prete per confessarmi», fu una delle ultime cose che disse. Il commissario sorrise.

In realtà Daniele in quel momento sentiva di non aver commesso alcun peccato nella sua vita, perché lui era stato uno strumento di Dio: "Ho giudicato degli uomini e gli ho tolto la vita, ma ho solo fatto il mio dovere. Ho fatto la cosa giusta". Passarono davanti ai suoi occhi i sei sacerdoti morti per la missione. Aveva deciso il loro destino, allo stesso modo in cui Mastroemilio decideva quello delle bestie. Li aveva tutti giustiziati il martedì di Sant'Anna. Tutti nel giorno del suo compleanno: il 25 di novembre. Aveva dovuto programmare i riti della missione esclusivamente per quei giorni e in quegli anni. Altrimenti non sarebbero stati martedì santi.

Era stato necessario allestire una squadra di uomini e donne, compatta e omogenea, per compiere la delicata missione. Aveva dovuto tirare fuori di sé i migliori – Altro, Danny, Isabel, Emma e il dottor Morton – e farli convivere. Non era stato facile, ma alla fine ci era riuscito. La Banda degli Angeli adesso era tutta intorno a lui, al gran completo (come mai lo era stata, dalla prima volta), proprio nel giorno del completamento del Settimo Rito. Era il 25 novembre del 2008, il giorno del suo cinquantasettesimo compleanno.

«Ho fatto un patto con Dio e l'ho mantenuto».

«Sia fatta la sua volontà», dissero tutti in coro.

«Danny questa volta è stato ubbidiente», disse il Copista.

«Grazie amico», gli rispose lui, «sei stato un perfetto esecutore. Grazie Isabel. E grazie a te Emma, sei stata una stratega eccezionale. E anche a lei, Morton, che ci ha fatto capire chi eravamo».

«Sei stato grande!», fu la risposta degli altri.

In quegli ultimi attimi della sua esistenza si sentì finalmente appagato. Fu allora che, in un niente, la sua vita gli passò davanti agli occhi con soddisfazione.

Poi di nuovo le voci nel compartimento, ma più tenui: «È ancora vivo, fate con calma», disse il commissario rivolto ai barellieri. Ma Daniele pensava finalmente alle cose belle: "Il paradiso mi attende. Eccomi. Sono stato sempre ubbidiente, mamma".

«Sia fatta la volontà di Dio», disse ancora in coro la sua Banda.

"Ora e sempre".

Ma anche a questo punto, seppure ormai vaga, gli apparve davanti l'immagine di padre Boris: "Mio padre non meritava di vivere. Ha compiuto cose orrende, e non avrebbe mai pagato per le sue colpe".

Ed ecco che i suoi occhi non poterono vedere più nulla. Solo gli parve di sentire una voce in lontananza. Era il canto di Tamino lo storpio, che gli giunse ancora sonoro e melodioso come sempre: «Martedì di Sant'Anna, se potete *signò*… Martedì di Sant'Anna, se potete e se volete *signò…*»

Il cuore si fermò, un freddo gelido pervase tutto il corpo, scosso da continui brividi. Le gambe scalciarono come un asino impazzito. Scalciarono alle grida delle bizzoche, al lamento degli animali, al canto di Tamino, al rumore delle rotaie, all'odore del sangue. Poi più nulla.

E fu sera e fu mattina: settimo giorno.

FINE

RINGRAZIAMENTI

Sono riconoscente al dr. Enzo D'Elia per il suo aiuto e il suo supporto.

Un ringraziamento speciale va a Mario Carrozzo per la sua guida e i suoi consigli per la stesura di questo testo.

E infine un grazie speciale alla mia cara moglie Mariarosaria che, con amore, dopo tanti anni di vita vissuti insieme, riesce ancora a sostenermi nelle mie lunghe assenze a inseguire i personaggi dei miei libri.

INDICE